월광에 물든 신화

이병주 소설 재미있게 읽기

월광에 물든 신화

소망수필반 지음

바이북스†
ByBooks

책 읽지 않는 세대에 큰 울림의 경종

김종회 문학평론가, 경희대 교수

'소망수필반'이란 이름의 글쓰기 모임에서 '이병주 소설 재미있게 읽기'란 부제를 달아 『월광에 물든 신화』라는 책을 상재한다고 한다. 현역 작가로 활동하던 당시 가장 많은 베스트셀러를 산출하며 한 시대의 독서 패턴을 이끌었던 작가가 나림 이병주다. 그의 장편소설 『산하』에 에피그램으로 기록된 언사가 '태양에 바래이면 역사가 되고 월광에 물들면 신화가 된다'인데, 이 책의 제목은 바로 그 구절에서 이름을 가져왔다. 이때의 '신화'는 현실의 객관적이고 과학적인 잣대로 측정할 수 없는, 동시대를 살았던 사람들의 내면 풍경을 그린 소설이라는 뜻이다. 이 책의 저자들이 추구한 '재미있게' 앞에는 '뜻깊고'란 수식어가 부가되어 있다.

책의 출간에 이르기까지, 그 내막을 알고 보면 참으로 놀랍지 않을 수 없다. 지은이로 기명되어 있는 '소망수필반'은 서울 강남의 소망교회를 중심으로, 현역 일선에서 물러난 시니어들이 참여하여 책을 읽고 글을 쓰는 창작 모임이다. 이들이 함께 가진 신앙에의 소망과 노년의 보람을 추구하는 일상적 삶의 소망이 상호 조응하여 시너지 효과를 발양하는, 매우 드물고 매우 가치 있는 글쓰기 동호인 그룹이다. 일주일에 한 번 시간을 내어 그와 같은 학습의 시간을 갖는 것도 소중하지만, 그동안 그 학습을 바탕으로 몇 분이 수준급의 개인 산문집을 출간하여 주변의 부러움을 사기도 했다.

이 책은 이제껏 이들이 수필을 창작하면서 가졌던 자신의 삶에 대한 개인적인 차원의 관심을 사회·역사적 차원으로 확장하고 증폭했다는 데 큰 의의가 있다. 이는 이 나라의 국민으로서, 더 나아가 글로벌 시대의 세계시민으로서 스스로의 삶과 공동체의 삶에 대한 책임 있는 인식을 드러내는 행위이기도 하다. 그런데 그 대상 작가가 이병주라고 하는 것은, 이야기의 재미와 역사적 교훈을 함께 추수하는 좋은 선택이라 하지 않을 수 없다. 이병주는 언관言官이자 사관史官으로서 소설을 통한 역사의 기록자이기를 자처했고, 문·사·철文·史·哲에 두루 능통한 작가로서의 면모를 보였다. 그런가하면 분단의 질곡을 통과하고 있는 한국 소설사에서, 좌·우익의 이념을 통합하여 소설을 통한 정치토론이 가능한 거의 유일한 작가라는 평가를 받아왔다.

그의 문학세계를 한두 마디로 요약하면 인본주의나 인간중심주의와 같은 어휘가 남을 것이다. 그의 대표작 『지리산』은 지리산으로 철수해 들어간 좌익 파르티잔의 이야기를 인본주의적 관점에서 기술했다. 조정래의 『태백산맥』이 이를 주로 계층적 갈등의 관점에서 기술한 바와는 사뭇 다르다. 그에게는 『관부연락선』·『지리산』·『산하』와 같이 한국 근대사 3부작이라 일컬어지는 역사소설 외에도 그에 준하는 많은 중·단편, 현대사회의 세속적 삶과 애정윤리를 다룬 장편들을 포함하여 단행본 80여 권 분량의 소설이 축적되어 있다. 특히 여기서 언급하지 않고 지나갈 수 없는 『바람과 구름과 비碑』나 『행복어사전』 같은 대하장편은, 한국문학에 주요한 지형도를 이루고 있는 작품들이다.

이 책의 저술에 참여한 소망수필반의 필자는 모두 10명이고 글은 12편이다. 이들이 대상으로 다루고 있는 작품은 중편소설 5편, 단편소설 7편이다. 각기의 글은 필자의 이름 가나다순에 따라 편집되었다. 그런데 이들의 간곡한 요청에 따라, 이 값있는 독서와 글쓰기를 응원하는 의미로 한국문학의 주요 이병주 연구자 네 사람이 자기 글의 수록을 허락했다. '이병주 소설 대중문학 코드로 읽기'란 소제목이 부가된 이 글들은, 올해 4월 경남 하동의 이병주문학관에서 개최된 '이병주문학 학술세미나'에서 발표된 것들이다. 그 주제가 대중문학이어서 재미있게 읽기라는 원래 저자들의 목표에 잘 부합한다.

이 책은 단순히 이병주를 뜻깊게 읽은 독자요 문필가들이 글을 한데 모아 단행본으로 묶었다는 표면적 성과에 그치지 않는다. 이 책의 글쓴이들이 모두 우리 사회의 원로라는 정황을 두고 보면, 이는 책을 읽지 않고 글을 쓰지 않는 세대에 대한 하나의 경종警鐘이며 동시에 따뜻한 마음을 담은 권유이기도 하다. 그리고 글쓴이 자신들에게는 새롭고 가치 있는 창작의 수행에 대한 자긍심이요 '어른'으로서 후대에 보여줄 수 있는 선하고 좋은 일의 수범 사례에 해당한다. 2년 전 미국 시카고의 예지문학회에서 『이병주를 읽는다』를 출간한 그 감동이 여기 이 책에도 고스란히 서려 있다.

몸과 마음이, 그리고 글의 주제를 생각하며 문장을 만들어가는 힘이 전혀 예전 같지 않은 가운데서, 이와 같은 소담스러운 저술을 완성한 분들에게 마음으로부터 존경과 격려의 말씀을 드린다. 우리를 감동하게 하는 힘은 결코 멀리 있거나 규모가 큰 것에 있지 않다. 바로 우리 삶의 주변에 가까이 있으면서 작고 소박하지만 귀하고 아름다운 것, 그것을 찾아내는 눈이 곧 좋은 수필을 쓰는 눈이다. 앞으로도 이들의 글이 더 활력 있고 더 감화·감응력을 발휘할 수 있기를 빌어마지 않는다. 동시에 보다 볼품 있는 저술이 되도록 글을 보내주신 분들에게도, 그리고 늘 양서良書의 생산에 애쓰시는 도서출판 바이북스에도 소망수필반을 대신해서 깊은 감사의 말씀을 드리고자 한다.

나림那林이라는 문학의 숲으로 초대

이영훈 소망수필반 대표

나림 이병주那林 李炳注!

우리 소망수필반 회원들은 이번 봄을 맞아 새로운 프로젝트로 값진 씨름을 한판 벌였다. 바로 나림의 중·단편을 하나씩 나눠 읽고 각자의 기량껏 작품을 중심으로 글 한 꼭지를 써보기로 한 것이다.

그동안 우리 늦깎이 학생(?)들은 자유롭게, 자기중심적인 경험이나 관찰 또는 떠오르는 단상들을 글로 옮겼다. 글솜씨를 연마하는 과정에서 소확행小確幸, 작지만 확실한 행복을 누렸다. 물론 보람도 컸다. 따라서 개인적인 글쓰기의 테두리를 벗어나 공동으로 참여한 이 프로젝트는 매우 의미 있는 도전의 장이 되었다.

우리의 20세기 역사는 끝없는 풍랑으로 점철되어 왔다. 작가는 역사의 풍랑을 몸소 겪었던 경험을 토대로 하여 왕성한 작품 활동을 펼쳤고, 그리하여 문학사적인 측면에서 역사의 증인이 되었다. 그의 작품이 현대문학사에서 꾸준히 회자되고 있는 지금 우리는 그의 방대한 작품을 통해 문학의 숲 속으로 빠져들었다. 단연 새롭고, 재미있고, 또 다채로운 경험이었다.

나림那林이라는 작가 이병주의 호가 우리에게 새롭게 다가왔다. 작가는 그의 '숲'으로 우리를 초대했다. 비밀한 숲으로 들어가 보니 우리 앞에 펼쳐진 나림의 세계는 실로 종횡무진 그 자체였다. 우리는 그의 안내를 받아 멀리 이집트의 알렉산드리아로 여행, 이국적인 세상살이를 들여다봤다. 또 어떤 숲으로 초대받아 갔더니 그곳엔 이 지구상에서 가장 외로운 섬이라는 미국 뉴욕의 맨해튼과 부평초인 듯 뿌리내리지 못하는 고독한 인간 군상이 있었다. 그 숲 속 어디인가에서는 인간 띠를 형성하며 히틀러에 저항하는 레지스탕스 운동의 숭고함이 우릴 기다리고 있기도 했다.

그런가 하면 일반인들은 상상조차 할 수 없는 정치범 수용소의 생생한 현장을 직면, 우리는 유약하고 부끄러운 양심에 고개를 꺾어야 했다. 죽음에 대한 그의 철학적 사유와 인간이 만들어놓은 '사형'이라는 제도의 부당성을 변증법적인 논리로 설파하는 작품 앞에선 새삼 옷깃이라도 여며야 할 듯 숙연해졌다. 그뿐인가. 그 숲 속에는 넘치는 유머와 절절한 사랑과 철저한 복수와 그 뒤에 남겨진 허무함, 그리고 냉소적인 세태 풍자가 도처에 도사리고 있어 우리의 문학 여행을 즐겁게 했다.

이 기회를 통해 우리는 작가 이병주의 세계를 조금이나마 들여다봤다. 그의 작품세계는 실로 넓고 깊다는 걸 다시 한번 깨닫는다. 아울러 글쓰기를 통해 늦깎이 학생들의 글 쓰는 솜씨도 진일보했으리라 믿는다. 글 쓰는 작업은 우리에게 큰 행복과 보람을 안겨주었다. 앞으로도 꾸준히 나림 이병주의 작품 세계를 탐미하고자 한다.

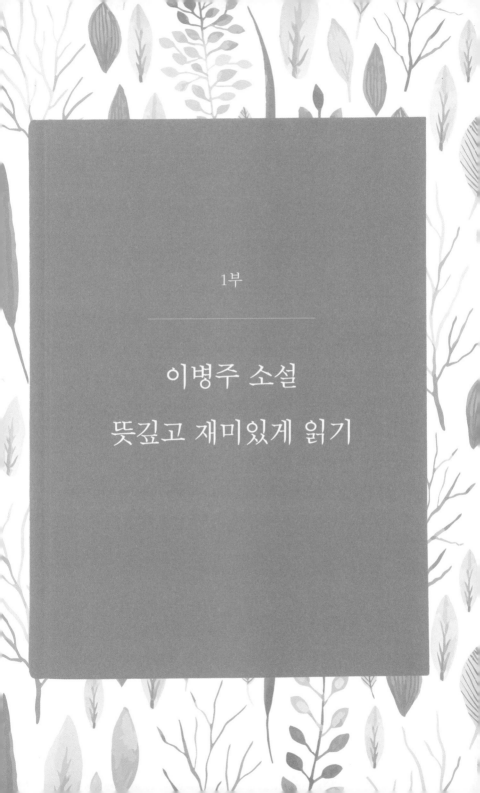

1부

이병주 소설
뜻깊고 재미있게 읽기

역사관, 소설적 교훈과 재미의 추수

-「그 테러리스트를 위한 만사輓詞」

김삼성

 독후감을 써본 지가 언제였는지 기억도 까마득하다. 여학교를 졸업한 이래로는 없었던 것 같다. 책을 읽는 일은 즐겁지만 읽고 난 감상을 글로 쓰는 일은 어렵기도 하거니와 왠지 부담스럽다. 나름의 해석으로 행간에 스며 있는 함축된 의미를 상상하고 헤아려보는 것과 활자화하여 글이 되는 것은 무척이나 다른 느낌이다. 독후감이란 읽는 사람에 따라 느끼는 것과 해석이 다 다른, 정답이 따로 있을 수 없는 것이긴 하지만 혹시 내가 전혀 엉뚱한 해석을 한 것은 아닐까 두려운 까닭이다.

 다독가多讀家로도 유명한 이병주는 책을 읽고 나서 세상이 달라 보이는 경험을 한다. 책을 읽을 때마다 새로운 발견이 있다는 것에 놀라며 문학에 대한 개안開眼이 인생에 대한 개안開眼이 된 것이다.

지멜의 『생의 철학』을 읽으며 철학에 심취하게 되고 쇼펜하우어와 니체 그리고 칸트와 헤겔에 이르기까지 철학 책을 통해 다양한 인물들을 만나게 된다. 그것이 한쪽으로 치우친 독서라는 것을 자각하며 독서의 범위를 경제학, 정치학, 사회학 등 사회과학의 방향으로 확대한다. 학생 시절 어느 선생이 그러다가는 딜레탕트dilettante가 되고 말 거라고 충고하지만 읽고 싶은 게 너무 많아 한 가지만 하고 있을 시간이 없다고 답한다. 책만 읽을 수 있는 형편이면 족하다는 그는 행복의 가능성이 있다면 책을 읽는 기쁨을 통해서 일 것이라고 믿는다. 그는 자신의 내면에 있는 지적인 씨앗은 순전히 독서와 사색을 통해 얻어진 것이며 그 독서는 자유에 대한 갈망과도 바꾸고 싶지 않은 그 무엇이었다고 고백한다. 그 다양하고 방대한 독서량은 결국 그가 집필한 모든 문학의 근간이 되었음을 짐작할 수 있다.

이병주의 중편소설 「그 테러리스트를 위한 만사」는 1983년에 발표된 작품이다. 일제에 항거하지 못하고 학병으로 징집되어 복무한 괴로움으로 해방 후 독립지사들을 찾아가 사적을 기록하고 보살피며 이것을 소재로 쓴 소설이다. 소설이라는 형식을 통해 한 시대를 기록하고자 했던 이병주의 수발한 작품 「그 테러리스트를 위한 만사」는 레닌을 세 번씩이나 만난 전설적인 70세 테러리스트 '정람'에 대한 이야기이다.

소설은 화자인 '나'가 도스토옙스키의 『죽음의 집의 기록』에 나오는 구절을 떠올리며 시작된다.

얼마나 훌륭한 재질을 가진 인물들이 이 죽음의 집에서 햇빛을 보지 못한 채 매몰되고 말았을까 하는 생각을 하면 가슴이 아프다.

특이한 재질과 희귀한 품격을 가졌으면서도 그 보람을 꽃피우지 못하고 누항에 묻혀 살다가 세상을 떠난 동정람과 하경산을 추모하고 회상하는 이야기의 출발이다.

삼일운동을 비롯해 항일투쟁의 경력이 혁혁한 노 투사 '하경산'은 공덕동 산비탈에 살고 있다. 소설을 쓰는 1인칭 작중 화자인 '나'는 하경산의 방 세 칸짜리 무허가 판잣집에 찾아가 학처럼 살고 있는 노 투사에게서 풍겨 나오는 지조의 향기를 맡는다. 경산에게는 하고자 하는 것, 욕심내는 것이 아무것도 없었다. 화자는 가난과 병을 견디는 경산의 부드러운 태도에 감명을 받는다. 자신의 아내를 고문하고 겁탈하여 자살에 이르게 하는 밀정 임두생을 용서하는 그의 너른 품에서 우리는 모든 것을 내려놓았을 때 찾아오는 고요함을 발견하지 않을 수 없다.

독립투사였음에도 불구하고 일본에 대해서도 나쁘게 말하지 않을 뿐 아니라 일본인을 훌륭한 민족이라고 평가한다. 항일은 생존과 인권의 문제로 불가피한 행동이었으나 적에 대해서도 평가는 바르게 해야 한다는 것이 경산의 생각이다. 일본이 훌륭한 민족이지만 훌륭하다고 하여 그들의 노예가 될 수는 없다는 것이 경산이 행한 항일 운동의 논리적 정당성인 것이며 객관적인 판단과 옹호는 구별되어야 한다는 것이 그의 소신이다.

고아로 자란 '동정람'은 고향도 나이도 모르는 채 하얼빈에서 어느 러시아 정교 교회 신부에 의해 키워졌다. 그가 지각이 들었을 때 하얼빈에 있었다고 한다. 레닌을 통역할 만큼 유창한 러시아어를 구사하는 것은 이 때문이다. 신부가 동東氏라는 성을 붙여주며 그가 한국인이라고 말해준다. 경산과 더불어 독립운동을 하다가 해방 후 한국으로 돌아와 관동군에서 가장 악질이었던 한국인 밀정 3인을 처단하는 것을 소명으로 여기며, 두 사람을 처단하고 마지막 남은 한 사람 임두생을 찾아 처벌할 날만을 기다리며 살아가고 있다. 화자인 '나'는 소설가 이 군으로 나오는 작가 자신이 투영된 인물이다.

어느 날 경산을 찾아온 정람을 만난 '나'는 다양한 대화를 통해 그의 정체를 파악하기 시작한다. 러시아 문학에 조예가 깊은 그의 해박한 지식은 '나'에게는 생소한 러시아 문학과 작가에 대한 깊은 관심을 유발한다. 다양한 러시아 작가에 대한 그의 견해는 우등생의 답안 같이 알려진 작가보다는 보다 혁명적이고 박진력 있는 소위 말하는 비주류에 해당하는 작가의 작품을 소개하며 그의 작품에서 인간, 사상, 정치 그리고 문학이라는 것을 알 수 있었다고 말한다. 그는 문학적 가치에 대해 다음과 같이 적고 있다.

가치라는 것은 읽는 사람이 만들어내는 것이며 나에게는 감동적인 작품이 남에게도 감동적일 것이라고 생각하지도 않는다.

정람의 심금을 울리는 퉁소 소리는 땅 깊은 곳에서부터 울려나오는 영탄처럼 오랜 세월을 두고 쌓이고 쌓인 회상이 한줄기 가락이 되어 흘러나오는 느낌이다. 폴란드 여성 에스토랴야와 열렬한 사랑에 빠져 그녀에게 배운 퉁소 실력과 기량은 그의 음악에 대한 천재적인 예술성을 짐작케 한다.

'나'는 아까운 그의 음악을 대중에게 선보이고자 하지만 경산은

대중이란 사기꾼, 독재자, 야심가들의 미끼가 되는 재료가 아닌가. 언제 대중이 대중다운 의사를 관철해본 적이 있나? 야심가들의 공범이 되고 말지 않았는가. 대중은 허무한 거야. 일제 때 고관대작을 한 사람, 자유당 때 장관을 한 사람들을 그런 경력만을 중요시하고 있

는 게 대중이란 말여…

대중은 허무한 거라는 그의 일갈은 겉으로 보이는 경력만을 중
요시하는 현시대를 사는 우리들에게도 깊은 반성의 울림을 준다.
그리고 대중에 대한 환상을 버리는 곳에서 사회에 대한 인식을 바
른 방향으로 이끌 수 있다는 신념에 동의하지 않을 수 없다.

그의 퉁소 소리의 소문을 듣고 찾아온 임영숙은 20대 후반의 음
악도이다. 정람의 천재성을 발견한 임영숙은 제자가 되어 그의 음
악을 채보하고자 경산의 집으로 밀고 들어온다.
임영숙은 정람의 음악은 재주도 아니고 기술도 아니고 바로 그
의 마음, 곧 맑은 샘이라고 말한다. 처음에는 그의 음악으로 명성
을 얻겠다는 야심이 있었으나 순수한 정람의 매력에 빠져들어 연
정과 학업 사이에서 갈등하게 된다.
그리고 경산 선생을 피리 없는 피리, 악기도 악보도 소리도 필요
없는 천성 그대로의 예술가라고 평한다.
정람은 레닌을 만나 공산주의는 불가능하다는 교훈을 얻었다고
말한다. 레닌과 같은 천재도 감당 못하는 공산주의는 아무도 감당
할 수 없다고 믿는다. 그리고 개인적인 친분으로 레닌이 참 따뜻한
인간적인 면모를 가지고 있는 것을 발견하지만 공산주의자로, 그
의 동조자로 몰릴 것을 두려워하여 말하지 못한다. 그러나 정치적

으로나 사상적으로나 반대의 진영에 있다고 해도 상대방의 장점과 단점은 분별해 주어야 옳은 투쟁이 되는 것이라고 생각한다. 지금 이 시간에도 여전히 정쟁과 투쟁을 일삼으며 오늘을 사는 무리들에게도 되새겨보아야 할 부분이 아닌가 한다.

정람이 사랑한 폴란드 여성 에스토라야는 러시아 테러리스트였다. 하얼빈에서 정착해 평온하게 살기를 청하는 정람에게 에스토라야는 성서의 한 구절을 읽게 한다. "너희들이 너희들의 영혼을 구하려면 반드시 죽음에 이르느니라. 만일 너희들이 너희들의 영혼을 나를 위해 버리면 그때 너희들의 영혼은 구함을 받을지어다." 그리고 에스토라야는 떠나간다.

정람은 테러리스트에 대해서 "테러리스트는 자비를 베푸는 사람이다. 욕심이 없는 사람이다. 죽어야 하는 자를 죽이는 섭리의 집행자일 뿐이며 아무런 보상도 바라지 않는다. 우주의 원한을 스스로의 가슴속 용광로에 집어넣어 섭리의 영롱한 구슬을 주조해내는 언어 없는 시인이다. 강력한 역사의 추진자다. 결국 원한에 사무친 인간들을 대표하는 엘리트란 말이다"라고 설파한다. 마치 작가 자신의 울분을 스스로 주체하지 못하여 '정람'이라는 작중 인물을 통해 표출해내는 느낌이다.

그 사이 임두생의 소재를 파악한 정람은 그를 처치하기 위한 계획을 세운다. 경산은 "죽은 자로 하여금 죽게 하라!", "스스로 벌을 받도록 내버려 둬라!" 하는 등의 말을 하며 정람을 한사코 말린다.

그러나 정람은 쥐도 새도 모르게 임두생을 처치하기 위해 그의 주변을 맴돌다가 절호의 기회를 잡은 순간 임두생이 가여운 여자아이를 돌보는 것을 알게 된다. 천벌을 받아야 할 놈에게 센티멘털한 휴머니즘에 빠져 그냥 두어야 하는가에 대해 깊은 고민에 빠지게 된다. 테러는 '이미 죽은 자를 죽이는 것'이라는 생각으로 이미 그 죗값으로 지옥을 살며 죽음을 경험한 자들에게 스스로 '살인'이라는 죄를 저지를 이유가 없다는 경산은 어떻게든 정람의 테러를 막아보려고 아무도 모르는 계책을 세우게 되고 그의 기지로 정람은 임두생을 용서하게 된다.

파리로 유학을 떠나려는 임영숙은 정람을 염려해 안정적인 생활을 위한 결혼을 모의하고 목로주점의 여주인 진주댁과의 결혼을 추진한다. 유학을 포기하겠다며 정람의 결혼을 고집하는 임영숙을 위해 그리고 가여운 상황에 놓인 진주댁을 위해 정람은 결혼을 결심하게 되고 그 과정에서 진주댁이 아들에게 살해당하는 비극을 맞게 된다. 그 충격으로 정람은 종적을 감추고 오래지 않아 경산은 죽음을 맞는다. 십 수 년 후 정람의 부고장을 받아들고 찾아간 곳에서 '나'는 뜻밖에도 정람이 아담한 집, 피아노까지 놓인 아늑한 방에 만발한 꽃에 묻혀 평화로운 얼굴로 잠들어 있는 것을 보게 된다.

임영숙은 경산 옆에 묻어달라는 정람의 유언을 전한다. 행방을 감춘 정람을 꼬박 2년이 걸려 찾아낸 임영숙은 자신의 장래 모두를 팽개치고 정람의 만년을 모신 것이다. 그러한 발심의 근거가 그 비극의 원인이 자신에게 있다는 속죄 의식이었는지 그런 의식조차도 넘어선 사랑 때문이었는지는 아무도 모른다. 이제는 대로가 되어버려 옛날의 흔적을 찾아볼 수 없는 공덕동을 지나며 화자는 경산을 생각하고 정람을 생각하며, 이 기록이 두 선생을 위한 진혼의 보람을 다할 수 있을까를 자문하며 소설은 끝을 맺는다.

이병주의 소설은 파란만장한 한국의 현대사를 겪어낸 작가의 경험을 바탕으로 대부분 작가 자신의 이야기를 담고 있다. 진실을 추구하는 기개와 용기를 지닌 사관史官이자 언관言官이고자 했던 언론인으로서의 오랜 경험은 그의 문학 정신의 튼튼한 자양분을 이루며 한 시대의 '기록자로서의 소설가', '증언자로서의 소설가'라는 탁월한 평가를 받게 했다. 또한 일제 강점기로부터 해방 공간, 남북의 이데올로기 대립, 6·25 동란, 정부 수립 등 파란만장한 한국 현대사를 온몸으로 겪은 작가의 개인적 체험은, 한 지식인으로서 누구보다 우리 역사와 민족의 비극에 고뇌하게 했고 이를 문학 작품으로 승화시킨 동력이 되었다.

철저한 자료 수집과 취재를 바탕으로 현대사를 소설 공간에 재현해낸 그는, 역사적인 사실보다는 역사를 살아냈던 인간에게 더 많은 관심을 기울였다. 역사의 중심이 되지 못한, 역사의 행간 속에 사라진 인간에 대한 이병주의 지극한 관심은, 그들을 소설 속에서 다시 살아 있게 만드는 작업으로 이어졌다. 실록에 가까운 진술 방법을 통해 편견과 오해에 가려진 역사의 진실을 목격자로서 증언하는 소설을 써낸 것이다. 따라서 그의 작품은 지금을 살아가는 우리에게, 민족의 비극에 대한 지식인으로서의 고뇌를 생생하게 느끼게 해준다.

사실과 허구 사이에서 역사적 진실을 드러내고자 하는 작가의 독특한 대화를 통한 소설적 방법을 주는 이 소설에서는 특히 노장 테러리스트 정람과 화자인 '나'가 나누는 박학다식한 대화를 통해 인문적인 사고의 지평을 넓힐 수 있는 묘미가 있다. 테러리스트이기 이전에 굴곡 많은 현대사를 살아간 인간이었던 정람의 상처와 비극을 슬퍼하는 '나'를 통해 작가의 휴머니즘을 엿볼 수 있는 작품이다.

이병주의 소설에는 유난히 많은 죽음이 등장한다. 억울한 죽음, 허무한 죽음, 안타까운 죽음, 참혹한 죽음, 당연한 죽음, 오욕스러운 죽음, 후회로 가득한 죽음, 당당한 죽음… 이 죽음들은 어쩌면 작가의 내면에 잠재되어 있는 작가 자신의 모습인지도 모른다. 한 인간으로서 겪어내야 했던 파란만장한 인생에서 어떤 사건을 겪을 때마다 죽고 싶었던 그의 모습인지도 모른다는 생각이 든다. 그 굴곡진 삶을 견뎌내고 철저한 사료를 바탕으로 한국을 대표하는 소설가로 우뚝 선 작가에게 경의와 존경을 보낸다.

'한국의 발자크'라는 별호를 가진 소설가 이병주는 1921년 경남 하동에서 출생하였다. 일본 메이지 대학 문예과를 졸업하고 와세다 대학 불문과에서 수학하던 중 1944년 학병으로 징집되어 중국 쑤저우蘇州에서 1년 8개월 동안 일본군으로 복무한다. 작가가 징집되기 전 해인 1943년 독일 뮌헨 대학의 반전 운동을 하던 백장미 클럽의 한스 남매가 형장의 이슬로 사라진다. 이병주는 이 일에 큰 충격을 받는다.

일제에 저항하지 못하고 학병으로 끌려간 상처를 평생토록 지니고 살던 이병주는 후일 독립지사들을 찾아가 그분들의 사적을 기록하고 보살펴드린다. 해방 후 귀국하여 진주농과대학과 해인대학 교수를 역임하고 부산 《국제신보》의 주필 겸 편집국장을 지냈다. 등단하기 전 1954년 《부산일보》에 소설 『내일 없는 그날』을 연재했다. 그러나 5·16 군사 정변으로 인한 필화 사건으로 투옥되어 10년 형을 언도받고 2년 7개월의 옥고를 치르게 된다.

수감 중에 겪은 경험을 토대로 1965년 「소설·알렉산드리아」를 《세대》에 발표하며 등단한 이후 이어진 『관부연락선』, 『지리산』, 『산하』, 『소설 남로당』, 『그해 오월』 등의 대하 장편들은 그러한 작가의 문학적 지향성을 극명하게 보여준다. 탄탄한 이야기 전개와 구성으로 소설문학 본연의 서사성을 이상적으로 구현하고 역사에 대한 희망, 인간에 대한 따뜻한 애정과 시선으로 깊은 감동을 자아내는 그의 문학은 역사의식 부재와 문학의 위기를 말하는 오늘날 더욱 빛을 발한다.

그는 1977년 장편소설 『낙엽』과 중편소설 「망명의 늪」으로 한국문학작가상과 한국창작문학상을 수상했다. 1992년 타계하기까지 27년 동안 초인적인 집필 활동으로 88권의 소설과 23권의 산문집을 남겼다. 2008년에는 그의 출생지인 경남 하동군에 '이병주문학관'이 개관되었다. 살아 있을 당시 가장 많은 독자들을 이끌었던 작가답게 지금도 그에 대한 관심이 뜨겁다. 곳곳에 '이병주 마니아'들이 숨어 있기도 하다. 여기서 살펴본 소설 「그 테러리스트를 위한 만사」는 이 작가의 역사관과 소설적 교훈 및 재미를 함께 추수하게 하는 역작이라 할 수 있겠다.

겨울밤, 황제는 무얼 회상했을까
-「겨울밤」

손정란

중학교 시절, 1년에 책을 100권 이상 읽은 사람에게 주던 다독 상을 3년 내내 받았다. 무엇보다 책이 재미있었고, 모르던 것을 알게 되는 것도 좋았고, 다른 사람의 삶을 들여다보는 것도 흥미로웠다. 어린 마음에, 책을 읽을수록 지성인이 되는 것 같았고, 사람들에게 아는 척하는 기분도 매력적이었다. 전집 한 질을 다 읽었을 때의 성취감은, 시험에서 소위 '올 백'을 맞았을 때의 환희와 견줄 만했다. '올 백'을 여러 번 해보고 하는 소리는 결코 아니다. 그렇다고 한 번도 못해본 것도 아니다. 100권 이상 책을 읽었다는 증거로 학교에 제출해야 하는 것이 있었으니 바로 독후감이었다. 글을 쓰는 일은 읽는 것만큼 즐겁고 재밌지는 않았고 때로는 귀찮기도 했다. 그래도 어떤 의미에서건 나름 적잖은 유익이 있는 일이었으리라. 탐독이라 할 만큼 책 읽기를 좋아했던 송나라 태종은, 개권

유익開券有益, 즉 '책은 펴기만 해도 유익하다'고 하지 않았는가. 물론 상을 타겠다는 의지도 적잖은 동기를 부여했다.

그 시절처럼 계속해서 많은 책을 읽으면서 살아왔더라면 내 삶이 지금의 모습과는 퍽 달랐을 것이나, 안타깝게도 책 이외에 나의 시간을 필요로 하는 곳이 살면 살수록 늘어나기만 한 듯하다. 일부라도 책 읽는 모임을 만들어 의무적으로 읽지 않으면 금세 다른 것에게 시간을 빼앗긴다. 그런 '의무의 시간'에는 내가 내 삶의 주인인 것 같다고 느끼게 해주는 근사함이 있었다. 게다가 지금은 코끝에 돋보기가 걸터앉아 긴 시간 몰입하자면 눈이 힘들다고 아우성이다. 그래도 손에 책이 들려 있으면 여전히 행복하다.

내가 속해 있는 수필반의 과제로 이병주의 단편 「겨울밤-어느 황제의 회상」을 읽었다. 1974년에 발표된 소설이다. 읽어 내려가는 마음이 결코 가볍지 않았다. 독후감을 써야 한다는 부담감 때문만은 아니었을 것이다. '황제의 회상'을 가벼이 읽어서는 안 되는 것 아닌가. 우선 이병주라는 작가에 대해 조금이라도 알고 나서 다시 읽어야겠다는 생각으로 하루는 도서관으로, 하루는 대형 서점으로 향했다. 책 제목에 '이병주'라는 글자가 포함된 책들을 꺼내어 하나하나 들춰보았다.

이병주 작가의 삶을 조금 들여다보았을 뿐이지만 그의 책을 가볍게 읽을 수 없는 이유가 확실해졌다. 그의 책에는 그의 삶이 고스란히 담겨 있었다. 다른 작가들도 그런 점이 없지 않겠지만, 이병주 작가의 경우는 유독 책 내용이 바로 작가 자신의 이야기였고, 주인공이 바로 작가 자신이었던 것 같다.

작가는 집안 대대로 유지였던 경상남도 하동에서 정미소와 양조장을 운영하는 아버지의 장남으로 1921년에 태어났다. 그가 살아낸 삶은, 일제강점기의 식민지 교육, 태평양전쟁, 학병으로의 강제징병, 해방 후 좌우 이데올로기의 대립, 한국전쟁, 남북 분단, 5·16 쿠데타, 필화 사건으로 인한 감옥살이 등 수난과 역경으로 점철된 한국사와 궤를 같이하였다. 글로 표출해낼 수밖에 없는 크기와 무게의 삶이었으리라 생각된다.

메이지 대학 문예과를 졸업하고 와세다 대학 불문과에 진학했지만, 학병으로 징병되어 중국 쑤저우에 있는 일본군 수송대에 배치된다. 광복 후 귀국하여 고등학교 교사, 대학교수를 하다가《국제신보》의 주필과 편집장으로 활동했는데, 이 시기에 「조국의 부재」와 「통일에 민족 역량을 총집결하자」라는 두 논설을 발표하여 반국가적 행위라는 명목으로 10년형을 선고받고, 2년 7개월 만에 복역을 마친다.

출소 후 그는 수감 중에 구상하던 내용을 중편소설로 써서 발표하게 되는데, 그것이 바로 언론인이었던 그를 소설가로 바꾸어 놓은 「소설·알렉산드리아」다. 1965년, 그의 나이 44세였다. 소설가로서 전례 없이 늦은 출발이었지만 전례 없이 화려한 출발이기도 했다. 당시에는 쉽게 상상할 수 없었던 방대한 규모의 소설적 배경과 흥미로운 내용으로 단숨에 베스트셀러가 되었다. 요즘 말로 일약 스타덤에 올랐던 것이다. 그는 어마어마한 독서량과 언론인으로서 쌓아 왔던 왕성한 필력으로, 엄청나게 많은 작품을 잇달아 발표했다.

'소설에 의한 사회사'를 표방하고 펜을 통한 나폴레옹이 되겠다던 발자크를 멘토로 삼았던 그는 "나폴레옹 앞엔 알프스가 있고, 내 앞엔 발자크가 있다"는 글을 붙여 놓았다고 한다. 이에 대해 문학평론가로서 이병주 문학연구의 중심에 있는 김종회 경희대 교수는 『문학의 매혹, 소설의 인간학』에서 "이 오연한 기개는 나중에 극적인 재미와 박진감 넘치는 이야기의 구성, 등장인물의 생동력과 장쾌한 스타일, 그리고 그의 소설 처처에서 드러나는 세계 해석의 논리와 사상성 등에 의해 뒷받침된다"고 언급했다.

그는 또한 해방 시대부터 4·19에 이르기까지 15년간의 현대사를 기록한 7권 분량의 대하소설 『산하』의 에피그램으로 "태양에 바래지면 역사가 되고 월광에 물들면 신화가 된다"는 말을 남겼다. 김종회 교수는 이 말에 대해 "표면적으로 드러난 사실은 역사로 기록되지만 그 시대를 살아낸 사람들의 심정은 기록되지 못하고 묻혀 버린다. 그러한 내면을 표출하고 기록하는 것이 바로 문학의 역할이다"라는 해석을 붙였다. 이 문장은 그의 문학 비문으로 새겨졌고, 그의 고향에 마련된 이병주문학관 홈페이지의 문패로도 걸렸다.

  교사, 교수, 언론인, 사업가 등 다양한 직업의 경험과 일본 유학, 중국 파병, 국회의원 입후보, 정치범으로 감옥 생활 등 파란만장한 삶에 방대한 지식이 더해져, 현실을 직시하고 소설을 통해 삶의 실상을 파헤친 그는 한국 문단의 큰 산이다. 그의 문학에는 역사의식이 충만하게 흐르고, 삶에 대한 깊은 통찰력이 발견된다. 그에 대해 알아갈수록 독후감을 쓸 자신감은 더욱 줄어들었다. 내 작은 손에 그 큰 바다의 물을 얼마나 담을 수 있으랴. 끝없이 펼쳐진 대해를 바라보는 것만으로 족하다 생각하자. 그를 만난 것만으로도, 조금이나마 가까이 간 것만으로도 크나큰 수확이요, 기쁨이 아닐 수 없다.
  김윤식, 김종회, 두 문학평론가가 엮은 이병주 에세이집 『문학을 위한 변명』에 수록된 자전적 에세이 「지적 생활의 즐거움」에서 그는 "지적인 생활이란 언제나 최고를 선택하는 생활이다. 사상의 최고, 행동의 최고, 취미의 최고, 불행의 시궁창 속에 빠져 있어도 인간의 위신을 지킬 줄 알고 보다 아름다운 것, 보다 착한 것을 지향할 줄 아는 생활을 뜻한다. 비록 철인이 될 수는 없어도 철학의 은총 속에 살고, 비록 예술가가 될 수는 없어도 예술의 향기 속에 살 수 있는 비리秘理가 지적 생활엔 있는 것이다"라며, 지적 생활이란 바로 독서를 하는 행위라고 단언한다. 수없이 많이 읽은 책과 더불어 차곡차곡 축적된 그의 지성은 더 이상 갇혀 있지 못하고 「소설 ·

알렉산드리아」를 통해 화산이 분출하듯 터져 나왔고, 27년 동안 자그마치 10만 장이 넘는 원고지를 채워낼 수 있었다고 생각된다.

「겨울밤-어느 황제의 회상」을 다시 읽었다. 그리고 한 번 더 읽었다. 소설은 주인공인 '내'가 스토브를 켠 따뜻한 방에서 어떤 냉동고보다 1도쯤 낮은 추운 감방을 회상하면서 시작된다. 왜 겨울밤인가? 지난 시간을 회상하고 그 회상을 글로 옮기자면 겨울의 '추움'과 밤의 '어두움'을 동반한 길고 긴 시간이 필요했다. 황제는 소설의 주인공인 동시에 이병주 자신이다. 자신의 체험적 인생 역정을 소설을 통해 풀어냈던 것이다.

작가는 황제라는 존재에 대해 매력을 느꼈거나 황제가 되고 싶었거나 아니면 어느 의미에서 스스로 황제라고 생각했을지도 모른다는 생각이 든다. 좌우명처럼 붙여 놓았던 글귀에도 하필 나폴레옹을 언급했고, 감옥에 갇혀서 세상 소식을 더디 듣는 것에 대한 노여움을 세인트헬레나에 유배된 나폴레옹의 노여움에 빗대기도 했으며, 「소설·알렉산드리아」에도 감옥에 갇힌 황제를 주인공으로 등장시킨다. 황제라는 자의식만이 춥고 외롭고 혹독한 감옥을 견디어낼 수 있는 힘을 부여한 것은 아닐지. 나의 이런 생각은 「소설·알렉산드리아」의 '황제'가 동생에게 보낸 편지 내용에서 확신을 얻었다. "알렉산드리아에 있다는 환각을 얻으려고 애쓰고 있다. 진짜의 나는 너와 더불어 알렉산드리아에 있고 여기에 이렇게 웅크리고 있는 나는 나의 그림자, 나의 분신에 불과하다는 환각을 키우려는 것이다. 고독한 황제는 환각 없인 살아갈 수 없다."

「겨울밤-어느 황제의 회상」은 2년 7개월간의 투옥 경험을 바탕으로, 시대적 상황에 휩쓸려 살 수밖에 없었던 인물들의 이야기가 옴니버스 형식으로 이어진다. 소작인의 아들로 경찰국장까지 올랐으나 3·15 부정선거에 가담한 죄로 수감된 이만용, 증조부대부터 물려받은 일본도의 예리함을 보여주기 위해 휘두른 오니시의 칼에 목이 베인 젊은 중국인, 어떤 정당에 가담했다가 탈당했는데 조사를 받기 위해 수감된 두응규, 신문사 경영 자금 출처에 말썽이 붙어 극형을 받게 된 '나'의 제자 조용수, '내'가 가장 존경하고 사랑하는 친구 박기영, 물에 빠져 죽을 뻔한 '나'를 구해준 열두 살 난 중국 소년 사동수, 온갖 역경 속에서도 밝은 태도를 보이려고 애쓰던 친구, 그리고 '나'보다 더 황제다운 기개를 견지했던 또 다른 황제 노정필.

부정 선거는 왜 했냐는 '나'의 말에 그것이 나라를 위하는 길이라고 생각했다던 이만용은 10년 형기를 다 채우지 못하고 옥사했다. 조사만 끝나면 간단히 풀려 나갈 것이라고 낙관하면서도 소심했던 두응규는 판결일 하루 전에 아마도 지레 겁을 먹었는지 숨이 멎었다. 사형을 당할 만한 죄를 짓지 않았다고 생각되던 조용수의 죽음은 '나'로 하여금 출소 후 사형 폐지 운동을 해야겠다는 결심을 하게 했다. '나'의 친구 박기영은 나의 건강을 걱정하며 일주일 후에 면회 오겠다는 편지를 남기고는, 사흘 후에 부보訃報를 전한다. 죽을 뻔한 '나'를 살려준 데 대한 감사의 선물로 준, 평소 갖고 싶어 하던 권총을 헌병들에게 들켜 심한 고문을 당하면서도 권총의 출처를 밝히지 않고 본부로 이송되는 중에 도주한 사동수. 그 일이 있고 사흘 후에 일본이 항복했으니 그를 다시 보지는 못했지만 아마도 훌륭한 어른이 되었으리라. 작가는 '사동수를 생각한다는 것은 인생을 생각한다는 뜻이고 용기를 생각한다는 뜻이고 기필 내 인생을 보람있게 해야 한다는 다짐'이라고 회상한다. 노정필은 능동적으로 빨갱이들에게 협력한 인민위원장으로서 징역 20년이 구형되었다. 만석꾼의 아들이요, 만석꾼의 사위이기도 한 그는 주변으로부터의 석방 내지 감형 노력을 마다하고 20년을 꿋꿋이 복역했다.

소설의 줄거리는 등장인물들을 서로 끊임없이 대비시키며 전개된다. 노정필의 얼음처럼 차갑고 결연한 태도에서 '나'는 30년 전 오시니의 칼에 죽은 젊은 중국인의 '지옥을 보아버린 눈, 절대적인 운명이라는 벽 앞에 다물어버린 입'을 회상하게 된다. "빨갱이들이 말하는 성분대로라면 나는 빨갱이가 되어야 하고 그 사람(노정필)이 내 입장에 서야 할 건데…"라는 소작인의 아들 이만용이 한 말과 "만석꾼의 아들 노정필은 20년의 감옥살이를 견디어내는데 소작인의 아들 이 씨는 2년의 옥살이도 이겨내지 못했다"는 사실을 통해 노정필과 이만용을 비교한다. 또한 차마 대담하게 판결을 기다리지 못하고 바로 전날 소심하게 죽어나간 두웅규와 당당하게 사형을 받아들인 조용수를 대비시킨다. 지난한 삶의 질곡을 경험했으면서도 인간의 천진성을 그대로 지녔고 철저한 천주교 신도이면서도 친구들에게 자신의 천주를 강요하지 않았던 친구의 얼굴과 차디찬 돌이 되어 버린 노정필을 하나의 화면에 담는다. 삶의 역정이 모든 사람을 피폐하게 만드는 것은 결코 아니라는 말을 하고 싶었던 것 같다.

수감 생활을 함께했다는 인연으로 '나'와 노정필은 출소 후에도 가끔씩 만나는 사이가 되었는데, 노정필은 감옥이라는 궁전을 벗어났음에도 여전히 '황제답게' 말이 없다. 노정필의 입을 열기 위해 '나'는 다양한 주제로 접근하지만 여섯 번을 만나고야 입 열기를 성공했다. 북으로 간 좌익 문인에 대한 이야기가 자극이 된 모양이었다. 노정필은 「소설·알렉산드리아」를 읽고 '기록자가 쓴 기록이 아니라 시인이 쓴 시'라며, 기록자가 되기 위해 작가가 되었다고 말하는 '나'를 맹렬하게 비판한다. 기록이 문학으로서 가능하자면 시심 또는 시정이 기록의 밑바닥에 지하수처럼 스며 있어야 한다는 것이 '나'의 문학 이론이었다. 그래야만 설득력과 감정이입이 함께 가능하다고 믿고 있었기 때문이다. "나는 기록이자 문학인 것을 노리고 있는 겁니다. 문학이자 기록이라고 바꿔 말해도 좋지요"라는 말에 노정필은 '나'를 시인이라고 규정해버리면서 "시인은 패배를 미화해가지곤 모든 사람이 패배자가 되도록 권유합니다. 당신의 시인은 세상을 기만하고 당신 자신마저도 기만했단 말이오"라고 말을 맺었다. 그는 '나'에게 '기록자가 되기보다 황제가 되는 것이 낫지 않겠느냐'고 비아냥거렸지만, '나'는 '돌이 되는 것보다 황제가 되는 게 낫지 않겠느냐'는 말을 입 밖에 내지 못했다. 너무나 단호한 노정필의 태도에 주눅이 들었을까? 겨우 입을 연 노정필이 다시 침묵하게 될까 봐 두려웠을까?

'나'와 노정필은 지식인이다. 둘 다 지성인이기도 할까? "어떤 주의나 사상이 남을 강요하고 남의 행복을 짓밟아서는 안 되고 자기 자신을 보다 인간답게 하는 힘이 되어야 한다"는 작가의 관점에서, 노정필은 '보다 인간답게'가 아니라 '그냥 인간답게'도 살고 있지 못하다. 앞에서 인용했듯이 "비록 철인이 될 수는 없어도 철학의 은총 속에 살고, 비록 예술가가 될 수는 없어도 예술의 향기 속에 살 수 있는 비리秘理가 지적 생활엔 있는 것이다"라는 견지에서 보아도, 철학의 은총도 예술의 향기도 거부하는 얼음같이 단단하고 차가운 노정필은 지적인 생활을 누리는 지성인이라고 할 수 없다. '나'는 환각을 통해서 황제로서의 삶을 이어나가려 했다면, 노정필은 환각을 부정하고, 고행하는 수행자처럼 고통을 자처하고 감내하는 의연한 황제가 되고자 했다.

작가가 출간한 지 10년이 다 된 「소설·알렉산드리아」를 이 소설에 굳이 삽입시킨 이유는 무엇일까? 그것도 노정필이 '나'를 비판하는 수단으로 말이다. 기록자로서 역할을 다 해내지 못했다는, 문제의식을 둔화시키고 문제 해결의 의욕이나 의지를 약화시켜서 감정에 휘말리게 한다는 비판에 대한 변명이 필요했을지도 모른다. 노정필의 입을 빌어 '나'를 맹렬하고 신랄하게 비판하게 하고, '나'는 그 비판에 대해 변명을 하려 했다는 말이다. 그러나 노정필의 비판도 결국은 작가 자신의 목소리라는 사실에 비추어보면, 이병주 작가를 비판할 수 있는 존재는 자기 자신뿐이라는 속내를 비친 것은 혹시 아닌지 조심스레 생각하게 되기도 한다.

황제의 회상은 가장 많은 지면을 할애했던 노정필의 이야기에서 끝나지 않고, 인간 그대로의 천진한 모습을 가진 친구에게로 이어진다. 인간이 보다 인간적일 수 있도록 하는 계기가 된 천주의 기막힌 존재에 감탄하며, "그런데 그 친구는 죽었다…"는 말로 맺는다. 어떻게 이해해야 할까 많은 고민을 한 부분이다. '인간의 유한성 역시 인간적이다'라는 말로 해석해도 될는지 모르겠다.

작가는 소설을 통해 자신의 문학관, 가치관, 인생관의 면면을 구체적이고 뚜렷하게 보여주고 있으며, 철저한 인본주의자임을 느낄 수 있는 대목이 여럿 발견된다. 모든 것에 우선하는 인간에 대한 깊고 따뜻한 감상, 부끄러운 과거에 대한 솔직한 감회, 자신의 소신에 대한 꿋꿋한 자세, 옳고 그름에 대한 합리적인 사고, 이길 수 있지만 겨줄 수도 있는 여유 등이 군데군데 드러나 있다.

작가의 호는 나림那林이다. '어떤 숲'이라는 의미이다. 고고하게 우뚝 선 황제와는 대비되는, 이름도 가지지 않은 채 온갖 것들을 포근히 품은 숲 같은 '황제'가 아닐까. 이 글을 마무리하는 시점에 내 마음에는 이병주 작가의 『지리산』을 찾아 떠나는 독서 여행에 대한 기대가 차오르고 있다.

다정과 다감이 흠이 되었노라
-「세우지 않은 비명」

손정란

이 달의 작업을 마감해서 넘기고 그나마 한가한 시간을 맞아, 작가 이병주가 펼쳐놓은 『지리산』 독서 여행을 한창 즐기고 있을 때, 수필반 반장님의 전화를 받았다. "요즘 좀 한가하지요?" 내 상황을 훤히 알고 하시는 말씀이다. 음전하고 차분한 어투로 전하시고자 했던 내용인즉슨, 소설 「세우지 않은 비명」의 독후감을 써보지 않겠냐는 거였다. 어머니의 죽음과 자신의 죽음을 맞은 인물의 이야기라는 설명이 덧붙었다.

죽음.

그리스 철학자 에피쿠로스는 "살아 있는 동안 죽음을 알 수 없다. 죽으면 죽음을 더욱 모른다. 이래도 저래도 알 수 없는 문제를 놓고 고민할 필요가 뭐 있느냐"고 했고, 공자는 "나는 아직 생生을 모른다. 그런 처지에 어찌 사死를 논하랴"라고 했다. 작가 이병주는 소설 「세우지 않은 비명」을 통해서 죽음을 이렇게 말한다.

죽음이란 뭐냐. 이 세상에서 없어지는 것이다. 언제 없어져도 없어질 운명이 아닌가. 그렇다면 조만早晩이 있을 뿐이지 본질적으론 다름이 없는 것이 아닌가. 그런데 왜 오래 살려고 발버둥치는 걸까. 오래 살면 죽음에의 공포가 없어지는 걸까. 오래 살면 미련 없이 죽을 수 있는 걸까. 내가 가령 80세에 죽는다고 치자. 그 나이에 죽으면 지금 죽는 것보다 고통과 슬픔이 덜할까. 이것이야말로 불모不毛의 사고思考이다. 그만두자. 죽음이 다가왔을 그때 해결해도 늦지 않다.

그렇다. 미리 죽음의 공포와 동거할 필요는 없다. 그러나 죽음이 때를 가리지 않고 닥칠 수 있음 또한 분명한 사실이다. 나는 지금으로부터 딱 20년 전, 40세가 채 되기 전에 죽음의 문턱을 경험했다. 남의 죽음이 아니라 나의 죽음을.

의사에게서 두 달 정도의 삶이 남았다는 말을 듣고 나는 무엇을 할 수 있었던가. 아무것도 하지 못했다. 꼼짝 없이 기계에 매달린 식물인간과 다름없는 육체를 가지고 할 수 있는 것은 아무것도 없었다. 입을 통해 호흡기를 삽관하고 있어서 말도 할 수 없었다. 불행인지 다행인지 정신은 깨어 있었기에 유일하게 할 수 있는 것이 기도였다.

시간이 촉박하다는 불안감 때문에 간절하고도 간절하게 딱 하나의 기도만을 했다. '우리 아이들을 사랑할 수 있는 엄마를 보내주세요.' 남편, 부모, 형제, 친구들을 전혀 걱정하지 않은 건 아니지만, 그들은 '살아 있는' 성인 아닌가. 살아가겠지. 나의 부재로 인한 아쉬움이나 불편함은 곧 이겨낼 수 있겠지. 그러나 엄마의 손길이 절실하게 필요한, 아직 어린 두 아들을 생각하면 편하게 눈을 감을 수 없을 것 같았다. 그랬었다. 그렇게 죽음의 문턱을 경험했었다. 의사들조차도 믿기 어렵다고 할 만큼 '기적적으로' 살아나 지금 이렇게 글을 쓰고 있지만 말이다.

당시, 한 친구의 남편이 내게 선물을 했었다. 『모리와 함께한 화요일』이라는 책이었다. 그 책을 선물하고, 친구와 친구 남편은 대판 싸웠다는 후일담을 들었다. 죽어가는 친구에게 죽어가는 사람의 이야기를 읽으라고 했다는 게 싸움의 원인이었다고 한다. 아마도 그 남편은 삶을 잘 마무리하고 편한 마음으로 떠나라는 뜻에서 한 선물이었을 것이다. 참으로 '용기 있는' 선물이라고 생각했다. 아직까지 감사하게 기억한다.

『모리와 함께한 화요일』은 이 책의 저자인 스포츠 기자 미치 앨봄과 그의 대학 시절 교수이자 루게릭병으로 죽음을 앞둔 모리 슈워츠의 질문과 대답으로 엮어진 실화이다. 모리는 매주 화요일의 대화를 통해 삶에서 정말로 소중히 여겨야 할 것은 무엇인지 알려주고, 다른 사람들의 고민을 듣고 조언해준다. 삶과 죽음에 대한 지혜를 알려주는 이 책은, '나의 졸업식 모리의 장례식'이라는 제목의 글로 마지막 장을 채운다.

죽음의 문턱 앞에서 되돌아온 나는 일반실로 옮겨진 후에 이 책을 펴보고는, 중환자실에 들어가기 전 병세가 덜 악화되었을 때 이 책을 읽었더라면 마음이 좀 덜 힘들고 덜 아팠을지 모른다는 생각을 하기도 했다. 「세우지 않은 비명」을 읽는 내내, 죽음에 대한 나 자신의 경험과 모리 슈워츠의 마지막 시간들이 내 머릿속에서 계속 중첩되었다.

「세우지 않은 비명」은 화자인 '나'를 통해 '또 다른 나'인 성유정의 이야기를 전달하는 소설로, 성유정이 좋아했던 시구, 인생지합사양주人生只合死楊洲, 인생은 모름지기 양주에서 죽어야 하는 것이거늘!로 시작된다. 여기서 말하는 양주는 중국 장쑤성에 있는 도시다. 양주는 일제 때 학병으로 끌려간 성유정의 부대가 주둔하던 곳이었고, 이 시구는 당시 길가에서 주운 비각에 새겨진 것으로 당나라 시인 장호張祜가 지은 시의 일부라고 한다. 성유정은 자신이 좋아했던 시구대로 중국의 양주에서 죽지는 않았지만 한국으로 돌아와 그로부터 34년 후에 경기도의 양주에 묻히게 된다.

모든 죽음이 슬프기 마련이지만 "성유정의 죽음이 특히 슬픈 것은 어머니의 죽음이 있은 지 일주일 후에 그가 죽었다는 사실에서 기인한다"고 작가는 말하고 있다. '나'는 성유정이 묻힌 양주의 무덤을 바라보며, 그의 죽음과 무덤에 대해서 그가 남긴 두툼한 수기를 통해 스스로 말하게 하고자 한다.

그러기 위해서 이 소설은 액자소설의 형식을 취하고 있다. 액자소설이란 한 작품이 내부 이야기와 외부 이야기로 이루어지는 것을 말한다. 소설 「세우지 않은 비명」에서는, '나'라는 화자가 액자 바깥쪽에서 성유정을 소개하고, 액자 안쪽에서 나, 성유정이 자신의 이야기를 하고, 다시 바깥쪽으로 나와 '나'의 후기로 끝이 난다.

직업이 정확하게 명시되지 않았지만 주 1회 신문에 시사 칼럼을 쓰고 있는 성유정은, 어머니가 위암에 걸렸다는 진단을 받고 얼마 안 있어 자신이 간암이라는 진단을 받는다. 담당 의사는 어머니에게는 6개월, 성유정에게는 1년 정도의 시간이 남았다고 한다. 그러나 그 시기가 뒤바뀔 가능성도 있다는 말에, 성유정은 어머니보다 먼저 죽지 않기 위해 최선을 다하겠다고 생각하며, 슬퍼도 슬퍼할 수 없고 고통스러워도 고통스러워할 수 없는 자신의 '기막힌 운명'을 되돌아본다.

성유정은 일제 말기 학병으로 나갈 때 자신의 두려움과 괴로움을 돌아볼 새 없이, 자신을 위로하기 위해 모인 가깝고 먼 모든 친척들의 침통한 마음을 오히려 위로해야 하는 국면에 놓였었다. 6·25 동란 중 정치보위부에 체포되었을 때는 자신 말고도 많은 이들이 반동분자로 끌려와 갇힌 상황이라 교사로서의 직분으로 그들을 위로할 수밖에 없었다. 5·16 혁명 직후 필화 사건으로 수감되었을 때는 유치장에서 만난 다른 교사들이 성유정을 정신적 지주로 삼으려는 분위기여서 자신의 울분과 고통을 표명할 수 없는, 한마디로 '황제 노릇을 해야 하는 죄수'였다.

그리고 마지막으로 자신의 죽음을 맞닥뜨리고 있는 시점에도, 어머니의 죽음을 걱정하며 자신의 죽음에 대한 모든 감상感傷을 외면하고 가장 중요한 최후의 연극을 해야 하는 상황이다. 어머니에 대한 불효를 보상하는 유일한 길은 어머니에게 자신의 죽음을 감추는 일, 어머니보다 하루라도 더 오래 사는 일. 어머니를 위해 마지막을 바치는 일이라는 심정을 가질 수밖에 없는 운명에 놓인 것이다.

성유정은 "나를 지탱하고 있는 것은, 사람이란 견디지 못할 것이 없다는, 즉 자기의 죽음마저도 견딜 수밖에 없는 생명의 또 하나의 힘이었을 뿐이었다"고 말하지만, 죽음에 대해 당황하는 자신을 돌아보며, 암을 선고받은 메레디스 신부가 주인공인 모리스 웨스트의 책 서문을 인용한다.

얼굴을 가리고 손을 숨기고 전혀 예기치도 않은 시간에 죽음이 들이닥친다는 것은 죽음이 지니고 있는 은총의 일부라고 할 수가 있다. 죽음은 그의 형제인 수면睡眠처럼 천천히 부드럽게 다가서든가, 또는 성애性愛의 절정처럼 빨리 급격하게 엄습하든가 해야 한다. 그런 까닭에 최후의 순간은 영혼과 육이 분리하는 고통 대신 조용하고 성스럽기조차 할 것이다. 이와 같은 죽음의 은총이 막연하나마 모든 사람들이 바라고 있는 바이며 그것을 위해 기도한다. 그런데 그 바람과 기도가 거절당했을 때 사람들의 비통은 심각하다.

모든 사람은 죽음을 맞이한다. 그러나 실제로 모리스 웨스트가 말하는 것처럼 그 바람과 기도대로 죽음을 맞는 사람보다는 거절 당하고 비통하게 죽음을 맞는 사람이 더 많다는 사실에, 죽음에의 공포와 고통이 잠복되어 있는 것이다.

어머니의 고통과 자신의 고통을 이중으로 겪어야 하는 성유정은 생각한다.

이 이중의 고통이 상승 작용相乘作用으로 고통을 더하게 하는 것이 아니라 어쩌면 상제 작용相制作用이 되었지 않았나 생각한다. 이를 테면 어머니의 죽음에 대한 슬픔 속에 자신의 죽음에 대한 공포를 묻어버릴 수가 있고, 자신의 죽음에 대한 슬픔의 그늘에 어머니의 죽음에 대한 슬픔을 묻어버릴 수가 있다는 얘기다.

성유정의 수기에는 두 사람의 친구가 등장한다. 한 친구 박기영은 암을 이기고 기적적으로 살아난 후 초상난 친구들과 이웃들을 찾아다니면서 시체의 염을 도맡아 하고 있다. 그 이유는 죽음을 일상생활로 끌어들여 평범한 작업의 대상으로 인식함으로써 죽음과 친해지기 위함이다. 죽음과 친해진다면 죽음에 대한 공포나 고통을 줄이고 의연하게 받아들일 수 있을 거라는 생각에 공감이 가기는 하나, 과연 그럴 수 있을 것인지는 죽음 앞에 선 사람만이 답할 수 있을 것이다.

다른 친구 Y는 성유정의 삶이 얼마 남지 않았다는 사실을 모른 채 "부모를 공경하는 데 불효함이 없었나, 친구와 사귀는 데 불신함이 없었나, 반성해서 내가 한 일에 대해 과히 어긋남이 없다면 비교적 평온하게 죽을 수 있을 것 같은데 내겐 회한이 너무 많다"고 말하는데, 성유정은 그 말에 크게 충격을 받는다. 부모에게 불효하고 친구들에게 폐를 끼친 것 말고도 여자를 농락해서 불행한 삶을 살게 한 것에 대한 회환이 떠올랐기 때문이다. 그 일들을 그대로 두고는 안심하고 죽을 수 없다는 생각을 하게 되었다.

성유정은 자신의 삶을 정리하기로 한다. 정리할 만한 재산은 없다. 있는 것이라고는 호학심好學心과 허영심虛榮心으로 모은 만 권의 장서. 그는 노후에 헌책방을 차릴 꿈을 가지고 있었다. 그 꿈을 이룰 수 없음을 알게 된 성유정은 "아주 겸손한 염원이라고 생각했던 이 염원이 지금 와선 엄청나게 호사스러운 꿈으로 되었다"고 처연하게 생각한다.

"오늘은 어제 죽은 이가 그토록 그리워하던 내일이다"라는 소포

클레스의 말이 연상된다. 모든 날들이 누구에게나 주어질 것처럼 당연하게 생각해선 안 될 일이다. 노후 준비에 대한 필요성이 오래전부터 대두되어 왔지만, 이처럼 노후라는 것 자체를 맞지 못하는 삶도 있는 법이다.

청춘이 없었던 자신에게는 노후마저 허락되지 않았음을 한탄하지만, 청춘이 없었다고 해서 청춘의 단편조차 없었던 건 아니어서, 청춘 시절의 자신이 상처를 남겼던, 죽기 전에 용서를 구해야 할 두 여자를 떠올린다.

소녀라고 불리는 한 여자는, 4세 때부터 편모 밑에서 살다가 8세 이후로는 의부의 사랑을 받으며 귀하게 성장했고 대학까지 공부를 했다. 결혼을 앞두고 우연찮게 성유정을 만나게 된 여자는 결혼을 기피하고 성유정의 애인으로 만족하며 관계를 지속해오고 있다.

또 한 여자는, 성유정 스스로 자신을 '불량 학생'이라고 지칭했을 만큼 지적인 수사修辭를 이용해 여자들을 쉽게 농락했던 37년 전, 일본에서 만난 미네야마 후미코峰山文子이다. 시모노세키에서 출발하는 열차에서 만난 그녀를 목적지 기후에 앞서 오사카에서 내리게 하여 밤을 함께 보낸다. 그녀는 후에 임신 사실을 알리며 성유정을 만나고 싶어 했지만 성유정은 전쟁터에 나가야 한다는 핑계를 대고 일본을 떠나버린다. 단지 도망칠 생각만 있었던 것은 아니고 고향으로 돌아가 부모님과 사후 대책을 의논하여 강구할 생각도 없지 않았다. 하지만 계획과는 달리 성유정은 한국에서 군에 입대해야 했고, 그렇게 세월이 흐르면서 그녀를 37년간 '방치하고' 살았던 것이다.

죽음 앞에서 떠오른 미네야마 후미코. 성유정은 그녀에게 용서를 구하고 자신이 뿌린 씨앗을 거두기 위해 일본으로 건너가지만 그녀를 찾기 위해 여러 날 고생한 끝에 그녀의 사망 소식만을 접한다. 미네야마 후미코의 사망 원인도, 아이를 낳았는지조차도 알지 못한 채, 어머니가 위급하다는 소식에 한국으로 돌아온다.

어머니는 "그느들 모두 잘 지내라"라는 메시지를 남기고 80세의 삶을 마감한다. 성유정은 어머니의 장례를 잘 치르고 삼우제까지 지내고 그다음 날 세상을 떠났다. 성유정의 수기는 "나의 메시지는 뭐라고 할까. 용서해 달라. 나를 용서해 달라"는 말로 끝나고, 화자인 '나'의 후기가 이어진다.

성유정은 재才도 있고 능能도 있는 인물이었다. 그러나 그는 충전한 의미에 있어서의 문학자가 되지 못하고 일개 딜레탕트로서 끝났다. 그 딜레탕트의 늪 속에서 혹시나 연꽃이 피어날 수도 있지 않을까 하는 것이 나의 기대였고 그를 아는 모든 사람들의 기대였지만 그 기대는 그의 운명殞命과 더불어 무로 돌아가고 말았다. 그러나 그건 결국 성유정 자신의 책임이었다. 마음이 약하다는 사실은 그 변명이 될 수도 없고 문란한 사생활에 대한 비난을 면책할 조건도 되지 못한다.

그래도 그의 묘비명을 청한다면 다음과 같이 쓸 것이다.

'그의 호학好學은 가히 본받을 만했는데 다정과 다감이 이 준수俊秀의 역정歷程에 흠이 되었노라'

그리고 그는 성유정이 자신의 라이프 워크를 쓸 때 빌려 쓰겠다던 청나라 시인 왕어양王魚洋의 시구 '하처고향사 풍상역성수, 하처고향사 월기화산수何處故鄉思 風傷歷城水, 何處故鄉思 月倚華山樹, 어디에서 고향을 그리워하는가 역성의 물에 애태우는 바람이요, 어디에서 고향을 그리워하는가 화산의 나무에 기댄 달이로다'에서 따다가, 「세우지 않은 비명」의 에피그램으로 덧붙인다. '역성歷城의 풍風, 화산華山의 월月'이라고. 역성은 제남을, 화산은 서악을 가리킨다. 왕어양의 첫 부임지가 양주였고, 이 시는 양주에서 고향 제남을 그리워하며 지은 시라고 한다. '역성歷城의 풍風, 화산華山의 월月'은 곧 성유정이 그리던 마음의 고향을 의미한다. 작가는 양주라는 공간 배경에서 시작된 소설을 양주에서 맺고 있는 것이다.

책을 읽어나가는 동안 성유정이 이병주 작가 자신일 것이라는 생각을 했지만, 나이가 같고 징병과 전쟁과 투옥으로 청춘 시절을 잃었고 신문의 칼럼을 썼고 사생활이 다소 문란했다는 등의 공통점이 있다 해도, 딜레탕트로 삶을 마감한 성유정이 한국 문학의 큰 산으로서 길이 남을 이병주 작가를 대변한다고 볼 수는 없다. 문학평론가 김윤식은 저서 『이병주와 지리산』을 통해서, 성유정과 이병주를 동일한 인물인 동시에 동일하지 않은 인물이라고 평하면서 '세우지 않은 비명'이지만 '세워질 비명'이라고 말하고 있다. 소설 「세우지 않은 비명」의 시간적 배경이 1980년임을 감안할 때, 작가 이병주와 성유정을 한 인물로 볼 수도 있음을 뒷받침해주는 셈이다. 또한 묘비명을 쓸 수는 있되 세울 수는 없는 존재라는 것이 '작가 이병주'가 '인간 이병주'를 바라보는 시선에서 비롯된 작가의 윤리 의식이자, 「세우지 않은 비명」을 쓴 이유이며, 이 비명은 결국 작가 자신을 위한 것이라고 김윤식은 덧붙인다.

죽음 앞에서 모든 것들이 과연 무슨 의미가 있는가. "내가 없어도 이 하늘과 땅은 천 년 후에도, 만 년 후에도 이처럼 의젓하게 남아 있을 것이 아닌가. 천 년 전, 만 년 전에 이 하늘과 땅이 고스란히 그냥 있었듯이 말이다." 구름 한 점 없는 푸르고 드높은 가을 하늘을 바라보며 성유정이 한 말이다. 내가 죽어 없어도 세상이 그대로 돌아갈 것이라는 사실은 내 죽음의 무게를 다소간 덜어준다고 이해해도 될까.

성유정은 죽음 자체에 대해 공포를 느꼈던 것 같지는 않다. 다만 어머니보다 먼저 죽게 될까 봐, 자신의 회한을 다 정리하지 못하고 죽게 될까 봐, 마지막 순간까지 최선을 다하려 했던 것이다. 결국 잘 죽어야 한다는 것은 잘 살아야 한다는 말이다. 「소나기」의 작가

황순원은 어떻게 죽을 것인가의 답은 어떻게 살 것인가에 있다고 했다고, 소나기마을의 촌장이자 문학평론가인 경희대 김종회 교수가 전한다. 잘 죽었다고 할 만큼 잘 살아내지 못했던 성유정은 '세우지 않은 비명'의 주인공이 되지 않았는가.

어느 날 갑자기 비명횡사非命橫死하지 않을 것이라고 결정된 사람은 아무도 없다. 수없이 많은 생명이 아무 준비도 못한 채 삶을 마감하는 일이 비일비재하다. 늘 죽음만을 생각하며 살아갈 수는 없겠지만, 또 그렇게 사는 것은 너무 우울하거나 회의적일지도 모르지만, 죽음을 감지했을 때 감당하기 어려울 많은 회한을 남겨두지 않을 삶을 살아가라고, 잘 죽기 위해서 잘 살아내라고, 작가 이병주는 말하고 싶었던 게 아닐까 생각한다. 아니 그보다 바로 자기 자신에게 그렇게 말하고 있는 것으로 보는 게 더 정확할 수도 있다. 나 또한 '덤으로' 살아가고 있는 이 시간이 헛되지 않기를, 어떻게 죽을 것인가에 답할 수 있도록 살아가기를, 늘 마음에 담아두고 있는 터이다.

권력은 호화롭지만 비력비자非力非資는 비참하다
- 「예낭 풍물지」

이상임

1970년대 당시 작가 이병주는 사회제도, 특히 사법제도와 맞부딪치며 소설로써 저항하면서 소설을 집필했는데, 1972년에 발표된 「예낭 풍물지」도 그러한 소설 중의 하나로 증언자이며 기록자인 이병주의 소설적 특징을 잘 나타내고 있다.

소설 「예낭 풍물지」는 "예낭! 나는 이 항구도시를 한없이 사랑한다"는 말로 시작된다. 예낭은 태평양을 남쪽으로 하고 동서로 뻗은 해안선을 기다랗게 점거하고 북쪽에 산맥을 등진, 그림처럼 아름다운 항구도시이다. 주인공은 누구나처럼 자신의 고향에서 자신의 감정과 꿈을 가지고 '자신의 예낭'이란 의식 속에서 살아가는 사람이다. 예낭이라는 도시는 주인공의 지도에만 존재한다. 마르셀 프루스트의 파리가 그의 의식 속에만 존재하듯이.

이백만 인구의 예낭이라고 하지만, 나의 예낭은 인구 이백만이 공유하는 예낭이 아니다. 장님의 예낭은 촉각의 예낭이고, 권력자의 예낭은 군림하기 위한 예낭이지만, 나의 예낭은 식물처럼 그 속에 살면서 꽃처럼 꿈꾸며 살기 위한 예낭이다. 그런 까닭에 예낭에는 꿈과 현실의 차이가 없다. 그러하기에 기적을 스스로가 만들어가야 한다.

「예낭 풍물지」는 한국전쟁, 4·19, 5·16이라는 한국사의 험난한 과정을 직접 겪으며 살아온 데다가, '가진 것이 아무것도 없다는 죄' 때문에 억울하게 투옥 생활을 해야만 했던 주인공의 이야기로, 줄거리는 대강 이러하다.

나의 아버지는 일제 때 사상이 불온했었다는 이유로, 6·25 전쟁이 일어나자마자 비명에 세상을 떠났고, 나는 아버지 유골이라도 수습하겠다는 생각으로 4·19 직후에 조직 활동에 가담했다. 조직이 커짐에 따라 정치적으로 이용하려는, 즉 좌경화 흐름을 알게 된 나는 그것을 막으려다 오히려 징역 10년형을 받고 억울하게 옥살이를 하다가 결핵에 걸렸다.

병세가 악화되어 죽음이 임박하게 되니 5년 만에 감옥에서 풀려났다. 내가 감옥에 있는 동안 딸 영희가 급성폐렴으로 죽음을 맞았고, 아내 경숙은 생계를 꾸리기 위해 친구의 다방에서 일을 도와주다가 상처喪妻한 지 얼마 되지 않은 부유한 중년 신사를 만나 노모만 남겨둔 채 집을 떠나버렸다. 감옥에서 나온 나를 돌보는 사람은 칠순의 나이에 생선 장사를 하는 노모다.

나는 불편한 몸으로 고향 예낭 이곳저곳을 돌아보며, 삶을 상실하고 불평과 악심만 남은 사람들이 모여 사는 빈민굴 동네의 만사에 관심을 가지게 된다. 육체와 정신이 병들대로 병들어 나의 삶도 그들과 다를 바가 없다. 아들이 세 살 때 일본으로 밀항한 후 10년째 소식이 없는 남편을 기다리며 구멍가게 술집을 운영하는 윤씨는 아내와 닮았다. 노모는 윤씨를 보고 돌아온 며느리라고 생각했고, 그 때문에 윤씨는 내 옆에서 함께 노모의 임종을 지켜줬다.

주인공은 비록 빈민굴에 살고 있지만 베토벤과 모차르트를 좋아하고, 책으로 서가를 만들고 음반으로 음악 분위기를 가꾸고 복제한 명화를 가지고 아담한 미술관을 꾸밀 줄 아는 사람이며, 미군을 남편으로 둔 이웃집 아낙의 부탁에 사전을 뒤질망정 영어 편지를 대필할 수도 있고, 불현듯 소동파의 「적벽부」를 읊을 수도 있는, 나름 낭만과 지성을 지닌 사람이다.

작가는 주인공이 살고 있는 동네를 역설과 아이러니로 묘사하고 있다. 우선 동네 이름은 '도원동桃源洞'이고, 골목마다 가난의 호사가 있고, 한량없는 슬픔이 범람하고 있으며, 그 슬픔의 파도를 헤치고 살아가는 사람들의 모습은 장엄한 광경이다. 그곳에서 가장 높은 것은 목욕탕 골목인데 목욕탕의 이름은 평화탕이다.

도원동의 '도원'은 무릉도원武陵桃源의 '도원'과 같은 글자이다. 무릉도원은, '중국 호남湖南의 무릉武陵에 사는 한 어부가 고기를 잡기 위해 계곡을 올라가는데 복숭아 꽃잎이 내려오는 것을 보고 그 근원까지 거슬러 올라가니 복숭아꽃들이 만발한 아름다운 계곡이 있었고 그 안쪽의 굴 속에는 진秦나라 때 난리를 피해 여기 들어와 시간이 얼마나 지났는지도 모르고 행복하게 사는 사람들이 있었다'는 이야기에서 유래된 표현으로, 이상향 또는 유토피아를 의미한다. 이 빈민굴의 이름이 도원동이라는 게 얼마나 역설적인가. 무릉도원을 꿈꾸기라도 하며 지은 이름일까.

호사豪奢라는 단어를 보자. 호화롭고 사치스럽다는 뜻을 가난에 붙였으니, 도원동의 상황을 초라하다는 단어로 표현하는 것보다 더 비참하게 표현하고 있는 것이 아닌가. 범람하는 슬픔 속에 사는 사람들의 모습을 장엄한 광경이라고 한 것도, 이런 마을에 들어서 있는 목욕탕 이름이 평화탕인 것도 슬픔과 아픔을 카무플라주하려는 몸부림인 것 같아서 더욱 애틋하고 애절하고 애잔하다.

도원동 주민들은 모두 슬픔을 가지고 사는, 그야말로 소시민이라는 표현조차 사치스럽다고 할 정도이다.

벼룩에도 낯짝이 있고 빈대에도 체면이 있다는 그 벼룩 그 빈대들도 있다. 국어사전에서는 찾아볼 수 없는 욕이란 욕, 악담이란 악담이 홍수처럼 쏟아지는 곳이 이 도원동이다.

진짜 벼룩과 빈대를 뜻하기도 하고, 벼룩과 빈대 같은 인간을 일 컫기도 하는 것이다. 도원동의 현주소가 이렇다. 무릉도원과는 멀어도 너무 멀다.

감옥에서 결핵이 걸린 주인공은 결핵균이 자신을 위해 '연극을 꾸며준 것'이 틀림없다고 생각한다. 그렇게라도 아무도 돌보지 않고 아무것도 가진 것 없는 비력비자非力非資한 자신에게도 누군가가, 어떤 존재인가가 편이 되어 준다는, 편이 되어 주어야만 한다는 생각으로 위안을 받고 싶었던 것일지도 모르겠다.

주인공은 결핵균과 조약을 맺었다. 주인공은 나이드라지드라는 약 외에는 먹지 않기로, 결핵균은 더 이상 공격하지 않기로. 페어 플레이를 위해서는 더 좋은 약이 있어도 먹지 않아야 했다. 자신을 감옥으로부터 '추방당할 수' 있게 해준 결핵균에 대해서 친근감도 느끼는 주인공이다.

주인공은 다른 남자에게로 떠나버린 아내를 미워하거나 분노하지 않는다. 용서해달라는 말을 세 번이나 쓴 아내의 마지막 편지를 보며, 자신은 용서할 사람이 아니라 용서받을 사람이라고 생각하는 주인공. 아내를 떠나게 한 것에 대한 책임이 자신에게 있다는 것이다. 아내의 유일한 잘못은 자신이 아내에게 용서를 구할 방도를 남겨놓지 않고 떠났다는 사실이라고 생각한다. 그래서 어디서

건 아내를 스치듯이라도 만나는 기적을 바라며 살아가고 있다. 용서를 구하기 위해서.

기적은 일어났다. 주인공의 아내로 살 때와는 너무나 다른 우아한 모습으로 남편임직한 중년 신사와 대화하며 걸어가는 경숙이를 본 것이다. 주인공이 할 수 있는 것은 아무것도 없었다. 용서를 구하지도 못했다. 그 남편에게 "경숙일 이처럼 사랑하고 행복하게 해주셔서 대단히 감사합니다"라는 말을 할까 하는 생각만 했을 뿐.

여기에서 주인공의 성품을 느낄 수 있다. 남편이 투옥 중인데 나이든 시모만 남겨두고 집을 나간 아내를 위해, 집을 나갈 수밖에 없었던 그럴듯한 시나리오를 만들었다는 것, 그것으로 자신을 위로하고 아내를 이해하려 한다는 것은 인간이 인간답기 위해서 가져야 하는 지성의 극치를 보여주는 듯하다. 물론 일종의 미화美化일지도 모르지만, 주인공이 소설 속에서 빈민굴 사람들을 대하는 모습을 통해 보여준 성품과는 부합된다고 할 수 있다.

주인공은 아무런 죄도 짓지 않았다.

형법 어느 페이지를 찾아보아도 나의 죄는 없다는 얘기였고 그 밖에 어떤 법률에도 나의 죄는 목록에조차 오르지 않고 있다는 변호사의 얘기였음에도 10년의 징역을 선고받았다. (…) 결국 죄인이란 권력자가 '너는 죄인이다' 하면 그렇게 되어버리는 사람이다.

주인공이 억울하게 죄인이 되고 나서 할 수 있던 최선은, "죄인이란 권력자가 '너는 죄인이다' 하면 그렇게 되어버리는 사람이다"라는 말을 만들고 이해하는 것이었다. 법이라는 거대한 권력 앞의 한 소시민의 의사나 진실 따위는 무력하기만 하다. 법은 엄격한 잣대로써 인간의 행동을 직접 규제하고 규범화한다. 이는 그만큼 법이 공정하게 이뤄져야 함을 의미한다고도 할 수 있다.

그러나 현실적으로 법이 공정하게 판결되지 못하고 있기 때문에 이병주 작가는 이 소설을 쓰지 않으면 안 되는 것이었으리라. 「예낭 풍물지」를 통해 한국 역사의 지난한 소용돌이를 거치며 정치에 타협하지 않은 작가로서의 양심을 표현하지 않으면 안 되었던 것이었으리라. 작가 이병주 자신도 부당한 법 제도에 의해 감옥을 체험함으로써 자유의 사고를 지니고 억울하게 젊음을 묶어버린 아픔을 간직한 사람이기에 그 의식을 고스란히 공감하면서 말이다. 그래서 작가 이병주가 '증언자요, 기록자로서의 소설가'라고 불리는 것이 아니겠는가.

권력의 그늘 아래 가려지고 그 힘에 짓눌려 살게 된 주인공의 어두운 삶과 도원동이라는 빈민굴에 살고 있는 많은 소시민의 아프고 슬프고 억울한 이야기로 전개되는 소설 속에서도 작가 이병주는 삶에 희망이 있음을 암시하려는 마음을 살포시 펼치기도 한다.

화창한 날이면 산에도 바다에도 나가본다. 산에 가선 아득히 바다를 바라본다. 나가는 배도 있고 들어오는 배도 있다. 나가는 배엔 꿈을 실어 보내고 들어오는 배와는 귀향의 기쁨을 나눈다. 드디어 감상의 날개가 돋친다. 한 가닥 해류가 필리핀 해구에 고였다가 마이애미 비치를 감돈다. (…) 거기서 뒤돌아 동해, 다시 예낭의 항구로 와선 내 눈 밑에서 환성을 울린다. 파도 소리는 지구의 맥박이 뛰는 소리다. 그 맥박이 빈혈된 나의 심장에도 뛴다. 살아 있다는 사실! 단순히 그저 살아 있다는 사실만으로도 인생은 이처럼 아름답고 훈훈하고 갸륵하다.

주인공의 삶에 있어서 또 다른 희망의 흔적은 "사라져간 옛집을 그리워할 것이 아니라 새로운 집을 지을 결심을 했다"는 대목에서도 엿볼 수가 있다. 그리고 그 집을 '성城'이라 부르기로 한다. 자신은 당연히 성주城主가 되는 것이다. 주인공은 가진 것도 없고 건강도 잃고 아내와 딸도 잃은 극한의 상황에서도 절망으로 빠져들지 않았다. 물론 '어떻게든' 결핵균을 이겨내고 살아보리라는 적극적인 태도보다는, 병을 완치하겠다는 생각이 전혀 없고 결핵균과 타협하여 잘 지내겠다는 다소 소극적인 태도를 보이지만, 사는 동안 아무렇게나 살지 않으리라는 정신만은 가졌다고 보인다. 이 또한 지성인의 자세가 아닐까 생각한다. 우리가 지성을 쌓아야 하는 여러 이유 중 하나가 된다는 생각이 든다.

모든 에너지는 태양 없이 만들어질 수 없다. 생명체가 살아갈 수 있는 생명의 근원인 태양 같은 존재, 어머니는 이 땅의 모든 여성이며, 생명의 원천이다. "여성은 약하지만 어머니는 위대하다"는 말이 있다. 생명 잉태를 위해 설계된 위대한 피조물이다. 어떤 역경과 고난 속에서도 어머니는 강하다. 어머니에게 자식은 무엇인가? 어머니의 꿈, 사랑, 아니, 어머니의 전부이다. 이 거룩한 본성에서 우리 모두가 태어났고 자랄 수 있었고 지켜지고 있는 것이다.

어머니의 70 평생은 아버지의 50 생애를 보태어 120년을 살았고 나의 35세를 보태어 155년을 살아온 셈이다. 위대한 여성의 생애다.

주인공에게 어머니는 보통 사람들의 어머니 그 이상이다. 주인공은 어머니가 죽음을 맞이하는 날, 어머니의 죽음과 더불어 지구도 그 맥박이 멎을 것이며, 그 순간 예낭도 멸망할 것이라고 말한다. 병 치료에 게으른 아들에게 어머니가 평소 판에 박은 듯 수백 번을 되풀이했던, "너 죽는 날 나는 죽는다"는 말에서 '너와 나', 즉 '아들과 어머니'가 전도되어, 어머니가 죽는 날 주인공은 물론 주인공을 둘러싼 모든 것이 끝난다는 마음이 되어 있었던 것이다.

예낭 풍물지란 이 땅의 숱한 어머니 가운데 한 어머니의 기록이란 뜻이다. 그 어머니의 죽음과 더불어 끝나야 하는 기록, 이른바 종언에의 서곡이다. 태양도 끝날 날이 있다.

결국 어머니의 죽음과 더불어 이 소설도 끝을 맺는다.

등장인물 중 주인공의 친구 권칠기가 있다. 그는 신문사 기자인데 소설 속에서 유일하게 주인공과 지적인 대화를 나누는 대상이며, 주인공에게 책을 가져다주곤 했다. 글을 자유롭게 쓰지 못하는 분위기에 대해 불평이 많았던 그는 결국 소설을 쓸 작정이라며 신문사를 그만두고 서울로 떠났다.

굳이 여기서 권칠기를 언급하는 이유는 이 인물이 작가가 아닐까 하는 생각이 들어서이다. 작가 이병주는 줄곧 자전적인 소설을 쓰면서 자신이 화자로 등장하는 경우가 많고, 그렇지 않은 경우에는 영화감독이 자기 영화에 '카메오'로 등장하듯 어느 장면에서 깜짝 등장을 하기도 한다. 신문 주필이었다가 소설가로 전향한, - 물론 그 사이에 수감 생활을 했다는 점이 다르지만 - 자신의 이야기를 연상시키기에 충분하다고 느껴져서 권칠기를 언급해본다.

유전무죄, 무전유죄라는 말을 우리는 별 뜻 없이 내뱉는다. 하지만 얼마나 무서운 이야기인가. 얼마나 불합리한 이야기인가. 그런데 그 실례를 찾아보는 것은 너무나 쉬운 일이다. 주인공처럼 불의에 항의하거나 저항하는 행위, 또는 그 불의를 바로잡으려고 애쓰는 행위를 하는 자에게 무엇이 주어지는가. 단지 권력의 중심에서 멀리 있다는 이유만으로 그들을 기다리는 것은 무엇인가. 가진 자의 힘 앞에 죄인이 되어버리는 이름 없는 시민들은 슬프고 애처롭다.

작가는 법의 불평등성을 역설하면서 다음과 같이 서술하고 있다. 이 말이 결국은 소설 「예낭 풍물지」를 통해서 작가가 하고 싶었던 말일 것이라고 생각한다.

권력은 이것을 가진 사람에게는 빛이 되지만 갖지 못한 자에게는 저주일 뿐이다. 권력은 사람을 죽인다. 비력자非力者는 죽는다. 권력은 호화롭지만 비력자는 비참하다. 권력자의 정의와 비권력자의 정의는 다르다. 권력자는 역사를 무시해도 역사는 그를 무시하지 않는다. 비력자는 역사에 구원을 요청한다. 그러나 역사는 비력자를 돌보지 않는다. 역사의 눈은 불사의 눈이다. 죽어야 하는 인간과 아무런 관계가 없는 눈이다. 그 점 결핵균은 위대하다. 적어도 죽음에의 계기를 가지고 있는 죽음은 권력자나 비력자를 공평하게 대한다. '법 앞에 만민은 평등하다'는 말은 잠꼬대지만 '죽음 앞에 모든 인간은 평등하다'는 말은 진리다. 일체의 불평등을 구원하는 지혜는 죽음에 있다. 그래서 나는 나의 결핵균과 페어플레이를 할 것을 조의하고 있는 것이다.

우리는 법 앞에 만민은 평등하다고 배웠다. 과연 그럴까? 돈이

건, 권력이건, 명예건, 가진 자들에게만 해당되는 말이 아닐까? 모든 인간이 꼭 한 번, 단 한 사람의 예외 없이 완전히 평등할 때가 있다. 언제일까? 죽음 앞에서! 죽음은 가진 자에게도 못 가진 자에게도 똑같이 찾아온다. 삶이란 이렇게 아이러니의 연속으로 점철되어 있고, 이런 아이러니는 역사의 그늘에서 힘을 발휘하지 못한 채 잠들어 있다. 예낭이란 도시의 그늘에서 스러져가는 소시민들처럼.

"나의 문학은 골짜기를 기록한다"
－「소설·알렉산드리아」

이영훈

들어가는 글

1980년대 말 아직도 '운동개념으로서의 문학'이 우리의 문학 풍토를 지배하고 있을 당시에 문학을 전공하고 있던 한 대학원 학생이 작가 이병주에게 물었다.

"선생님, 역사란 무엇입니까?"

그 질문에 대한 작가의 대답은 지극히 선문답적인 것이었다.

"역사란 믿을 수 없는 것일세."

이렇게 단정적으로 말한 작가의 문학관, 내지는 역사소설관은 다음과 같은 작가의 레토릭에 잘 나타난다. 장편소설 『산하』에 에피그램으로 기록된 수사다.

"역사는 산맥을 기록하고 나의 문학은 골짜기를 기록한다."

작가 이병주, 그가 생각하기에 역사란 사람들이 살아온 삶의 흐름 내지는 변천한 과정을 포괄적으로 보여주고는 있으나 그 시대를 살아낸 개개인의 삶과 실체에 대해서는 가혹하리만치 방관적이다. 바꿔 말해 역사의 수레바퀴 틈바구니에 끼어 이유도 모른 채 희생당하거나 고통받는 개개인의 삶을 보여주는 데는 한계가 있다고 주장하는 발언이라 하겠다.

바로 이런 관점에서 작가의 많은 역사소설이 출발했다. 그 성글기 짝 없는 '역사란 그물망'이 건져 올리지 못하는 역사, 다시 말해 산맥의 능선이 보여주지 못하고 어두운 골짜기에 파묻힌 개인의 질곡한 삶의 여정을 문학이란 매체를 이용해 작가는 우리에게 보여주려고 했다. 그는 그가 겪으며 체험한 현대사의 증언자로, 때론 관찰자로, 때론 비판자로서 20세기 한국의 질곡한 역사의 이면을 작품 속에서 추적하고 있다.

우리나라는 물론이고 동서양을 휩쓴 20세기의 세계사는 한마디로 끊임없는 사건과 전쟁으로 점철되어 왔다. 그러는 동안 헤아리기조차 불가능한 개개인은 아무 이유도 없이 역사의 소용돌이 속에서 반론 한 번 펴보지도 못한 채 희생되고 사라졌다. 바로 이러한 현대사를 캔버스로 채택하고 작가 이병주는 그 캔버스 위에 「소설·알렉산드리아」를 그려냈고 작품으로 완성했다.

작품 소개

이 작품은 1965년《세대》라는 잡지를 통해 세상 빛을 보게 됐다. 작가 자신도 이 작품을 본인이 정식으로 문단에 입성한 데뷔작으로 간주한다. 이 작품이 출간되면서 이병주는 등단과 동시에 세간의 이목을 집중적으로 받게 됐고, 그 특이한 구조 위에 살려낸 소설적 박진감, 이국적인 정서 도입 및 문필가로서의 서사성과 서정성, 그리고 무엇보다 20세기의 세계사를 우리나라의 현실과 절묘하게 접합시킨 기량 등으로 하여 폭넓은 독자층을 확보하게 된다. 아울러 1960년대 대한민국의 군사 독재 혁명에 저항하고 항변한 일종의 '한국적 레지스탕스 작품'으로 지식층을 매료시킨 작품이기도 하다.

'알렉산드리아'라는 도시[1]는 이 책이 세상 빛을 본 1960년대 대한민국의 일반 독자들에게는 아득히 먼 곳이었고, 역사나 지리에 특별히 관심을 갖고 있지 않은 일반인들에게는 다분히 생소한 곳이었다. 몇천 년 전 역사 속에서 아름답고 비옥하고 문화적인 꽃을 피워낸 이 도시를 작가는 이야기를 엮어나갈 바탕으로 채택,「소설·

---

1 이 도시는 대략 기원전 300년대 곡창지대로 알려졌던 이집트의 북쪽 나일강 유역에 알렉산드로스 대제에 의해 세워졌다. 지중해 연안에 위치해 있다는 지정학적인 장점에 힘입어 이곳은 헬레니즘 세계의 최대 도시로 성장했고, 경제적, 문화적, 학문적인 중심지로 자리매김했다. 즉 그 당시에는 풍족함의 메카인 동시에 사치와 향락의 땅으로 알려져 있었다.

알렉산드리아」의 무대로 설정한다.

「소설·알렉산드리아」는 일인칭 소설로 과거를 회상하는 형식을 띠고 있다. 화자話者이면서 주인공인 '나'에게는 알렉산드리아라는 이국의 땅을 가장 완벽하고 평화로운 이상향이라 믿고 있는 형이 하나 있다. 이들 두 형제는 주인공이 열다섯 살, 형이 스무 살일 때 부모님이 콜레라에 걸려 별세, 따라서 그 형은 이 지구상에 살고 있는 '나'의 유일한 혈육이다. 어려서부터 책 읽기를 좋아하고 아는 것이 많았던 형은 부모의 총애와 기대를 한 몸에 지니고 있었고 동생에게는 거의 숭배의 대상이다. 이런 형과는 반대로 동생인 '나'는 책을 꺼렸다. 그 대신 '나'는 피리를 불었다.

봄철 강변에 자란 포플러에 물기가 오를 무렵이면 나는 그 손가락 두 치만 한 가지를 꺾어선 피리를 몇 개씩이나 만들었다. 그러고는 하루종일 그 피리만 불고 돌아다녔다. (…) 내가 열 살쯤 되어선 어떤 멜로디라도 한번 들으면 나의 피리는 그 멜로디를 몇 갑절 아름답게 재현할 수도 있고, 내 스스로의 멜로디를 즉흥할 수도 있게 되었다.[2]

우수한 두뇌와 박학했던 형의 학문은 부모가 기대하는 입신과 출세와는 거리가 멀었다. 동생인 '나'의 눈으로 판단해 볼 때 형은

---

2 이병주, 『소설·알렉산드리아』, 바이북스, pp.21~22.

코즈모폴리턴이라 자처한 정신적인 룸펜에 가까웠다. 그의 사상은 현실성이 결여되고, 따라서 형은 아무런 뚜렷한 방향도 없이 막연한 '책 읽기'란 상아탑 속에 갇혀 있는 것 같았다. 형은 불행했다. 동생은 이렇게 말한다.

> 형의 불행은 사상을 가진 자의 불행이다. 형은 만민이 불행할 때 나 혼자 행복할 수 없다고 했다. 나는 그런 말을 거짓이라고 생각한다. 세계가 멸망하더라도 나 혼자 살아남으면 된다는 것이 인간의 자연스런 생각이라고 나는 믿기 때문이다. 나는 형이 고의로 그런 거짓말을 했다고는 생각하질 않는다. 형이 지니고 있는 사상이란 것이 그러한 거짓말을 시킨 것이라고 생각한다.[3]

그는 지상의 낙원을 꿈꾸는 순진하고 순수한 이상주의자다. 따라서 분단된 대한민국은 어떤 수단과 방법을 동원해서라도 통일을 이루어야 한다는 신념을 지녔다. 그런 그의 뜻을 주창하기 위해 형은 이천 편 이상의 논설을 발표한다. 그러나 그가 숨 쉬고 있는 현실에선 군사혁명이 일어났고, 형은 혁명 정부의 부당성을 외치다가 군사재판에 회부된다. 그 결과 십 년 형을 언도받고 감옥에 갇히는 수인의 신세가 된다. 자유를 잃고 서대문 형무소에 수감되어 있으

3　이병주, 위의 글, p.26.

면서 그는 스스로를 세인트헬레나에 유배됐던 나폴레옹 같은 처지라 간주, 자칭 황제라 칭하며 유일한 혈육인 동생에게 편지를 쓴다. 과연 '이상주의자' 다운 발상이라 아니할 수 없겠다.

한편 '피리를 불리기 위해 하늘이 마련한 사람'이라고 형으로부터 아낌없는 칭찬을 받는 '나'는 '최후의 순간까지 피리와 피리를 불 수 있는 장소'만 있으면 된다고 믿는 현실주의자다. 떠돌이 악사가 되어 부평초 같은 삶을 살아가던 '나'는 어느 항구의 카바레에서 마르셸이라는 프랑스 국적의 선원을 만나게 되고, 그의 도움을 받아 형이 그렇게 꿈꾸던 알렉산드리아에 발을 딛게 된다. 그리고 그 도시에 익숙해지기도 전에 그는 마르셸과 마르셸이 자기 집처럼 드나드는 호텔 주인의 주선으로 카바레 안드로메다의 밴드에서 피리를 불게 된다.

밴드의 일원으로 클라리넷을 불기 시작한 일주일 후 그곳 카바레에서 '나'는 무희 사라 안젤과 운명적으로 만나게 된다. 그 만남으로 인해 오로지 피리와 피리를 불 수 있는 장소로 만족할 수 있었던 피리쟁이는 엄청난 사건의 블랙홀로 빨려 들어간다. 무희 사라는 안드로메다의 한가운데 있는

(…) 원형의 무대 위에서 춤을 춘다. 스페인류의 강렬한 춤, 아라비아풍의 고혹적인 춤, 의상의 날개를 이용한 이집트의 춤, 전라에 가

까운 차림으로 추는 춤에 이르기까지. 이러한 사라의 춤, 아니 춤추는 사라를 보기 위해서 사람들은 물 쓰듯 돈을 쓴다. 사라는 인간이란 얼마나 아름다울 수 있는가를 보여주는 하나의 극한. 남성의 정열이 어떠한 대상으로 쏟아져야 하는가를 가르쳐주는 하나의 전형. 여체의 신비가 어떤 것인지를 말해주는 교훈. (…) 그러나 사라의 태도는 언제나 여왕과 같이 부드럽고 품위가 있었다. 군림할지언정 순종하진 않는 것이었다.[4]

신비의 베일에 가려진 채 뭇 남자 위에 도도하게 군림하는 사라가 피리쟁이인 '나'에게 '나'의 즉흥적인 음악에 맞춰 춤을 추고 싶다고 제의해왔다. 그런 제의를 하는 인간 사라는,

꿈속에서 만난 선녀. 무대 위에선 느껴볼 수 없었던 청순가련한 모습. 그러면서도 강렬하게 풍기는 개성. 섹시하면서 섹스의 매력을 추월한 매력을 가진 여인. 여인이 지니는 미덕과 비애와 신비를 일신에 지닌 여인. 관능보다도 더 강렬한 관능. 개성보다도 더 강렬한 개성. 현란 이상의 소박.[5]

나의 눈은 사라의 춤에 취하고 나의 귀는 나의 피리소리에 취했다.

---

4 이병주, 위의 글, pp.53~54.
5 이병주, 위의 글, pp.56~57.

내겐 홀도 청중도 없었고, 하늘과 땅도 없었고, 나와 사라가 있을 뿐
이었다. (…) 우리는 완전한 일신이 되었다. 나는 사라가 되고 사라
는 나의 피리가 되었다. 나는 피리를 부는 것이 아니라 사라를 불고
있는 것이었다.[6]

이렇게 하며 두 사람은 빠르게 가까워진다. 서로를 알아가는 과
정에서 '나'는 동족끼리 총부리를 겨누고 싸워야 했던 한국전쟁에
대해, 그리고 영어의 몸이 되어 있는 형에 대해 이야기한다. 사라
도 자기가 가슴에 묻고 살아온 30년 전의 비극을 이야기한다. 1937
년 당시 다섯 살이었던 사라는 스페인 내전 중이었던 바스크 지방
의 소도시 게르니카에 살고 있었다.
　　나치 독일의 군부대가 무차별적으로 가한 폭격으로 도시 인구
의 절반이 넘는 사상자를 냈을 때 사라는 부모님과 오빠를 잃고 고
아가 된다. 무희의 삶을 살고 있는 사라는 하나의 뚜렷한 목적이자
은밀한 꿈을 품고 살고 있다. 돈을 아주 많이 벌어 언젠가 비행기
를 사고, 폭탄을 싣고 독일의 게르니카 같은 한 작은 마을을 폭격
해서 무참하게 죽어간 자기 가족의 복수를 실행하는 것. 그 목적을
위해 그는 열심히 춤추고 재력을 축적해가는 중이다.

6　이병주, 위의 글, p.58.

두 사람이 형의 편지를 읽으며 조금씩 서로에게 다가가던 어느 날 '내'가 묵고 있는 호텔에 한 남자가 등장한다. 독일인으로 이름은 한스 셀러.

서양 사람으로선 키가 그다지 큰 편이 아닌 얼핏 보아도 40을 넘어 보이는 사람이었는데 서로 지나칠 때 나는 그에게서 범상치 않은 의미 같은 것을 느꼈다. 넓은 이마, 그 위에 숱이 그다지 많지 않은 금발의 머리카락, 움푹 들어간 눈, 코와 귀와 턱이 단정한 윤곽을 이루고 있으면서 고독감을 풍겨내는 그러한 얼굴, 한번 슬쩍 보아도 사람 됨됨을 곧 알 수 있는 그러한 풍채. 나는 한눈으로 그가 평범한 인물이 아닐 것이란 단정을 마음속으로 내렸다. (…) 한스는 농담을 할 줄 모른다. 침통하리만큼 고요하다.[7]

'나'와 한스는 바로 의기상투하는 사이가 된다. 둘 다 먼 고국을 떠나 타향에서 외로움을 달래며 살고 있다는 생활환경이 그들을 가깝게 만들었는지도 모른다. 한스에게도 사라 못지않게 비극적인 가족의 슬픈 과거가 숨겨져 있다. 독일인인 한스는 제2차 세계대전 중 수송병으로 출정했다. 그의 유약한 동생 요한은 유대인 친구를 자기네 농장 마구간에 숨겨줬다가 말을 빌리러 온 게슈타포의

---

7 이병주, 위의 글, p.96.

앞잡이 노릇을 하고 있던 엔드레드에게 발각당한다. 유대인 친구를 숨겨줬다는 이유로 동생 요한은 게슈타포의 유치장에 감금, 형언할 수 없는 고문을 받고, 고문대 위에서 숨을 거둔다. 그리고 게슈타포에게 당한 처참한 고문의 흔적을 남긴 채 땅속에 버려진다. 그 사실을 알게 된 어머니는 시체를 끌어안고 오열하다 광란 끝에 숨을 거둔다. 농장 인부에게 "내 큰아들이 만약 살아서 돌아오거든 이 원수만은 갚아야 한다"는 유언을 남긴다. 수송병으로 떠나 있다가 집에 돌아와 이 사실을 알게 된 한스는 가족의 억울함을 복수하기로 결심한다. 그는 이렇게 외친다.

모든 사람이 원한에 사무쳐, 그러나 견디며 사는데, 나 하나가 원수를 갚는다고 해서 무슨 의미가 있겠는가 하는 생각도 들었다. 또 사람들이 저마다 원수를 꼭 갚아야 한다고 서둘면 이 세계가 앞으로 어떻게 될 것인가, 하는 반성도 없지는 않았지만 나는 참고 견딜 수가 없었다. 만 사람이 다 참아도 나는 참지 않겠다. 만 사람이 다 용서해도 나는 용서하지 않겠다. 그 때문에 내가 지옥의 겁화에 불태워지고 아우가 겪은 것 같은 고문으로 인해서 죽음을 당하더라도 되레 그렇게 죽는 편이 낫다고 생각했다.[8]

---

8 이병주, 위의 글, pp.107~108.

한스는 부단한 노력 끝에 자기 아우를 고발하고 처참하게 죽게
한 게슈타포의 앞잡이인 엔드레드가 제2차 세계대전 종전 후 알렉
산드리아에 잠입해 살고 있다는 정보를 손에 넣게 된다. 한스는 그
를 쫓아 알렉산드리아로 옮겨온다. 그리고 '나'를 통해 한스와 사
라는 만나게 된다.

사라와 한스의 첫 대면. 뒤에 회상해보니 이것은 숙명적인 인연인 것
같았다. 뭐라고 꼬집어 지적할 수는 없지만 애초부터 이상한 기분이
감돌았다. 서로 견인하는 마력과 같은 것. 반발과 견인의 기묘한 작
용. 이것 역시 뒤에 다짐해본 일이지만 꼭 만나야 할 사람들의 필연
적인 상봉이라고 할까.[9]

두 사람은 자기들의 공공의 적이 독일 나치의 앞잡이 역이었던
게슈타포라는 걸 알게 된다. 사라는 한스에게 이렇게 제의한다.

당신은 당신의 목적을 달성하면 죽어도 좋다고 말했다지요. (…) 나
도 부모 형제의 원수를 갚아야 한다는 집념을 이때까지 키워 왔습
니다. 그러나 지금까지 저대로의 준비는 하고 있어도 어디까지나 공
상이며, 어느 정도가 실현 가능성이 있는지조차도 분간할 수 없었어

---

9 이병주, 위의 글, p.115.

요. 그런데 당신의 이야기를 듣고 있으니 앞으로의 나의 행동에 대해서 뚜렷한 이미지가 나타나는 것 같습니다. 또 용기를 얻었구요. (…) 당신의 원수를 갚는 것이 내 원수를 갚는 거나 마찬가지란 생각도 들었구요. 난 당신의 사업에 협력하겠습니다.[10]

좀처럼 엔드레드의 종적이 묘연하기만 해서 한스가 지쳐갈 무렵, 사라는 한 가지 제안을 한다. 즉, 이 도시에 살고 있는 프랑스인과 이태리인을 위한 특별 쇼를 카바레 안드로메다에서 펼치고, 이어 독일인들을 위한 쇼를 기획한다. 그러면 자연스럽게 숨어있는 독일인들이 향수를 달래기 위해 한 번쯤은 카바레에 나타날 가능성이 있지 않겠는가. 그때 한스는 숨어서 엔드레드의 출현을 눈여겨 살핀다.

그들의 치밀한 계획은 빠르게 진행됐고, 놀랍게도 독일인을 위한 특별 쇼를 펼친 이틀째 되던 날 한스가 지난 15년을 찾아 헤매던 엔드레드가 카바레 안드로메다에 나타난다. 그들은 교묘한 계획으로 엔드레드를 특별실로 유인하기에 성공. 한스는 타향에서 독일인을 만나게 되어 감개가 무량하다고 말문을 연다. 기분이 한껏 고무된 엔드레드는 어떻게 게르만의 프라이드를 잊을 수 있겠는가 하며 조금도 변하지 않은 나치 독일의 우월감을 적나라하게 내보인다.

---

10 이병주, 위의 글, p.117.

나치 독일의 정신으로 철저하게 무장된 엔드레드는 그 순간까지도

독일이 패망한 원인은 유태인 때문이라는 것과, 국내에 반역자가 있었다는 데 귀착되었다. 말하자면 1,200만 명의 유태인과 정치범을 죽여놓고도 그런 사람들을 덜 죽였기 때문에 독일이 졌다는 식의 논법인 것이다.[11]

대화가 진전되어 가면서 한스는 자기가 '게르만 정신의 중심부에서 히틀러 총통의 뜻을 철저히 지킨 사람'이란 자랑을 늘어놓다가 급기야는 자기의 옛 고향 친구인 요한을 죽인 얘기를 뻔뻔하게 늘어놓는다. 수많은 사람을 죽였다는 사실에 일말의 반성이나 후회의 흔적은 존재하지 않는다. 만취한 상태에서 엔드레드는 사라에게 다가가 어깨에 키스를 하려 하고, 그 순간 사라는 그의 뺨을 때린다. 한스와 사라와 엔드레드 사이에 언쟁이 오가는가 싶다가 사고 아닌 사고가 발생한다. 결과적으로 엔드레드는 테이블 모서리에 머리를 찧고 쓰러져 죽는다. 동시에 사라가 쏜 총에 어깨를 맞는다. 그 자리에서 사라와 한스는 경찰에 연행된다.

---

11 이병주, 위의 글, p.126.

살인을 둘러싼 사회적 딜레마

'독일인 한스와 스페인 여성 사라가 공모해서 독일인 엔드레드를 살해한' 사건은 미디어를 타고 빠르게 전파되며 사회적인 이슈로 부각된다. 두 사람이 재판에 회부될 무렵엔 알렉산드리아 도시 전체가 흥분의 도가니에 휩싸이게 되고 찬반을 외치는 신문 사설도 빈번하게 실린다. 대학생들은 한스와 사라를 석방하라는 플래카드를 들고 시가행진에 나서기까지 한다.

한편, '나'는 갑자기 친구 둘을 동시에 잃고 증인으로 법정에 끌려 다니는 신세가 된다. 외로움과 충격에 휩싸인 '내'가 할 수 있는 일이란 초라한 호텔의 창가에 앉아 멀리 고국에서 날아오는 형의 편지를 꺼내 되풀이 읽는 일이다. 형은 형무소 창틀을 통해 세상을 내다보며 하루가 멀다시피 '법률의 이름을 빌려' 형장의 이슬로 사라져가는 수인들의 종말을 지켜보며 동생에게 이렇게 외치고 있다.

어젠 청명한 날씨였다. 나뭇가지에 미풍이 산들거리고 새는 흥겹게 재잘거렸다. 이러한 날, 드높은 하늘 밑에서, 그 밀실에서 법률의 이름을 빌려 사람이 사람을 교살하는 작업이 진행되고 있었던 것이다. 사형이 뭣 때문에 필요한가를 생각해본다. (…) 어떠한 경우라도 사람을 죽여서는 안 된다면 설혹 신의 이름, 법률의 이름으로도 사람을 죽일 수 없는 것이 아닌가. 사람을 죽였다고 해서 사람을 죽인다

고 하는 것은 어떤 면으로 보더라도 이건 모순이다. 이것을 감상론
이라고 할지 모르나, 사형에 관한 문제는 이미 이론의 문제를 넘어
서 신념의 문제인 것이다.[12]

한편, 한 신문 사설은 아래와 같이 고귀한 복수의 정신과 살인
에 대해 논한다.

이러한 한스의 태도는 유럽의 기사도, 일본의 무사도를 방불케 하는,
그러니까 공감할 수는 있으나 실천하기는 어려운 일이다. 자기희생
이 병행되기 때문이다. 이건 도의가 짓밟히고, 사랑이 기교화되고,
편리화되고, 수단화된 오늘날에 있어선 상당히 높게 평가해야 할 모
럴이라고 아니할 수 없다. 말하자면 장려할 수도 있는 모럴이다. 이
와 동시에 우리는 사람을 죽이거나 폭행을 해서는 안 된다는 모럴도
소중히 해야 할 처지에 있다. 이건 분명히 하나의 딜레마다. 이 딜레
마는 만약 이와 같은 모럴을 처벌하지 않으면, 복수의 모럴이 유행해
서 사회의 질서를 혼란케 하지 않을까 하는 우려와, 만약 이 모럴을
처벌하면 보기 드문 인간의 미덕을 벌하는 결과가 되지 않을까 하는
우려의 딜레마로서 현실화한다.[13]

12 이병주, 위의 글, pp.139~140.
13 이병주, 위의 글, pp.153~154.

엄청난 물의를 일으키고 사회적으로 초미의 관심을 야기시킨 법정투쟁 끝에 알렉산드리아 법정은 선고한다. 이방인 한스와 이방인 사라는 일 개월 이내에 알렉산드리아에서 퇴거한다는 조건으로 판결을 보류하고 즉시 석방! 결국 한스도, 사라도, 죽은 엔드레드도, 나아가 '나'도 '나'를 여기로 데려온 마르셀도, 모두 알렉산드리아란 도시의 이방인일 뿐, 알렉산드리아의 법정이 관여할 바 아니란 교묘한 이론으로 살인에 공모한 두 사람을 풀어주게 된다. 길고 지루했던 재판 과정에서 서로의 사랑을 확인하게 된 한스와 사라는 새로운 보금자리를 향해 한 쌍의 원앙이 되어 날아간다.

동생인 '나'는 '꿈속에서 만난 선녀, 여인의 미덕과 비애와 신비를 일신에 지닌' 파랑새를 놓치고 자괴감에 빠진다. 피리쟁이에게 남은 것은 형이 보내온 한 뭉치의 편지뿐.

감옥으로부터의 편지

이 소설의 구성은 관찰자이며 기록자, 동시에 화자의 역을 담당하고 있는 '내'가 형으로부터 온 두툼한 한 묶음의 편지 중 하나를 꺼내 읽는 것으로 시작되고, 다시 한 통의 편지를 꺼내어 읽는 것으로 끝난다.

형의 편지는 '나'를 서대문 형무소로부터 지구의 반대편으로 가게 했으며, 그 편지들은 나와 사라를 보이지 않는 보금자리 안에 안주하게 했는가 하면 그 보금자리 안에서 사라와 한스를 사랑의 띠로 묶어주는 보이지 않는 힘을 발휘하고 있다. 스스로를 황제라 칭하며 춥고 살벌한 형무소 생활을 견디고 있는 형은 그러나 현실적으로는 외롭고 나약한 인간의 내면을 편지에서 아래와 같이 고백하고 있다. 동생인 '나'는 형이 꿈꾸는 최대치, 즉 자유의 표상이며, 고독을 치유받을 수 있는 사랑이며, 이상향이다.

> 지금의 나는 너와 더불어 알렉산드리아에 있다는 환각을 얻으려고 애쓰고 있다. 진짜의 나는 너와 더불어 알렉산드리아에 있고, 여기에 이렇게 웅크리고 있는 나는 나의 그림자, 나의 분신에 불과하다는 환각을 키우려는 것이다. 사랑하는 아우, 웃지 말라. 고독한 황제는 환각 없인 살아갈 수 없다.[14]

'황제'라 자처하는 철저한 이상주의자인 형. 이렇게 순수하고 지상의 낙원을 꿈꾸는 자가 어떻게 자기가 처한 현실에서 만족을 얻을 수 있겠는가. 그런 반면, 현실주의자인 '나'는 형의 사고방식을 비판한다고 생각한다. 그러나 어려서부터 한 점 혈육인 형을 우러러보고 존경했던 동생은 거의 본능적으로 형의 이상주의적인 철학을 수용하고 방어한다.

---

14 이병주, 위의 글, p.11.

표면적으로는 형과 동생이 현실의 대칭적인 입장을 취하고 있는 것처럼 보이나 이 두 형제는 곧 작가 이병주의 이분법적인 의식의 흐름을 대변하고 있다 해도 과언이 아니다.

이병주, 그는 그의 연보가 소상히 밝히고 있듯이 일찍이 일본으로 유학해서 서구 문학을 폭넓게 학습했고, 대학을 졸업하자마자 일본의 학병으로 끌려간 사례로부터 시작해서, 6·25 동란 때에 괴뢰군에 체포된 일, 5·16 쿠데타 때엔 혁명재판에 걸린 일 등 숱한 곡절을 겪는다.

혈기왕성한 30대에 그는 이미 언론인으로 활약한다. 특히 5·16 군사혁명 때 필화 사건으로 혁명재판소에서 10년 선고를 받고 2년 7개월 동안 복역한 전적을 지니고 있다. 이때 수인의 몸으로 복역한 형무소의 체험이 몇 년 후 발표한 그의 첫 작품 「소설·알렉산드리아」에 생동감 넘치게 묘사되는 아이러니한 결과를 낳게 된다. 더 나아가 이병주는 자신이 운명적으로 겪어야 했던 과거의 삶에 대해 이렇게 서술한다.

해방이 되고 민족주의 사회가 되고 우리의 독립을 맞이했음에도 법률은 아직 내게 있어서 그 초대면의 현상을 씻지 못했다. 권력의 시녀로서 의상을 벗어 보인 적이 없었고 거미줄처럼 그 묘한 조작을 그대로 지니고 있었으며 악법을 또한 법이라고 고집하는 그 태도를

고치려 들지 않았다.[15]

이와 같은 맥락의 주장은 황제라 자처하는 형이 소설 속에서 주장하는 이론과도 맞닿아 있다. '형'은 무수히 많은 논설 가운데 다음과 같이 주장한다.

조국이 없다 산하가 있을 뿐이다.[16]

이북의 이남화가 최선의 통일 방식, 이남의 이북화가 최악의 통일 방식이라면 중립 통일은 차선의 방법은 되는 것이다. 그런데 이것을 사악시하는 사고방식은 중립통일론 자체보다 위험하다.[17]

형이 5·16 군사혁명을 일으키고 반공을 국시로 내건 혁명 정부의 입장에서는 민심을 교란시킬 만큼 충분히 위험한 인물이었다. 그는 10년 형을 언도받고 실제로 2년 7개월 동안 형무소의 뼈저린 삶을 체험해야 했다.

자전적 에세이에서 작가가 말했듯이 그가 살아온 세상은 끊임없이 바뀌어왔다. 정권도 바뀌고, 새로운 정권은 보다 살기 좋은 세

15 김윤식, 「'노예의 사상'과 방편으로서의 소설」, 「소설·알렉산드리아」에 관한 작품 해설 참조, 바이북스, pp.185~190.
16 이병주, 「소설·알렉산드리아」, 바이북스, p.21.
17 이병주, 「자전적 에세이」, 바이북스, p.45.

상을 만들어간다는 기치 아래 또 끊임없이 법을 뜯어고친다. 그러나 법이란 슬프게도 권력의 시녀 역할을 할 뿐 세상은 크게 진보하지도 않고 개개인의 삶은 제자리걸음을 하고 있다.

"나의 문학은 골짜기를 기록한다"

수많은 사라와 수많은 한스가 겪었던 시대적인 참사는 '법'이라는 이름 아래서 서서히 퇴색되어가다가 역사라는 능선에 가려져 사람들의 뇌리에서 슬며시 사라진다. 그러나 그 비극을 겪어야 했던 개개인의 가슴에 새겨진 통증은 시간을 멈춘 듯 전혀 퇴색됨 없이 생생하게 살아있다. 사라가 다섯 살 때 겪은 게르니카의 참사와 한스 가족에게 닥쳤던 비극이 그 좋은 예라 하겠다.

우리 땅엔들 그런 예가 어찌 없겠는가. 한국전쟁 중 납북된 수많은 납북 인사를 비롯, 흥남 부두에서 1·4후퇴 때 헤어진 채 70년 세월을 흩어져 살아야 하는 이산가족들. 비근한 예로서 우리는 바로 몇 년 전에 있었던 천안함 폭침 사건을 상기해볼 수 있겠다. 그 사건이 있은 지 불과 몇 년밖에 지나지 않았다. 그러나 정치적인 지각변동의 그늘에서 많은 사람들의 뇌리에는 이 사건은 차츰 한 점의 과거사로 치부되어가고 있다. 그 사건으로 사랑하는 자식이나 남편을 잃은 가족들은 그러나 지금 이 순간에도 고통 속에서 오열하고 있다.

작가는 바로 이러한 역사적인 사건에 렌즈의 초점을 맞추고 관찰한 바를 확대하고 상상을 가미하여 하나의 문학작품을 이루어냈다. 작가로서의 시발점을 이루게 된 「소설·알렉산드리아」가 출판과 동시에 문학계의 각광을 받았고 지금도 문제작으로 다루어지고 있는 이유라 하겠다.

다시 한번 작가 이병주가 피력한 그의 역사와 문학의 상관관계론을 상기해본다. "역사는 산맥을 기록하고 나의 문학은 골짜기를 기록한다." 이 문장이 서술한 바대로 역사는 역사책에서 스페인 내란 중에 독일인이 무차별적으로 폭탄 세례를 퍼부은 사실을 간략하게 언급하고 있고, 제2차 세계대전 중에 1,200만이 넘는 유태인 학살도 물론 기록으로 남기고 있다. 이러한 사건을 작가 이병주는 '역사의 능선'으로 간주했고, 그 능선이 보여주지 못하는 어두운 이면에서 절규하고 있는 개개인의 삶을 「소설·알렉산드리아」를 통해 독자에게 보여주고 있다.

바로 이러한 맥락에서 「소설·알렉산드리아」는 "나의 문학은 골짜기를 기록한다"라는 의미 있는 사상을 대변한다. 아울러 이런 이유로 해서 작가 이병주의 데뷔작이자 동시에 그의 작가로서의 미래를 가늠하게 해준 이 수작은 출간됐던 당시는 물론이고, 오늘날에도 그 작품성으로 인해 우리 문학에서 뚜렷한 자리를 차지하고 있다.

참고 문헌

김종회, 『문학의 매혹, 소설적 인간학』, 바이북스, 2010년

이병주, 『소설 · 알렉산드리아』, 바이북스, 2009년

이병주, 『문학을 위한 변명』, 바이북스, 2010년

법과 인간중심주의, 그 상관성
-「철학적 살인」

김괴경

과학 소설가들이 수십 년 전부터 꿈꿔온 가상현실이 이제 점점 현실로 다가오고 있다. 이제 곧, 가상현실 속에서 누군가를 죽이는 경험이 가능하게 될 것이다. 가상현실을 보다 현실적으로 만들기 위한 새로운 기술에는 위험이 도사리고 있다. 우리는 완전히 몰입된 가상공간에서의 폭력이 가져올 효과를 그 실현에 앞서 먼저 연구할 필요가 있다. 가상현실에서 누군가를 죽이는 경험은 이것이 상용화되기 전에 법적으로 금지되어야 하다. VR$^{Virtual Reality, 가상현실}$이 사람들에게 강한 호소력을 가지는 이유 역시 이를 통한 경험이 보다 사실적이기 때문이다.

하지만 우리는 영화와 게임의 주요 스토리가 갈등과 해소라는 사실을 알아야 한다. 살인과 폭력은 대본에 매우 자주 등장하는 요소들이며, 1인칭 슈팅 게임$^{shooting game}$(죽이지 않으면 내가 죽는다)은 게임 산업에서 가장 인기 있는 분야 중 하나다. 오락이 인간에게 미치는 부정적 영향에 대한 이야기는 새로운 것이 아니다.

예술의 도덕성에 대한 논란은 플라톤 시절에도 있었다. 철학자 장 자크 루소는 극장이 사람들에게 나쁜 영향을 미친다는 주장에는 동의하지 않았다. 그는 극장에서 관람객들은 그저 조용히 앉아 이를 구경할 뿐이라고 말했다. 하지만 그는 군중이 대거 참여하는 축제는 공동체의 결속에 도움이 된다고 주장했다. 오늘날, 우리는 최초로 그저 구경에 그치던 가상의 공간과 실제로 체험하는 현실의 공간 사이의 경계가 사라지는 것을 경험하고 있다. 이런 몰입된 경험은 상당히 위험한 결과로 이어질 가능성이 있다.

인간은 육체를 가지고 있으며, 이는 우리가 생각하고 느끼고 행동하는 것이 바로 우리 육체를 통해 이루어짐을 의미한다. VR은 우리의 자기수용성 곧 자신의 신체를 인식하는 능력을 가로챔으로써 우리가 연기하는 가상의 캐릭터와 우리 자신을 구별하지 못하게 만든다. '고무 팔 환영' 실험은 누구나 적절한 조건하에서는 가상의 고무 팔을 자신의 팔로 인식하게 됨을 보였다. 2012년 한 연구는 보통 길이에서 세 배나 늘어날 수 있는 가짜 팔을 사람들이 여전히 자신의 팔로 인식한다는 것을 보였다.

이와 같이 변화하는 시대에 있어 이병주 소설은 그 사회적 환경으로서의 법과 범죄, 곧 살인에 대한 문제를 제기한다. 소설에는 법에 대한 성찰이 나타난다. 이는 두 번에 걸쳐 법에 의한 구속을 경험한 그의 체험과 관계한다. 법에 대한 성찰은 크게 세 가지 형태로 나타난다. 첫째, 작가는 현실 비판과 함께 감옥 체험을 형상화하는 것을 통해 자신을 구속시킨 법의 부당함을 주장한다. 소설을 통해 이병주는 자존감을 회복하고 소설가로서의 자의식도 확립해 나간다. 둘째, 작가는 비인간적인 법 집행의 상황을 고발하면서 사형 제도에 대한 반대 입장을 표명한다.

「철학적 살인」은 법률가를 돕는 문학가가 등장하여 법의 비인간성을 경계하고 수정해줄 수 있는 문학의 역할에 대해 논의한다. 현실을 비판하는 데 있어 법에 대한 언급은 필수적이라 할 수 있어서 한국 소설에서도 법에 대한 언급은 필수적이라 할 수 있음에도 불구하고 한국 소설에서 법에 대한 성찰이 나타나고 있는 작품은 드물다. 이병주의 소설이 이를 다룰 수 있었던 것은 작가의 체험 때문이며, 무엇보다 작가의 법에 대한 해박한 지식을 바탕으로 한 통찰이 있었기 때문이다.

그의 소설에 나타나는 법에 대한 성찰은 법에 대한 거부나 부정이기보다는 법의 보완 및 발전을 위한 성찰이다. 특히 그는 법이 문학과 만날 때 인간을 이해하고 정의를 수호할 수 있다고 판단한다. 이에 이병주는 그의 소설을 통해 문학은 법의 비인간성을 비판하고 경계할 수 있어야 하며, 법의 기반은 곧 인간을 이해하는 문학이어야 한다고 주장한다.

이병주의 첫 작품은 대체로 1965년에 발표된 「소설·알렉산드리아」로 알려져 있다. 작가 자신도 이 작품을 데뷔작으로 치부하곤 했다. 하지만 실제에 있어서 첫 작품은 1954년 《부산일보》에 연재되었던 장편 『내일 없는 그날』이었으며, 이를 통해 그는 자신이 오랫동안 심중에 품어왔던 작가로서의 길이 합당할지 어떨지를 시험해본 것 같다. 물론 그 시험에 대한 자평이 어떤 결과였든지 간에, 그 이후의 작품 활동 전개로 보아 그의 내부에서 불붙기 시작한 문학에의 열망을 사그라뜨릴 수는 없었을 것이다.

그런 만큼 그의 소설이 보여주는 주제의식도 그야말로 백화난만한 화원처럼 다양하게 펼쳐져 있다. 『철학적 살인』 같은 창작집에 수록되어 있는 초기 작품의 지적 실험성이 짙은 분위기와 관념적 탐색의 정신, 앞서 언급한 바와 마찬가지로 시대성과 역사 소재의 작품에서 볼 수 있는 숨겨진 사실들의 진정성에 대한 추적과 문학적 변용, 현대사회 속에서의 다기한 삶의 절목들과 그에 대한 구체적 세부의 형상력 부가 등속을 금방이라도 나열할 수 있다. 더욱이 현대사회의 여러 현상을 주된 바탕으로 하는 작품들에서는, 천차만별의 창작 유형들을 만날 수 있다(문학평론가 김종회의 글에서).

이 소설에는 법과 살인에 관한 여러 가지 삽화가 등장한다. 목수가 직업인 사나이가 있었다. 그 사나이의 이름은 甲이라고 해둔다. 갑은 乙이란 자가 경영하는 목공장의 일을 하고 있었다. 어느 날.

乙이 자기의 아내와 정을 통하고 있는 현장을 보고 아내와 이혼하고 甲은 다른 아내와 결혼했다. 그때 乙이 공장에서 나와 다른 데서 일을 하고 있는데 결혼한 처와 을이 또 밀회를 했다. 甲은 그 재혼한 아내와 헤어지고 다시 다른 여자를 맞아들였다.

이때까지 참아왔던 甲도 드디어 분통을 터트려 乙을 죽이겠다고 나섰다. 乙은 甲의 서슬이 보통이 아님을 알자 어디론지 피신해버렸다. 甲은 만사를 전폐하고 乙을 찾아 방방곡곡을 3년을 헤맨 뒤 乙을 고베에 있는 여관에서 붙들어 비수로써 난자한 끝에 드디어 죽이고 말았다.

이 사건을 재판한 고베 재판소는 심의 끝에 甲에게 무죄를 선고했다. 그 판결 이유인즉 요약하면 법률은 개인 대 개인에 대한 복수를 금하는 것으로 원칙을 하지만 이런 경우는 다르다는 것이다.

일본엔 현재 간통죄가 없어 아내를 빼앗긴 남편의 울분을 풀어줄 합법적인 수단이 없다. 그러니 당하고만 있어야 하는 처지다. 본 건은 한 번이 아니라 세 번씩이나 동일인에 의해 남자의 면목을 짓밟힌 경우다. 그럼에도 불구학고 법률은 그에게 보복을 금하고 있다. 아무리 법률이라도 인간성을 깡그리 무시할 수는 없다. 법정도 甲에게 동정을 금할 수가 없다. 만일 甲에게 첫 번째 아내를 빼앗겼을 때 乙을 죽였더라도 10년 이상의 벌은 받지 않았을 것이다. 두 번째 乙을 죽였더라면 징역 3년에 집행유예 5년쯤으로 낙착되었을 것이다. 이와 같은 양형의 비율을 감안한다면 한 번 두 번까지 참고 견디다가 세 번째에서 복수를 감행한 甲에게 무죄를 선고하지 않을 도리가 없다.

이것은 1950년 일본 고베 재판소가 내린 판결이고 검찰도 이 판결 이유에 승복한 것으로 나타나고 있다.

빅토리아 여왕 시대 이탈리아 범죄학자 롬브로소는 두개골 저울과 측정기를 이용해 무게와 치수를 밝힘으로써 범죄성을 해부학적으로 설명할 수 있다고 생각했다. 그는 범죄인류학의 창시자였다. 기본적으로 나는 상상력이 뛰어난 책이 좋다. 그래서 판타지 소설이나 SF 장르의 소설을 좋아한다. 다만 지금 내가 뿌리박고 있는 현실을 차용하면서 터무니없는 허구(물론 이건 SF 장르의 가장 큰 특징이지만)를 묘사한 어정쩡한 소설은 좋지 않다.

SF 소설 특징은 한결같다. 미래 사회에서의 사회적 통제와 개인 자유 간 갈등. 이 책도 큰 틀은 벗어나지 못한다. 『1984』년이 '빅 브라더' 즉 독재자 또는 획일적 사회통제, 이데올로기에 대한 이야기였다면, 이 책은 획일적 사상에 대한 이야기인 듯하다. SF 소설의 성공 여부는 그걸 어떻게 보여주느냐에 달려 있다는 게 내 생각이다. 예를 들면 한 영화가 우리가 가상의 세계에 살고 있는지도 모르겠다는 생각을 일종의 '매트릭스'라는 공간으로 설명했기 때문에 충격을 줬듯이….

그런데 '살인에 대한 철학'을 보여주는 책이 있다. 코드명 '비트 겐슈타인'이 죽이는 사람은 동명이인의 철학자 비트겐슈타인이 그 렇듯 근대철학, 즉 계몽철학자들이기 때문이다. 철학자 비트겐슈 타인이 '논리철학'으로 해체의 학문 포스트모더니즘의 길을 열어 줬다면, 이 책의 주인공 비트겐슈타인은 '살인 논리'로 연쇄살인자 에게 명분의 길을 열어주는 셈이다. 비트겐슈타인이 이렇게 말한 적이 있다고 한다. "세계의 뜻은 세계 밖에 놓여 있어야 한다. 세계 속엔 모든 것은 그대로이며, 모든 것은 일어나는 그대로 일어난다. 세계 속에는 가치가 존재하지 않는다."

가치가 존재하지 않으면 윤리가 존재하지 않는다. 그렇다면 살 인을 왜 하지 말아야 한다는 논리적 이유가 없게 되기 때문이란 다. 다만 이 책은 재밌게 읽히다가도 비트겐슈타인 이야기만 나오 면 머리가 아프다는 단점이 있다. 기본적으로 비트겐슈타인을 알 지 못하면, 현대문학의 특징인 그 수많은 패러디를 찾아내기 쉽지 않다. 그래도 이 책으로 언젠가는 비트겐슈타인을 공부해야겠다는 생각을 하게 되는 건 또 다른 결실이 아닐까 생각든다. 다만 언제 공부를 시작할지는 나 자신도 모르지만(출처: 「살인 명분」, 필립 커, 『철학적 탐구』).

이병주 소설에는 법에 대한 성찰이 나타난다. 이는 두 번에 걸쳐 법에 의한 구속을 경험한 그의 체험과 관계한다. 법에 대한 성찰은 크게 세 가지 형태로 나타난다.

첫째, 작가는 현실 비판과 함께 감옥 체험을 형상화하는 것을 통해 자신을 구속시킨 법의 부당함을 주장한다. 『내일 없는 그날』, 「소설·알렉산드리아」, 「예낭 풍물지」, 『그해 5월』에 이러한 작가 의식이 등장한다. 이들 소설을 통해 이병주는 자존감을 회복하고 소설가로서의 자의식도 확립해나간다.

둘째, 작가는 비인간적인 법 집행의 상황을 고발하면서 사형 제도에 대한 반대 입장을 표명한다. 「소설·알렉산드리아」, 「겨울밤」, 「내 마음은 돌이 아니다」, 「거년의 곡」, 「쓸 수 없는 비문」이 그러하다. 「내 마음은 돌이 아니다」의 경우, 사형 제도와 함께 사회안전법의 제정에 대한 당혹감을 표현하면서, 법이 인간성을 파괴하는 현실에 대해 비판한다.

셋째, 본격적인 법 소재 소설을 통해 인간적인 법 집행관을 등장시켜 정의로운 법 실행을 지향하는 작가 의식을 보여준다. 「철학적 살인」, 「삐에로와 국화」, 「거년의 곡」이 이에 해당된다. 특히 「삐에로와 국화」는 법률가를 돕는 문학가가 등장하여 법의 비인간성을 경계하고 수정해줄 수 있는 문학의 역할에 대해 논의한다.

「철학적 살인」의 민태기는 감옥 생활 1년이 지났을 때 미국에서 살고 있다는 어떤 한국 여인으로부터 편지를 받는다. 그때부터 그 여인의 편지는 일주일에 한 번 꼴로 민태기의 감방을 찾아들게 되었다. 시간이 감에 따라 그는 자기의 행동이 철학적인 살인이기는 커녕 경솔하고 허망한 질투가 저지른 비이성적인 행동이었음을 깨닫게 된 것이다. 그러나 고광식을 죽인 것에 대해서는 결코 뉘우치진 않는다. 사람은 이성에 따르기보다 감정에 따르는 게 훨씬 정직하고 인간적일 수 있다는 신념을 가꾸게도 된다. 민태기는 그 편지의 주인, 한인정韓仁貞이란 여성이 고광식의 아내였음에 틀림없을 것이라고 짐작하면서도 그 여인에게로 쏠리는 마음을 어떻게 할 수 없었다.

동시에 불의에 사고로 꼭 한 번 고광식에게 짓밟힌 김향숙의 육체는 혐오하면서도 오랜 시일 고광식의 육체와 섞여 있던 한인정을 용납할 수 있을 것이란 심리적 전개로 해서 스스로 놀라는 마음으로 사랑에 있어서 육체란 그다지 중대한 문제가 아니란 걸 발견하기도 했다. 이런저런 생각에 곁들여 민태기는 실현성 여부는 고사하고 만일 고광식의 아내였던 한인정과 자기가 맺어져서 사랑의 성을 쌓을 수 있게 된다면 그건 기막힌 인생의 드라마일 것이라고 생각하곤 했다.

지금까지 살펴본 바와 같이 법에 대한 성찰은 이병주의 작가 의식에서 큰 비중을 차지한다.

소설을 통해 현실을 비판하고 보완하고자 했던 이병주였기에 자신의 체험과 연관이 깊은 법에 관심을 가질 수밖에 없었다. 감옥 체험 이후 소설을 본격적으로 발표하기 시작했던 것도 법에 대한 성찰이 소설을 쓰게 한 계기가 되었기 때문이다. 이로 인해 법에 대한 성찰은 이병주의 작품 세계 전반에 걸쳐 등장한다. 이병주 소설에 나타나는 법에 대한 성찰은 법에 대한 거부나 부정이라기보다는 법의 보완 및 발전을 위한 성찰로 파악된다. 특히 이병주는 법이 문학과 만날 때 인간을 이해하고 정의를 수호할 수 있다고 판단한다.

이에 이병주는 그의 소설을 통해 문학은 법의 비인간성을 비판하고 경계할 수 있어야 하며, 법의 기반은 곧 인간을 이해하는 문학이어야 한다고 주장한다. 한국문학에서 이병주 소설처럼 법에 대한 성찰을 나타내고 있는 소설은 드물다. 법은 소설이 비판하는 현실을 구성하는 중요한 제도인 만큼 현실을 비판하는 데 있어 법에 대한 성찰은 필수적인 것이라 할 수 있다. 특히 법은 제도가 가진 특성상 인간성을 상실할 가능성이 있으며, 한국의 근대사를 회고해 보면 그러한 가능성이 증명된 역사도 존재했던 것이 사실이다.

그 역사의 중심에서 산출된 이병주의 문학은 인간성의 회복을 지향한다. 그 때문에 이병주의 소설에 나타나는 법에 대한 성찰은 문학과 법, 모두에게 큰 의의를 가진다. 간음한 아내에 대한 남편의 물리적 치죄를 납득할 수 있는 것을 보고 이를 뒷받침하기 위해 일본 법원의 판례를 가져오기도 했다. 더 중요한 것은 이를 설득력 있게 피력하는 작가의 변설이다. 작가가 지적한 대로 법이 인간을 보호하는 데는 한계가 있다는 생각에 공감한다.

국화꽃, 그 소리 없는 아우성
-「삐에로와 국화」

김신지

"꽃이 그처럼 무서울 수도 있다는 걸 처음으로 알았다"고 고백하는 삐에로 강신중 변호사의 말은 어쩌면 내팽개쳐져 흩어진 국화꽃 송이송이가 내뱉은 말일지도 모른다.

우리나라의 험난한 이데올로기 역사의 한편 드라마이기도 하지만 역사 기록물 그 자체이기도 한 글이다. 한국의 발자크Honore de Balzac답게 문학, 역사, 철학에 박학한 작가의 폭넓은 심미안이 곳곳에 보인다. 직접적인 화법의 사실주의 문학적 표현들이 공감대를 확대시켜주는 동시에 작가의 체험적인 은유의 표현들이 독자를 더 가까이 귀 기울이게 하는 작품이다.

인생을 산다고 하는 것이 때로는 마치 무엇에 이끌려가고 있는 것처럼 느껴질 때가 있다. 인생살이에 소설적 인간이 아닌 사람이 있을까? 삐에로 아닌 사람이 있을까? 삐에로Pierrot는 피에로의 비표준어이다. 삐에로는 무언극에 나오는 어릿광대를 일컫는다. 그런데 피에로 하면 어딘가 설익은 느낌이 있는 데에 비해, 삐에로하면 그 특이하고도 익살스런 분장과 옷, 몸짓이 그냥 우리 머리에 전달된다.

이병주의 「삐에로와 국화」에서는 누가 삐에로일까? 제목을 보며 화려한 색채의 단어가 들어와 낭만의 웃음 아니면 삐에로의 연애담이라도 있는 것일까? 그런데 상상이 무색하게 첫 줄부터 법원 서기, 변호사, 검사, 심문이 등장하여 독자를 궁금증 속으로 몰고 간다. 「전향 여간첩의 수기」를 쓴 도청자를 죽일 목적으로 남파된 간첩 임수명이 사형되기까지의 전후 숨겨진 가족사가 비극을 넘어 참극으로 이어진다. 삐에로는 리포터 모양으로, 수사 반장 같은 현장감으로 이야기한다.

이 작품이 쓰인 1970년대는 정부의 반공 정책이 한창 활발하게 강조된 시기이다. 작가의 대표작 장편 『지리산』이 발표된 직후 1977년 9월에 나온 단편이다. 『지리산』이 1972년부터 15년에 걸쳐 남북간의 이데올로기 문제를 정면에서 광활한 문학성으로 다루었다면, 「삐에로와 국화」는 축소된 한 편의 역사 실록이 아닌가 한다. 삐에로와 간첩 임수명을 통해 그 시대의 사회 상황을 바라보고 삶의 가치와 철학의 단면을 투영하고 있다. 아직도 지속되고 있는 우리나라의 슬프고도 아픈 역사가 상황마다 잘 녹아 있다. 문득 그 시절의 간첩 표어가 떠오른다. '간첩 신고는 113', '옆집에 온 손님 간첩인가 살펴보자', '세 사람 건너 모르는 사람은 간첩이다'는 우스갯소리도 항간에 많이 있었다.

간첩 이야기는 빤한데 그 무엇을 더할 변주곡이 있는 것일까? 변호사와 소설가 친구 Y와의 대화에도 숨은 함정과 비밀은 없는 것일까? 작가는 말미에 친구 Y의 입을 빌어 이런 소설론을 펼친다. "요즘은 현실이 너무나 복잡하고 괴기하거든. 그대로 써내놓으면 독자에게 독을 멕이는 결과가 되는 거여. 그러니 현대의 작가는 현실을 희석할 줄 알아야 해. 이를테면 물을 타서 독을 완화시키는 거라구. 옛날 작가들관 역으로 가는 작업을 해야 한다, 이 말이여. 그런데 그 물을 타는 작업이 이만저만 어려운 게 아냐"라는 말로 국화꽃의 아우성을 달래는 잔잔한 미소를 선물하고 있다.

세상 일이 홀로 이루어지는 법은 없다. 일과 일 사이, 사람과 사람 사이에는 어디에나 연결 고리가 있다. 때로는 이들 관계의 처음과 끝이 뫼비우스의 띠처럼 이어질 때도 있다. 가족 관계도 그렇고, 친구 관계도 그렇고, 사건의 전후에도 그렇고, 수없는 비밀 아닌 비밀의 고리가 있기 마련이다. 그것이 인생살이의 고리가 아닌가 한다. 도청자의 수기에 나오는 사상이 다른 가족들 이야기, 6·25 전후의 정권 이야기, 입북 가족들 관계까지 그가 겪는 인간관계에서

회의하며 도청자가 자수하기까지 이른 것이 아닌가 생각해본다.

　죄수란 한낱 번호에 지나지 않는다는 말이 있다. 그런데 번호 없이 이름만 나오는 사형수 임수명이 심문에서 자기는 스스로 단순한 자객일 뿐이라고 항변했으나, 마지막 길에 강 변호사에게 한 말은 분위기적 슬픔이 있다. "당신이 마지막 가는 길에 큰 위안이 되었다"는 말이다. 유대인으로서 아우슈비츠수용소에서 살아남아 정신의학 박사가 되었던 빅터 프랭클은 『죽음의 수용소』에서 수감자의 퇴행에 대해 언급한 적이 있다. 수감자들은 지루한 수감 생활에서 보다 원천적인 태도로 퇴보한다는 것이다. 그래서인가 임수명도 간첩이라는 독기에서 풀려난 슬픔 같은 인간의 모습을 보여준다.

　간첩 임수명의 본명은 박복영이다. 전향 여간첩 도청자를 살해하라는 임무를 가지고 남파되었지만, 도청자는 이미 병사해서 이 세상 사람이 아니었고, 북에 두고 온 가족의 생계를 담보로 온 사명을 감당한다. 입북 전의 첫 부인 주영숙을 은밀히 찾아내어, 자신을 밀고하게 한다. 간첩 신고 포상금을 받은 주영숙은 어려운 생계에 큰 도움을 얻지만, 임수영 자신은 수감된다. 임수영은 마지막 사형 집행 전 강 변호사에게 주영숙의 주소를 주며 늦가을 노란 국화꽃 다발을 보내달라고 부탁한다. 북으로 같이 가기를 거부하고 재혼을 한 첫 부인에게 베푼 공산당원의 회개이자 베푼 사랑(?)의 꽃다발을 받은 주영숙이, 사형된 간첩이자 자신에게 포상금을 받게 한

장본인이 박복영임을 알게 된 후 뜨락에 꽃을 팽개쳐버린다. 얼마나 놀랐으면 그녀의 이마에 기름땀이 보였을까, 그 꽃송이 하나하나가 살아있는 괴물처럼 소리 없는 아우성을 치고 있었다는 표현이 모든 이들의 마음을 대변하고 있는 것이 아닐까.

친구 Y는 도청자, 박복영인 임명수와 동향이다. 진주 고무 공장 기업가에게 네 아들이 있었는데, 첫째 박복식, 둘째 박복수, 넷째 박복영은 북으로 가고, 셋째 박복길과 어머니는 공산당이 싫다고 남한에 있었다. 그런 중에 남파 간첩 도청자가 그들에게 북으로 간 식구들 소식을 전하며 그 집을 거처로 삼는다. 도청자는 자수하고 전향했지만, 복길과 어머니는 불고죄로 사형당한다. '악마의 시녀'인 도청자로 인하여 박복영 가족은 참극을 당하는 꼴이다. 얼마나 많은 고민과 생각 끝에 자수를 결심했을까. 그 고뇌도 알지만 은혜를 저버려 박복길이 사형당했다는 것은 공산당 간첩의 냉혈함을 보게 한다. 월북 가정인 박복수의 아들 명구가 처녀 뺨을 때린 것이 강간 미수죄로 어이없이 몰리고 탄압 받는 상황이 70년이 지난 오늘에도 이어지고 있는 것은 이 민족의 비극이다.

남파된 목적은 단순히 도청자만 죽이는 것뿐이라며 변호도 거절하는 임명수에게 끝까지 자포자기하지 말라고 권면하는 모습은 이데올로기의 다른 얼굴을 보여준다. 그가 북의 가족을 담보로 받은 사명의 보은과 남한의 첫 부인에 대한 보상, 모든 비밀을 가슴에 묻고 깔끔 떨며 맹물같이 싱거운 간첩으로 꿋꿋이 죽는 박복영이 지금도 어딘가에 있으리라. 사상과 이념이 다르다는 것이 민족을 두 동강 내고도 지금에 이르러서는 핵 위협을 하기까지 하는 운명론적 상황이 언제나 끝날 것인지 역사는 말이 없다.

임수명의 간첩 활동 심문 과정에서 나타난 것들을 보면, 오늘날에는 구시대 유물 같지만 지금은 시공을 뛰어넘는 최첨단의 도구와 방법이 범세계적으로 발전된 것뿐이다. 김현희의 대한항공 폭파, 독일 간첩단 사건, 이한영과 김정남 독살 사건만 보아도 그렇고, IT를 이용한 금융 해커와 사이버 공격까지 우리의 상상을 초월하고 있다. 그러나 도청자가 고백한 북한의 실상과 똑같은 상황이 지금도 여전히 북에서 계속되고 있음을 각종 보도를 통해 알 수 있다. 슬픈 일 중의 슬픈 일이 아닐 수 없다.

3년 전 서울에 와서 활동하던 중, 임수명은 늦가을 거리의 꽃가게에서 어느 낯선 여자가 건넨 노란 국화꽃 두 송이에서 얻은 뜻밖의 감동으로 그 여자의 행복을 빌어주는 동시에 서울을, 대한민국을 축복하고 싶은 마음이 생겼다고 고백한다. 그가 인간성을 찾는 눈물을 보는 장면은 가슴을 먹먹하게 한다. 평생에 한 번은 꽃을 사서 누구에겐가 보내 보고 싶은 생각이 간절했다는 간첩 임수명의 고백은 그의 영혼이 다시 부활하는 느낌으로 와 닿는다.

형장의 이슬로 사라지기 전, 변호사에게 부탁한 늦가을의 샛노란 국화꽃! 그것을 받을 사람이 남에 두고 갔던 첫 부인 주영숙이라는 대목은 이 소설 「삐에로와 국화」의 가장 소설적인 면으로 보이기도 한다. 삐에로 강 변호사가 자신의 일기에서 '인간답다는 것이 자기가 행복을 바라고 있는 그만큼 남도 행복을 바라고 있다는 사실에 대한 공감'이라고 한 말은 곧 작가의 고백이라고 단언해도 되리라. 임수명, 박복영이 부탁한 늦가을 샛노란 국화꽃은 그가 감추어 놓았던 참인간의 본영이자 참사랑이 아니었을까. 비록 주영숙의 손에서 내팽개쳐진 채로 아우성을 쳤더라도 사랑의 고백이 아니었을까. 사랑이야말로 인간이 가지는 소망이고 지고한 궁극 목표라고 하면 인간적 구원은 사랑을 통해서 그 안에서 이루어진다고 생각한다. 이 글이 한 가족에게는 참극이지만 이 민족에게도 비극이 아닐 수 없다. 박복영의 국화꽃 송이송이가 아우성대는 의미도 이런 것이 아닐까.

임수명, 아니 박복영이 남한 본향에서 북에 두고 온 가족의 평생 보장을 믿고 삐에로의 인간적인 변호도 마다하고 의연히 빨갱이의 누명을 쓰고 죽어가는 모습은, 운명이라기보다는 대한민국이라는 커다란 감옥에서 택한 소피스티케이티드한 자살sophisticated suicide이라고 규정짓고 싶은 마음은 왜일까. 간첩이라는 말도 사라져가는 이즈음에 드는 생각이다.

역사 속의 개인을 위하여
-「변명」

백승남

    안타깝게도 우리가 살아가고 있는, 살아내야 하는 세상은 거짓과 왜곡이 난무하는 곳이다. 이러한 상황이 누군가의 생명을 앗아가기도 하고, 평화롭던 세상을 뒤흔들어놓기도 한다. 그러한 세상에서 살아남기 위해서는, 아름다운 미래를 지향하기 위해서는, 무엇보다 그런 거짓과 왜곡을 가려내는 혜안慧眼이 필요하다. 특히 역사 속에 감추어져 있는 왜곡된 진실을 찾아내어 이를 바로잡는 과정은 비판 정신을 통해서 가능하며, 그런 과정으로 이병주의 소설 「변명」이 등장한다.

    소설 「변명」은 이병주 작가의 초기 작품으로서 역사 서술을 중심으로 한 창작관이 잘 발현되는 시기의 작품이라 할 수 있다. 『역사를 위한 변명』을 쓴 마르크 블로크Marc Bloch의 삶을 소개하는 것으로 시작되어 그 안에서 어른의 고뇌와 소년의 호기심에 대한 답으로 쓰인 소설이다. 즉 화자와 마르크 블로크의 대화를 통해 소설이 전개되는 것이다.

마르크 블로크는 20세기 역사학의 새로운 방향을 제시하고, 나치 독일의 점령 상태에 놓인 조국 프랑스의 해방을 위해 레지스탕스로 활동한 실천적인 역사학자다. 최근에는 프랑스뿐만 아니라 서구 여러 나라에서 새롭게 평가받고 있는데, 이는 그가 역사 연구에 대한 새로운 요구로서의 비교사比較史와 전체사全體史를 도입했으며 아울러 '프랑스의 양심'으로서 자신의 생을 떳떳하게 살았기 때문이다.

그는 리옹에서 고대사학자 귀스타브 블로크의 아들로 태어났다. 파리 고등사범학교를 거쳐 소르본 대학에서 학위를 받았고, 1914년 제1차 세계대전이 일어나자 보병 상사로 복무하여 레지옹 도뇌르 훈장과 십자 무공 훈장을 받았다. 전쟁이 끝난 뒤 1920년 박사 학위를 받고 스트라스부르 대학에서 교편을 잡았다가, 1936년에는 소르본 대학 교수로 임명되었다.

1939년 제2차 세계대전이 터지자 53세의 나이에 육군 대위로서 참전했으며, 프랑스의 패전 뒤 리옹에서 레지스탕스 운동에 가담했다가 1944년 6월 16일에 나치 비밀경찰 게슈타포에게 잡혀 총살당했다. 그의 나이 58세였다.

그의 마지막 저서는 잘 알려진 미완의 책 『역사를 위한 변명』이다. 한 소년이 역사가인 아버지에게 던지는 "아빠, 도대체 역사는 무엇에 쓰는 것인지 제게 설명 좀 해주세요"라는 질문으로 시작해서 그 책을 쓰게 된 동기와 이유를 설명한다. 끊임없는 위기 속에 있는 어지러운 사회가 자기 자신을 의심하기 시작할 적마다 과거를 거울로 삼는 것이 정당한 일이었던가?

역사가 믿을 수 있을 만한 것이 되려면 그것이 정의의 방향, 진리의 방향으로 움직여 가야 한다. 또한 역사가 인생의 유익한 것이 되자면, 그 교훈이 살아 보람 있게 작용을 해야 한다. 그런데도 현실은 불의의 경향으로 전개되고 있지 않는가? 이것은 충격이고 그 충격이 역사에 대한 불신을 심고 회의를 싹트게 한다.

그러나 마르코 블로크는 그렇지 않다고 외치고 싶어 했고, 그 외침이 『역사를 위한 변명』으로 나타난 것이다. 하지만 작가 이병주는 그 작품에서, 역사를 불신해서는 안 된다는 안타까움은 읽을 수 있어도 역사를 신뢰해야 한다는 그의 교훈에는 설복할 수 없었다고 했다. 그 책을 쓰고자 한 그의 심정은 이해되지만 그가 목적으로 한 변명은 무망한 것으로 느껴졌다는 것이다.

마르크 블로크는 자기의 비극적 죽음을 예증으로 해서 역사를 위한 변명의 불모성不毛性을 스스로 증명한 것이고, 역사는 비정의 학문으로서 가능할진 몰라도 인간이 그 변명을 써야 할 성질의 학문은 못 되며 "그의 죽음과 그와 유사한 죽음을 역사는 어떠한 설득력으로서 변명할 수 있겠는가?"라는 의문을 제시했다.

작가가 블로크를 존경하고 사랑하는 것은, 불신하면서도 역사를 외면하지 못하고 회의하면서도 역사 속에서 답을 찾고자 하는 마음을 지워버릴 수 없는 탓이며, "역사가 우리를 기만했다고 생각해야 될 것인가?"란 질문을 그와 더불어 나누고 있는 시간이 그에겐 그지없이 소중한 시간이 되기 때문이라고 했다.

역사는 변명되어야 한다는 것이 블로크의 사관이라면, 변명될 수 없다는 것이 작가의 결론이다. 작가는, 프랑스가 세계에 자랑하는 위대한 역사가 마르크 블로크의 미완성 작 『역사를 위한 변명』이라는 제목에 마음이 끌려서 읽었고 내용에 감동했고 그의 생애를 알고는 그를 사랑하고 존경하기에 이르렀다고 했다. 그러나 그의 사관에 의문을 제기하면서 본 작품 「변명」이 시작되었다.

1966년 7월 전후戰後 20년 만에 일본의 군인, 군속으로 끌려가 전몰한 우리 동포 명단이 H신문에 발표되었다. 일본의 공식 발표에 의하면 제2차 세계대전 중 동원된 한국인 수는 22만 명이고, 그 가운데 2만 2천 명 가량 전사했으며, 그 일부인 2,315명의 명단만이 밝혀졌다. 전몰 동포가 2만 명이 넘는다고 하는데 전쟁이 끝나고 20년 동안 그 유골이 일본 후생성 창고에 방치되어 있었다고 하니 기막힌 사실이다. 살아서는 일제의 무자비한 마수에 농락당했고, 죽어서도 20년이란 긴 세월동안 창고에서 먼지를 쓴 채 버려져 있어야 했다니 참으로 억울하기 짝이 없는 영혼들이다.

그와는 대조적으로 미군 특수부대가 6·25 때 전사한 그들 동포의 유골 또는 시체를 찾기 위해 이 나라 방방곡곡을 헤매어 찾아낸 유골은 정중하게 입관한 뒤 성조기를 둘러 본국으로 송환했다. 인간 존중은 사자死者까지 포함됨을 볼 수 있다.

소설의 주인공은 작가 이병주와 마찬가지로 1944년에 학병으로 동원되었다. 이러한 점에서 「변명」은 이병주 작가의 자전적 이야기로 볼 수 있다. 연합군의 반격으로 일본군이 중국에서 후퇴하기 시작했고, 그러한 혼란 속에서 주인공은 상관의 명령으로 비밀문서를 소각하는 과정에 그 문서들 속에서 탁인수의 재판 기록을 발견하게 되었다.

탁인수는 동경 W대학 경제학부를 졸업하고, 1944년 1월 조선 용산부대를 거쳐 파견군 제70사단 제21부대에 입주하여 상주常州에서 초년병 교육을 마쳤는데, 동년 7월 진강 분견대에 파견된 지 일주일 만에 부대를 이탈하여 중국 충의구국군으로 이적 행위를 했다. 1945년 1월 조선인을 규합하여 충의구국군 내에 조선인 부대를 만들 목적으로 상해에 잠입하여 인원 포섭과 자금 조달의 공작을 시작했고, 이 동태를 알게 된 조선인 장병중이 일본에 밀고하므로 2월 3일 오전 7시 장강반점에 투숙 중인 그를 일본 헌병대가 체포해갔다.

군법회의장에서의 탁인수는 조선인이 일본의 병정 노릇을 할 수 없어서 탈출했으며, 일본을 조국의 원수라고 생각한다고 말했다. "너의 불충, 불효, 불순한 행위가 가족에게 미칠 화를 생각해본 적이 있는가?"란 질문에 "나의 불효는 장차 역사가 보상해주리라 믿는다"고 대답했다. 적전 부대 이탈, 분적, 이적 등의 죄목으로 사형판결이 내려졌고, 1945면 6월 15일 그의 교수형이 집행되었다.

주인공은 탁인수의 재판 기록을 그 자리에서 소각하지 않고 몰래 가지고 나와서, 그 내용을 본다는 것은 불충이었으므로 대강의 사항을 수첩에 적어놓은 후 그 기록을 아주 잘게 찢어서 버렸다. 그렇게 문서를 버린 것은 결국 증거 자료를 없앤 결과가 되었다. '그의 불효를 역사가 보상할 것'이라는 탁인수의 최후 진술이 성취되려면 그 문서가 존재해야 하는데, 문서는 이미 존재하지 않으므로 작가의 역할이 필요하다는 뜻으로 해석될 수 있다.

해방을 맞아 자유의 몸이 된 작가는 상해 거주 조선인 유지 중에 장병중이 끼어 있는 것을 보고 놀랐다. 그는 일본의 밀정이라는 정체를 숨기고 애국지사 행세를 하고 있었던 것이다. 장개석 총통의 고문이었던 이연호 장군이 상해로 왔을 때, 작가는 이 장군에게 탁인수의 사건을 얘기하고 장병중이 현재 상해에 있다는 사실도 알리고 자신의 도의적 책임 같은 것도 말해보았으나, 이 장군은 "지금은 보복할 때가 아니고 지켜볼 때다. 보복이 시작되면 나라의 일은 뒤죽박죽이 되고, 왜놈의 밀정은 장병중 한 사람만이 아니다. 이 상해는 왜놈 밀정이 우글거리는 곳이다. 물론 도의적인 책임감을 포기해선 안 된다. 나는 자네보다 수십 배나 많은 밀정을 알고 있고, 수십 건 증언해야 할 사건을 가지고 있다. 그러니 상해에서만은 그런 일을 잊고 지내도록 하자"고 말할 뿐이었다.

작가는 이듬해 2월 고국으로 돌아왔고, 몇 년 후 6·25 동란 당시 부산 광복동 거리에서 장병중을 보게 되나 스쳐 지나갔다. 그후로 또 몇 년이 흘러간 어느 날 신문에 장병중이 K도 D군에 제3대 국회의원 선거에 입후보했다는 기사가 나왔다. 가슴이 떨리고 답답해서 참을 수가 없었다. 생각다 못해 작가는 근무처에 휴가원을 내고 K도 D군으로 갔다. 거길 가서 무엇을 어떻게 하겠다는 계획도 작정도 없었다. 그저 가보지 않을 수 없는 초조감에 강박당한 행동이었다.

K도 D군은 아담한 산과 들과 강으로 꾸며진 소박한 고장이었다. 도착한 지 이틀 후에 합동 정견 발표회에 참석해서 장병중의 연설을 듣게 되었다. 장병중은 중국에서 자신이 얼마나 열렬하게 독립운동을 했는지를 신파조 웅변으로 지껄여댔다.

누구나 말로는 애국한다고 한다. 그러나 애국자라면 실적이 있어야 한다. 나는 생명을 바치고 조국 광복을 위해 싸웠다. 그런 실적이 있기에, 누구보다도 충실한 일꾼이 되리라는 자신이 있기에 여러분의 지지를 바란다.

작가는 새삼스럽게 탁인수 사건의 기록을 없애버린 자신을 책망하며 뉘우쳤다. 그 기록만 있으면 복사해서 군내에 돌려 장병중의 가면을 갈기갈기 찢어 놓을 수 있을 것인데 싶으니, 가슴이 무거워

터질 것만 같았다. 생각 끝에 작가는 기억을 되살릴 수 있는 범위에서 그 기록 내용을 기록해서 인쇄물로 만들어 군내에 돌리기만 하면 효과가 있을 것 같았다. 그 상황을 의논하기 위해서, 옛날에 일군에 같이 있었던 M군을 찾아 서울로 갔다. 그에게 장에 대한 얘기를 한 적이 있기 때문이다. M군은 그 말을 듣자마자 집어치우라고 한마디로 잘라 말했다. 내버려두라고.

그의 말에 의하면, 입후보자들 중에는 장병중 같은 사람이 한두 명이 아니란다. 일제 때 경찰, 헌병, 아부해서 출세한 놈 등, 국회가 친일파 민족반역자 소굴이나 다름없다는 것이다. 그 길로 돌아와버렸고, 다행히 장병중이 낙선되었다는 선거 결과 덕분에 반분이나마 풀렸다는 기분으로 그를 까마득히 잊어버릴 수 있었다.

다시 6년이란 세월이 흘러 1971년이 저물 무렵, 일본 후생성 창고에서 2천여 구의 유골 봉환 문제가 일어났고, 그 가운데에서 일부분이 돌아오게 된다는 보도가 있었다. 작가는 그 일을 서둘고 있는 J씨를 찾아가서 탁인수의 유골만은 이번에 돌아오도록 해달라고 부탁했다.

드디어 1971년 11월 20일, 246위의 유골이 돌아왔다. 다행하게도 탁인수 유골이 그 속에 있었다. 일제에 항거한 탓으로 해방 두 달 전에 참살 당한 그 영혼이 26년간 이역에서 방황하다가 드디어 고향 산의 품에 묻히게 되는 것이다. 또한 탁인수에게는 입대 전에 결혼한 부인이 있었는데, 그녀는 탁인수의 유복자를 성장시키고 그냥 수절의 생활을 하고 있다는 사실도 알게 되었다. 26년 전 같은 운명에 묶였던 친구들의 작은 정성으로, 부산항을 굽어보는 양지 바른 언덕에 그를 순국열사로 송덕하는 비를 세웠다.

이것으로 작가는 그에게 과해진 문제가 낙착을 보았다고는 생각하지 않았다. 사람이 사람답게 살 수 있는 세상이 되려면 인과의 법칙이 분명해야 하는 것인데, 고발해야 할 일을 고발하지 않는 것은 인과의 섭리를 어긋나게 하는 범죄 행위이며, 증언해야 하는 것을 회피하는 것은 섭리의 법정에서 위증 행위가 된다.

작가 이병주는 마르코 블로크 교수에게 질문한다.

"역사가 인생에 유익하려면 악의 원인을 캐내어 그것을 근절하는 법을 만들어야 하지 않겠습니까?"

"역사에 있어서의 유일한 원인의 탐구란 일종의 미신이며, 책임자를 가려내려고 하는 가치 판단의 교활한 형식에 불과하다. 원인의 일원론은 역사의 설명에 있어서 장애물일 따름이다. 역사는 원인의 파도를 파악해야 한다."

블로크 교수의 답이다.

작가는 블로크 교수에게 되묻는다.

"역사는 그 원인을 파도로서 파악해야 하는데 그 파도에 휘말려 익사할 경우도 있으니, 역사를 위한 변명이 가능하자면 섭리의 힘을 빌릴 수밖에 없을 텐데요."

교수는 웃음을 보내며 다시 말한다.

"역사를 변명하기 위해서라도 소설을 써라. 역사가 생명을 얻자면 섭리의 힘을 빌릴 것이 아니라, 소설의 힘, 문학의 힘을 빌려야 된다."

"어디 역사뿐일까요?"

인생이 그 혹독한 불행 속에서도 슬기를 되찾고 살자면 문학의 힘을 빌릴 수밖에 없다고 작가는 강조했다.

탁인수의 죽음과 마르크 블로크의 죽음, 그리고 지금 이 순간에도 세계 도처에서 이와 유사한 죽음이 한 세대에 수백만 명씩 만들어지고 있는 것을 생각하면, 역사를 위한 변명은 성립될 수 없다는 느낌에 사로잡힌다. 참혹한 역사는 작가에게 문학을 권함으로써 비굴한 노예 신분의 학도의 삶에서 벗어나라고 독려하는 것이다.

우리 모두는 인생 제4막의 주인공
-「제4막」

이승일

나는 연극을 좋아했다. '좋아했다'라고 과거형으로 쓴 게 지금은 싫어한다는 뜻은 아니다. 단지, 연극을 봤던 기억이 가물가물해서 좋아한다고 선뜻 말하기가 좀 그런 것뿐이다. 대학로에서 정말 재미없고 어설픈 연극을 본 후 연극을 보러 가지 않았던 것 같다. '제4막'이라는 제목을 봤을 때 약간의 설렘이 감지되었던 건, 아직까지 연극에 대한 애정이 있다는 표시라는 생각이 들었다.

「제4막」 소설의 배경은 뉴욕이다. 나는 뉴욕 하면 '누우욕'이라고 발음하던 친구, 노 선생이 먼저 떠오른다. 같은 학교에 근무하던 영어 선생이었다. 노 선생은 나에겐 중매쟁이이기도 하다. 노 선생의 애인이자 내 남편의 친구이기도 한 현승효는 이병주 소설 속 한 인물처럼 살다가 간 사람이었다. 1970년대 서슬 퍼런 시국이었을 때 경북대 의대생이던 현승효는 '지체가 부자유하다는 이유로 의대 입학을 불합격시키는 것은 부당하다'는 논지로 학보에 글을 썼다. 그 글이 대구《매일신문》에 전재되었다. 글은 파장을 일으켰고, 정보 요원에게 쫓기던 현승효는 강제 입대 당하였다가 결국 제대 한 달을 앞두고 의문사하게 되었다. 현승효는 참 영민하고 골계미가 있는 사람이었다. 게다가 칸트와 하이데거를 넘나드는 철학 이야기로 나의 자취방은 심심찮게 깊이 있는 대화를 나누는 '쌀롱'이 되기도 했었다. 노 선생은 현승효를 가슴에 품은 채, 같이 근무하던 음악 선생과 결혼을 '해버렸다.' 그리고는 '누우욕'으로 떠났다.

노 선생이 우리를 찾아온 건 이십 년이 훌쩍 지나고 난 어느 날이었다. 현승효를 도저히 가슴에 묻고 죽을 수가 없어서 뱉어내야겠다는 것이었다. 현승효를 아는 사람들을 찾아다니면서 그의 이야기를 채집했고, 현승효는 『불멸의 내 님, 현승효』라는 책으로 다시 살아났다. 노 선생은 뉴욕 퀸즈 도서관에 근무한다고 했다. 남편은 음악을 하기 위해 뉴욕으로 갔지만 뜻을 이루진 못한 것 같다. 그러나 그는 참 좋은 남편이었다. 아내의 남자 현승효를 다시 세상 밖으로 나올 수 있게 독려했다고 하니 말이다.

「제4막」에서 작가는 뉴욕을 이렇게 표현한다.

뉴욕은 세계의 메트로폴리스, 지상 최대, 최고, 최상의 도시다.
뉴욕의 부가 문명의 정수를 다해 엮어놓은 장대한 규모의 낙원! 그
것이 뉴욕이다.

이 작품 속에 등장하는 여행 안내서의 문면을 노 선생에게 보여
줬다면, 아마 '개뿔'이라고 했을 것 같다. 이민자의 삶이 그리 녹록
하지는 않았던 듯싶다. 책 속에 표현된 대로 "그 빌딩의 정글엔 어
떤 원시적인 정글에서도 발견할 수 없는 암흑과 공포가 있다"고 말
하는 사회과학자의 말을 노 선생에게 들려줬더라면 또 뭐라고 했
을까? "뭐, 쬐깨 그렇기도 하겠지만 내 아직 살고 있잖아? 맨날 그
라몬 우찌 살끼고?" 하고 말았을 것 같다. 사르트르나 헨리 밀러나
볼드윈의 말들은 일상생활에 허덕이고 있는 소시민들에겐 그닥 영
향이 미칠 것 같지 않다는 생각이 든다.
　작가는 「제4막」에 대해 "나는 뉴저널리즘 방법으로 시사성, 보
고성, 그리고 객관성이 이루어진 몇 개의 에피소드를 엮어내는 일
종의 분위기를 나타냄으로써 소설의 영역을 넓혀 보고 싶었다"고
피력하고 있는데 정작 이 작품은 소설이라는 느낌은 들지 않고 작
가의 여행담 같은 느낌이 들었다. 어떤 에피소드가 작가의 생각에
서 만들어진 픽션일까는 굳이 찾으려 애쓸 필요가 없다. 그리고 저
널리스트였던 작가의 이력을 보면 취재했다는 느낌도 든다.

소설 속에 등장하는 내(작가이며 화자)가 뉴욕을 다시 찾은 것은 1973년 6월 26일이다. 케네디공항에서 탄 택시에서 '워터게이트 사건'을 둘러싼 상원 청문회 중계방송이 라디오를 타고 흘러 나왔는데 택시 기사와의 이야기를 보면 한국이나 뉴욕이나 택시 기사들의 정치 관심과 흥분도는 비슷하다.

'그래, 그때 워터게이트 사건이 있었지.' 내 기억은 그때를 향해 빠르게 움직였다. 나는 2학기가 통째로 없어져버린 시절에 대학을 다녔었다. 10월 유신이며, 휴교령 같은 일들이 있었고 닉슨 대통령의 워터게이트 사건을 보면서 '대통령이나 됐으면서 왜 도청 같은 걸 하지' 하는 생각을 잠시 했었던 것 같다. 45년이라는 세월이 흐른 지금 대한민국에도 워터게이트 사건에 맞먹는 '국정 농단 사건'이 생긴 걸 보면 권력에 대한 인간의 속성이란 게 참 한심하다는 생각이 든다.

뉴욕시 45번가와 8번가가 교차되는 지점에서 작품 속 주인공은 'ACT 4'를 발견한다. 이곳은 화려함의 극치를 이루고 밤이 되면 더더욱 휘황찬란해지는 브로드웨이 번화가 한구석에 '다소곳한 간판을 걸어놓고 맥주를 팔고 버번을 팔고 배고픈 사람에겐 햄버거와 감자를 파는'음식점이다.

나는 이 집 옥호가 '제4막'인데 그 '제4막'이란 뜻이 뭣이겠느냐고 물었다. 청년(그 집 종업원)의 설명은 친절했다. "뮤지컬을 빼곤 브로드웨이에서 하는 연극은 대강 3막으로 끝이 나거든요. 그러니 제3막까진 극장에서 하고 제4막의 주역을 맡은 사람은 우리들이지요. 조명가, 효과가, 대도구, 소도구, 일을 맡아보는 우리들이란 말요. 이를테면, 진짜 연극은 이 제4막에 있는 것 아니겠소." 윌리암 사로얀을 존경한다는 그 청년은 아르메니아계의 인종이었다. 나는 그날 밤 그 청년과 더불어 기분 좋게 취했다. 우선 '제4막'이란 이름에 취했다.

나도 '제4막'이란 소설의 제목에 설렘이 느껴진 걸 보면 '제 4막'이란 이름에 취했다는 작가의 말이 공감된다. 게다가 술집이 아닌가! '버번 위스키'로 기억되는 '버번'의 매력이, 무교동 낙지집에서 매운 낙지를 안주 삼아 마시던 '쐬주' 한 잔의 맛과 비슷하려나? 청년의 말처럼 무대 위에서는 연기하는 배우들이 주역이지만, 조명도 효과도 도구도 없는 무대는 없었다. 그러나 무대미술가이자 자유극장 대표인 이병복이 했던 "아무것도 없는 텅 빈 무대가 가장 연극적이다"라는 말이 생각난다.

내가 처음 본 제대로 된 연극은 고등학교 2학년 때 시민회관에서 본 〈카츄샤〉였다. 연극은 화려했다. 조명도, 의상도, 도구들도 화려했다. 요즘의 뮤지컬처럼 말이다. 그러나 되짚어 생각해보면 진한 감동이나 사람에 대한 성찰은 없었던 듯하다. 물론, 어린 나이이기도 했다. 대학에 입학하고 나서 혼자서 연극을 보러 다녔다. 영화의 대여섯 배 하는 관람료를 선뜻 지불하고 연극을 보려는 친구는 드물었고 취향도 달라서 굳이 같이 가자고 권유하기도 어려웠다.

명동에 있던 예술극장은 겨울엔 얼마나 추웠던지 양말을 세 켤레나 껴 신고 옷을 두툼하게 입고 가야 했다. 무대에 등장하는 배우의 숫자보다 관객의 수가 더 적은 날도 있었다. 그래도 배우들에겐 열정이 있었고, 그 열정에 관객들은 진한 감동을 느꼈던 것 같았다. 소설 속 주인공이 뉴욕에서 느꼈을 마음의 행로에 공감하는 부분이기도 하겠다.

어느 날 밤, 그 이웃의 극장에서 〈파리에서의 마지막 탱고〉란 영화를 보고 '제4막'에 들렀다. 밖엔 부슬비가 내리고 있었다. 그런 까닭인지 손님은 그다지 붐비지 않았다. 구석진 곳에서 버번잔을 앞에 놓고 이제 막 보고 온 영화의, 특히 그 마지막 부분인 탱고 춤을 추는 장면을 해석해보려 하고 있었다. (중략) 내 앞자리에 초로의 백인이 털썩 하고 앉았다. 그는 전작이 있는 모양으로 "버번" 하고 고함을 질렀다. 그런데 그의 말 중에 알아들을 수 있는 말이란 '버번'이란 단어가 유일한 것이었다.

그는 도대체 어느 나라의 말인지조차 알아들을 수 없는 말을 나를 향해 지껄이기 시작했다. 일방적으로 알아들을 수 없는 말을 듣고만 있기는 거북한 노릇이라서 나도 한국말을 했다. (중략) 그렇게 되니 나는 우리말을 씨부렁거리고 그는 그의 말을 씨부렁거리는, 이를테면 말을 하되 서로 통하지도 않는 대화가 시작된 셈이다. 서로의 취기가 높아감에 따라 그 장면도 괴상망측하게 되어만 갔다. 이를테면 다음과 같다.

그: 힐라릿당 칠라릿당, 프로개밍쿨쿨.

나: 힐라릿당이 아니고, 이 사람아, 칠랑팔랑이다.

그: 미눌킬랑 흐로치랄핑 우테문테.

나: 확실히 넌 정신병원에서 빠져나온 놈인데 도대체 어느 나라 놈인지 그거나 알고 싶구나.

그: 말라카이 잇그리타.

나: 됐어, 넌 말라카이 놈으로 치자.

주위의 사람들은 우리가 서로 모르는 말을 갖고 엉뚱한 소리만 내고 있는 줄을 알 까닭이 없다. 다정한 술친구가 권커니 받거니 하고 있는 줄 알았을 것이다. 나는 드디어 이렇게 말했다. 그에게 하는 말이 아니고 나 자신에게 타이르는 그런 말이다.

"제4막이란 이 술집의 주인이 지금 우리가 연출하고 있는 이 드라마를 이해할 수만 있었더라면 자기가 지은 제4막이란 이름에 잘 어울리는 것이라고 반갑게 여길 것이다. 제3막까지가 정통적인 연극이라면 지금 너와 나는 확실히 제4막적 등장인물이다. 지금 닉슨 씨의 운명도 제4막적인 고비에 이른 모양이고 동성연애를 찬양하는 데모가 있는 미국도 제4막의 단계에 들어섰다고 할 수 있을지 모르겠다. 하여간 제4막에서 당신을 만난 것을 나는 기쁘게 생각한다."그랬는

데 이상도 하지, 그는 내 말을 다 알아듣는 것처럼 고개를 끄덕이더니 이제 자기의 차례다 하는 요량으로 그도 긴 이야기를 시작했다.

이 대목을 읽으면서 오래 전에 보았던 연극 〈대머리 여가수〉가 생각났다. 외젠 이오네스코의 희곡이었는데, 당시에는 부조리극이란 걸 잘 모를 때였다. 장발 단속과 최류탄 눈물이 한참이던 때 '카페 떼아뜨르'가 개관 공연으로 이 작품을 올렸다. 스미스와 마틴이라는 두 쌍의 부부가 등장하는데, 좀 이상한 연극이었다. 플롯이 없었다. 일상생활 속에 파묻힌 부부생활의 무의미함, 그리고 인간들끼리의 소통은 불통이고 비논리적으로 생각해 오던 엉뚱한 상황을 과장되고 그로테스크하게 무대 위에 그려내고 있었다.

마틴 부인 역할은 아마 박정자였던 것 같다. '그 목소리는 짙은 빨강과 검정'이라고 누군가가 말한 것처럼 〈대머리 여가수〉를 그로테스크하게 만들기에 부족하지 않았다. 그 연극엔 대머리 여가수가 등장하지 않는다. 마지막 장면에 소방대장이 집을 나서면서 "그런데, 대머리 여가수는" 하고 묻자, 스미스 부인은 "늘 같은 머리 스타일이죠!" 한다. 연극이 끝나고 관객들은 난해한 얼굴로 이해하려 애쓰다 투덜거리며 돌아갔다.

나는 「제4막」을 읽으면서 우리 집 식탁에서의 대화가 떠올랐다. 그리고 〈대머리 여가수〉도 이해가 됐다. 나이가 들면 저절로 알게 되는 게 꽤 있다.

우리 집은 따로 거실이 없다. 식탁에서 밥도 먹고 차도 마시고 이야기도 한다. 언젠가 주변을 치우면서 식구들의 대화 내용을 듣다가 크게 웃은 적이 있다. 남편은 자기 이야기만 열심히 하고, 아들은 아들대로 자기의 관심사만 집중해서 이야기한다. 그리고 A도 학교에서 있었던 자기 속상했던 이야기만 끝없이 나열하고, B는 B대로 요즘 관심사인 공부에 대한 이야기를 진지하고 장황하게 늘어놓는다. 조금만 틈이 나면 중단됐던 자기 이야기를 이어간다. 그곳엔 소통이 부재했다. 아무도 아무의 이야기를 듣지 않는다. 대화가 아니다. 서로 다른 언어로 '씨부렁거리는 거'와 뭐가 다르겠는가.

그러는 동안 내 잔이 비면 그가 사서 술을 채우고, 그의 잔이 비면 내가 사서 술을 채우고 해서 새벽 세 시까지 터무니 없는 대화는 계속되었던 것인데 나는 어떻게 아파트로 돌아왔는지 모를 지경으로 취한 나머지 그날 오후 세 시쯤에야 잠을 깼다. 그런데 불현듯 뇌리를 스친 생각이 있었다. '워싱턴 스퀘어, 개선문 옆. 오후 다섯 시'에 어젯밤의 그 친구와 만나기로 했다는 생각이었다.

이상도 한 일이구나. 나는 그의 말을 한마디도 알아들을 수 없고 그도 나의 말을 알아들었을 까닭이 없는데 언제, 어떻게 그런 약속을 할 수 있었을까 말이다. 둘이 다 완전히 취한 나머지 혹시 영어로 주고받았을까. 그러나 어젯밤 나는 몇 번이고 영어로 그의 말을 유도

해보기도 했으나 허탕이었다. 전연 그는 영어를 몰랐던 것이다. 어젯밤부터 새벽까지의 일이 꿈만 같이 생각되기도 하고 '제4막'이란 술집까지 환상의 장소처럼 여겨지기조차 했다. (중략) 기적과 같은 일이다. 그 사나이는 반백의 장발 위에 베레모를 얹고 그 자리에 서 있었다. (중략) 그런데 그의 옆에 그와 같은 나이 또래의 부인이 서 있었다.

"서로 말을 모르는 우리가 어떻게 이런 약속을 할 수 있었는지 우선 그것부터 알고 싶습니다."

내가 영어로 이렇게 말했더니 부인이 통역을 했다.

"말로써가 아니고 마음으로 했답니다."

그는 '세라키 프라토'라는 이름을 가진 60세에 가까운 에스토니아 출신의 무명 화가였고, 조국이 러시아에 강점당했을 때 수많은 피난민 속에 섞여 미국으로 건너왔다고 한다. 미국말을 배우려 하지 않았고, 생활의 방편상 부인만 미국말을 배웠다. 그는 에스토니아 고향을 잊지 않으려고 '고향의 해변, 산, 돌 하나, 풀 한 포기를 사진을 방불케 하는 구상화'로 그렸다고 한다.

프라토 화백은 일 년에 한 번 꼴로 외출을 한다는데 그렇게 외출을 한 그날 저녁 우연하게도 그 술집에서 작가인 나를 만나게 됐던 거다. 작가인 내가 삼 년 후쯤 '제4막'에서 만나 '제4막'적인 대화를 다시 나누자고 했더니, 그는 '아주 좋은 아이디어'라고 했다.

물론 부인의 통역을 통해서! 작가는 이 소설이 끝나는 시점에서 말한다. "뉴욕에 아주 좋은 아이디어를 심어놓고 있으니 어찌 뉴욕에 애착하지 않을 수 있겠는가!"라고.

뉴욕에 있는 노 선생과는 연락이 끊긴 지 오래다. 내가 잠시 지방에서 살다 와 보니 연락처를 찾을 수 없다. 나도 노 선생도 언젠가 다시 만나게 되면 누구네 집이 되든 우리의 'ACT 4'를 오픈해 보고 싶다. 나 나름의 아주 좋은 아이디어를 '누우욕'에 심어놓고 살고 있으니 말이다. 그리고 우리 가족들이 서로 각각 다른 말을 하고 있어도, 마음으로 알아듣는다는 이 말을 꼭 전하고 싶다. 이보다 희망적인 삶이 있으랴.

이래서 세상은 살아볼 만한 곳이 된다. 분명 작가 이병주의 '제4막'과 나의 '제4막'은 서로 다른 시간과 공간을 달리고 있다. 그럼에도 불구하고 나는 이 소설을 통해 작가와 나 사이에 존재하는 공감대를 발견하고 음미한다. 참으로 좋은 느낌이다.

내 기억 속의 '불광동'과 소설 속의 '불로동'
– 「박사상회」

이영훈

두어 해 전 강원도 영월로 박물관 답사를 갔었다. '첩첩 산골 외진 곳에 웬 박물관?' 하는 생각이 들었지만 과연 영월은 박물관 집성촌(?)이었다. 단종이 유배됐던 청령포와 묻혔다는 장릉을 비롯, 고씨동굴, 곤충박물관, 이색적인 아프리카박물관, 라디오스타박물관…. 그리고 동강 사진박물관에서 전시 중인 「한국을 바라본 시선 1940~1990년대」. 내가 태어난 해부터 나이 50이 될 때까지의 세월을 살았던 '나'와 내 또래들의 모습이 사진틀 속에 살아 있었다. 반가우면서도 씁쓰름한 시간 여행이었다.

최근에 그 시절을 다시 한번 회상케 하는 단편을 읽었다. 이병주의 단편 「박사상회」. 박사상회란 이름의 구둣방이 이야기 속에서 불쑥 얼굴을 들이민 곳은 '불로동不老洞'이란 서울 변두리다. 이야기

를 풀어간 화자의 표현에 의하면,

불로동이 서울시에 편입되었을 때만 해도 형편이 없었다. 포장이 되
지 않은 길이 널따랗게 마을을 관통하고 있는데 맑은 날엔 지나가는
버스와 트럭이 일으키는 먼지 때문에 줄곧 눈을 감았다 떴다 해야 했
고, 비라도 오는 날이면 뻘탕밭이 돼서 촌보를 옮겨놓기가 힘들었다.

이 문장을 읽으며 나는 60여 년 전의 나로 돌아갔다. 여학교 시
절 지방에서 올라온 내 친구 J는 서울로 이사 온 지 두 해쯤 뒤에
변두리로 이사를 갔다. 완전 새 집으로 이사했노라 자랑하며 자기
네 집에 놀러오라고 했다. 나는 생전 처음 나 혼자 여행하는 기분으
로 J가 일러준 버스를 탔다. 이 버스는 서대문을 벗어나 영천을 지
나더니 무악재를 넘고, 홍제동 화장터를 바라보며 다시 고개를 넘
고 또 넘어 한없이 달렸다. 버스는 비포장도로를 털털거리며 달리
기 시작했고, 빨간 진흙 먼지가 열어 놓은 창문으로 햇볕처럼 쏟아
져 들어왔다. 먼지는 내 눈썹 위에도 내려앉았고 새로 다림질한 교
복의 주름 틈에도 끼어들었다. 드디어 종점에 도착, 버스에서 내리
며 땅에 발을 디디니 빨간 먼지가 풀썩! 내려쬐는 햇볕 아래 나타
났던 그때 그 광경이 바로 단편 「박사상회」의 도입부에 묘사된 불
로동의 그 모습이었다.

이야기가 전개되는 동안 나는 주인공 조진개가 됐다가, 때론 이야기를 풀어나가는 관찰자 '나'로 대입되곤 했다. 사건 전말은 대략 이렇게 전개된다. 1950년 한국전쟁이 휴전으로 일단락된 뒤 서울은 빠르게 변화해나가고 있었지만 이 변두리 동네엔 큰길 하나 덜렁 놓여 있을 뿐 툇마루 밑의 누렁이처럼 온 동네가 개발과는 담 쌓은 듯, 나른하게 잠들어 있다. 어느 날 불로동에 단 하나뿐인 '복덕방'에 타지인이 들어선다. 복덕방에는 '나'를 비롯해 노인 서넛이 모여 있고 바둑판이 펼쳐져 있다. '내'가 흘깃 훔쳐 본 이 남자는

'키가 겨우 150센티미터가 될까 말까 한 땅딸보. 얼굴빛은 해를 등진 탓도 있었겠지만 아프리카인만큼이나 검었고, 눈은 족제비를 닮아 가느다랗고 길게 째어져 있었다. (…) (조물주가) 최소한도의 재료로써 못난 사내를 만들어보았다는 표본 같은 인상이었다. 나이는 30세에 두세 살 모자랐을까 말까.'

이름은 조진개(얼핏 '조진깨'라고 들리는!). 어느 한 군데 복이 붙은 곳이라곤 없다. 그런데 이 동네에서 구두 가게를 하고 싶단다. 아니 여기서?

우리 동네는 완전 빈민굴이랄 수는 없어도 준빈민굴이었다. 거지 노릇을 하거나, 끼니를 놓거나 하는 사람이 없다 뿐이지 겨우겨우 먹

고사는 빈민들만 모인 곳이다. 막바로 말해 탈출할 곳이지 기어들어 올 곳은 못 된다.

다 찌그러져가는 불로동에서 그나마 기둥이 제대로 버티고 서 있는 유일한 집은 신작로에 있는 잡화상뿐이다. 그 집은 6·25 사변 때 외아들이 행방불명이 된 후 안 노인네 두 양주가 가게를 운영하며 목숨을 부지하고 있는 곳이다. 조진개는 불로동에 나타난 지 일주일 후 바로 이 노인네의 15평 잡화상 한 쪽에 5평 정도 크기의 공간을 '월세'로 확보, 구두 가게를 차리고 '박사상회'란 이름의 현란한 간판을 그 집 전체를 덮을 정도로 크게 내건다.

이 거리의 간판이래야 쌀집, 푸줏간, 방앗간, 탁주 직매소, 이발소, 식당 등 판자 쪼가리에 조잡한 글씨로 아무렇게나 써 붙인 것인데, 박사상회란 글자도 여려麗麗한 큼직하고 본격적인 간판이 나붙었으니 그 자체 하이칼라한 문명의 냄새를 풍겼고, 따라서 거리의 위신이 높아진 것 같았다. 어느덧 '박사상회'의 간판은 동네의 명소가 되었고 길을 가르칠 적의 요긴한 표적이 되었다.

이렇게 요란한 간판과 더불어 다섯 평 남짓한 가게에 진열된 '서울 명동'에서나 구경할 법한 날렵한 구두는 잠들어 있던 준빈민촌에 '하이칼라한 문명'의 바람을 불러일으킨다. 안 노인네 방 한 칸에 기거하는 조진개는 후사가 없는 가게 노인에게 아들 노릇까지 해가며 지극정성을 바친다. 그걸 지켜보는 이웃들은 "제 부모도 보기 싫다는 세상인데 어떻게 노인 부부에 대한 성의가 그럴 수가 있담" 하며 고개를 갸우뚱한다. 조진개는 무료한 노인들께 시도 때도 없이 위로 차원의 술을 권한다. 그러면서 야금야금 잡화상을 잠식해 들어가기 시작하고 맥을 못 추게 된 노인 부부는 얼마 안 가 차례로 의문의 죽음을 맞이한다. 불로동에서 제일 번듯했던 건물은 그때 이미 소유주가 조진개로 명의 이전이 되어 있음이 밝혀진다.

박사상회는 조진개의 탁월한 상술에 힘입어 번듯한 백화점으로 탈바꿈, 번창 일로를 달린다. 그가 동네 유지로 부상하자 그의 땅딸보란 별명은 슬그머니 면장面長이란 별호로 바뀐다. 불로동에 활기를 몰고 온 공로자를 땅딸보라 부르는 것은 불로동민으로서의 예의가 아닌 고로! 그와 더불어 '여려한' 간판을 본받아 '재래식 미봉적인 간판이 현대식 간판으로 바뀌고,' 동네 사람들의 신발이 바뀌고, 그만큼 거리가 사람 사는 곳다운 체모를 갖추게 된다.

노부부가 타계하기 무섭게 어디선가 조진개의 모친이 불쑥 불로동에 등장, 실세로 활개를 치며 아들 자랑이 늘어진다. 그런 한편 조진개는 안 노인의 빌딩을 헐어 젖히고 눈부신 타일로 외관을 꾸민 5층 건물을 세우고, '박사빌딩'이란 건물 간판을 내건다. 이 빌딩 낙성식을 할 때는 구청장과 경찰서장 등 고위 고관까지 참석.

돈 있는 곳에 사람도 꼬인다더니 과연! 낙성식에서 조진개는 현란한 말솜씨로 야망 찬 미래의 청사진을 밝힌다.

미국 사나이들의 꿈은 대통령이 될까, 빌딩의 주인이 될까 하는 데 있다고 들었습니다. 이것을 빌딩이라고 할 수 있을지 없을지. 하여 간에 빌딩인 것만은 사실입니다. 나는 앞으로 백 층 빌딩을 지을 작정입니다.

이 연설에 감동한 혹자는 '조진개가 진짜 박사일지 모른다' 또는 '국회의원 감이다'라 하고, 배가 아픈 혹자는 매국노 송병준을 뺨 치는 뻔뻔한 놈이라고 비아냥거린다. 그러거나 말거나…. 조진개 는 이 5층 빌딩에 사무실 임대를 비롯해 당구장이며 다방, 백화점, 음식점 등에 속속 세를 놓고, 심지어는 전당포까지 등장한다. 입점 하는 사업체로부터 받아들이는 수입으로 부동산 사업은 성공 일로 를 달린다. 150센티미터밖에 안 되는 땅딸보 조진개의 키는 그가 부를 거머쥠에 따라 갑자기 그 건물의 높이만큼 커 보이고, 그의 위상은 막강한 존재로 떠오른다.

존경과 부러움, 시기심을 한 몸에 지닌 조진개, 급기야는 이 지 역 최고의 신랑감으로 등극하게 된다. 모친은 이 동네엔 아들에게 어울릴 색시감이 없다고 큰 소리 치더니 과연 '충청도의 유서 있는 집안'에서 대학씩이나 나온 미인을 며느리로 맞는다. 모 호텔에서

치뤄진 그 결혼식이 '으자자' 했음은 당연지사. 신부는 조진개보다 적어도 키가 10센티미터는 더 크고 시원스런 눈과 덩실한 코를 가진, 어느 모로 보나 현대적이고 싱그러운 미인. 바로 이 여자가 놀부 조진개에게 물어다 준 불행의 '박씨'가 될 줄이야!

강남풍의 잘난 마누라는 불로동에서 살기를 거부한다. 도심에 아파트를 얻고, 가정부를 두고, 기사 딸린 자가용을 굴리며, 절대로 애는 낳지 않겠다고 큰소리친다. 남편을 우습게 알 뿐 아니라 시어머니를 박대하더니, 급기야는 땅딸보 남편으로 하여금 어머니를 집 밖으로 몰아내게 만든다. 더 나아가 '서방질'까지 하기에 이르는데, 물론 이 사실을 모르는 건 등잔 밑이 어두운 조진개뿐이다.

드디어 승승장구하던 조진개의 사업에 찬물을 끼얹는 사건이 발생한다. 빌딩 2층에는 다방이 영업 중이다. 그런데 돈 벌기에 눈이 먼 조진개가 빌딩 입구에 동전을 딸랑하고 넣으면 커피가 주루루 나오는 커피 자동판매기를 설치한 것이다. 이 신기하고 낯선 자동판매기에 동네 사람들이 우루루 몰려들고, 당연히 커피 자동판매기를 설치한 날부터 다방의 매상고는 뚝 떨어진다. 분통이 터진 다방의 천 마담은 손님이 뜸할 때 자동판매기의 면상을 내리치면서 조진개와 말싸움을 벌이게 되고 옥신각신 하던 말싸움은 급기야 육탄전으로 돌변해나간다. 천 마담이 외친다.

이놈, 조진깨야, 전세 올려 받은 게 언제지? 바로 나흘 전이다. 고스란히 3백만 원 바쳤어. 그런데 이게 뭐야. 이것 들어오는 바람에 매상이 반이나 줄었다. 이렇게 남의 장사 방해할 속셈을 해놓고 전세를 올려 받아? 달세는 반이나 높이구? 그래, 나는 그런 꼴을 당하고도 가만있어야 돼?

하며 자동판매기를 연타하니 '눈깔이 뒤집힌' 조진개는 "이년을 당장" 하고 멱살을 잡으려고 한다. 그러나 어디 호락호락하게 멱살을 잡힐 천 마담인가! "요 난쟁이 ×길이만 한 녀석이…" 하며 욕을 퍼붓는다. 불행인지 다행인지 천 마담은 체격이 조진개의 배나 되는 억센 경상도 여자! 서부활극 뺨치는 싸움의 결말이 어땠으리라는 것은 '아니 봐도 비디오'가 아니겠는가.

네가 그 꼴이니까 네 여편네가 서방질을 하는 거다. 네 어미 거지꼴을 만들고, 서방질하는 여편네에겐 꼼짝달싹 못하게 쥐여 살면서 남의 여자는 업수이 여겨? 내가 항의한 것이 잘못됐나? (…) 장사에도 의리가 있고, 버는 데도 경우가 있는 기다.

육탄전은 점입가경으로 접어들고 싸움 구경에 몰려든 관중은 진흙탕에 패대기쳐지는 조진개를 보며 카타르시스를 체험, '천 여걸 만세'를 합창하듯 외쳤다. 그리고 그 외침은 조진개를 '장송하는 서곡'이 된다.

이런 소동이 있은 후 조진개는 하루아침에 패륜아로 낙인이 찍히고 불로동 주민은 백화점이고 구둣방에 약속이라도 한 듯 발길을 끊는다. 상술 9단의 조진개라 할지라도 '이 집 물건 사는 자는 조진 깨와 같은 놈'이란 주민들의 담합 앞에 버틸 재간이 없다. 그 후로 박사회관은 주인이 몇 차례 바뀌어 나가고 간판의 '사'자가 떨어져 나간다. 남의 말 하기 좋아하는 주민들 사이에 그 건물 이름은 슬 그머니 '박살회관'으로 회자되기에 이른다.

박사상회는 1983년 《현대문학》으로 빛을 본 이병주의 해학 과 풍자가 넘치는 단편이다. 어지러울 정도로 빠르게 변해 가던 1960~1970년대의 삶을 밑그림으로 설정하고, 그 위에 야심 찬 기 회주의자 조진개란 인물과 그를 둘러싼 변두리 서민들의 민심을 날 카롭고 신랄하게 파헤친다.

조물주가 최소한의 재료로 빚어낸 못생긴 사내의 표본 같은 인 간 조진개. 그가 부富를 축적해나감에 따라 그의 이름은 처음엔 땅 딸보였다가, 면장이 됐다가, 혹시 진짜 박사는 아닐까? 하는 경외 심도 불러일으키다가, 저 정도 인물이면 국회의원도 해 먹겠다는 식으로 바뀌어나간다. 칠면조처럼. 그리고 하루아침에 그는 물거품 처럼 불로동에서 자취를 감춘다. 동기가 순수하지 않은 야심은 언 젠가는 썩은 내를 풍기게 마련이라는 교훈을 뒤에 남긴 채.

한편의 드라마 속에 푹 빠졌던 나의 시간 여행도 조진개가 과거의 '탈세와 밀수, 횡령 등 옛날 죄가 탄로 나서' 쇠고랑을 차게 됐다는 대목에서 끝이 난다. 그러나 나는 언제고 시간을 내서 꼭 한 번 불광동에 가보고 싶다. 어쩐지 불광동 번화가에 내가 J와 함께 아이스케키를 사 먹으러 갔던 잡화점이 아직도 있을 것 같고, 성냥갑을 연상케 했던 네모반듯한 친구네 집도 신작로 저 끝 어디쯤에서 내가 한번 찾아오기를 기다리고 있을 것 같아서 말이다.

내 뜰 안의 매화나무

-「매화나무의 인과」

정정숙

이병주의 많은 소설 중 독후감 글감으로 「매화나무의 인과」를 선택한 것은 우리 시골집 뜰에 서 있는 한 그루의 매화나무에 대한 감상 때문이다. 첫 봄 하얀 꽃이 만발하면, 그 요염한 자태는 물론 멀리까지 퍼지는 꽃향기에 흠뻑 취하게 된다. 꽃 떨어진 가지에 달린 파란 열매의 모양도 눈을 뗄 수 없이 아름답다.

뒷집 사는 부인이 매실을 따고 싶다고 했다. 그녀는 매화나무에 올라가서는 마트에서 쓰는 바구니에 매실을 잔뜩 따 가지고 내려왔다. 얼마 후 달콤새콤한 매실청 한 병을 답례로 가지고 왔다.

매화는 사군자의 하나로 동양화가들의 붓끝에서 무수히 다시 피어나곤 하는 꽃이다. 난세의 간웅奸雄 조조도 황건적을 토벌할 때, 쓰러져가는 병사들에게 매화나무의 열매인 매실을 먹여 힘을 얻어

다시 행군하게 했다는 일화도 있다. 이렇듯, 동양화의 소재로도, 일상의 먹거리로도, 체력을 되찾는 보약으로도 소중하게 쓰이며, 눈과 코를 통해 아름다움을 느끼게 해주는 매화나무가 이병주의 소설 속에서는 큰 사건의 중심으로서 많은 얘깃거리를 풀어나간다.

소설 「매화나무의 인과」는 1966년 월간 《신동아》에 발표되면서 주목을 받았다. 발표 당시의 제목은 '천망天網'이었다. 천망이란 '악한 사람을 잡기 위하여 하늘에 쳐놓았다는 그물'을 뜻하는데, 이 표현은 노자老子의 『도덕경』 73장에서 유래되었다고 한다.

하늘의 도는 싸우지 않고도 충분히 이기고, 말하지 않고도 적절히 답하며, 요구하지 않아도 충분히 채우고, 서두르지 않고도 제때에 이른다. 하늘의 그물天網은 모두를 제때에 붙든다. 굵고 거칠지만 놓치는 법이 없다.

'굵고 거칠지만 놓치는 법이 없다'는 마지막 구절이 바로 이병주가 소설 「매화나무의 인과」에 천망이라는 제목을 붙였던 이유가 아닐까.

소설은 '나'를 포함한 몇 사람이 모인 자리에서 지옥의 이야기로 시작된다.

136

이야기는 배裹 군의 지옥 개설부터 시작되었다. 이 박람강기한 사나이는 지옥이란 말의 각국어의 어원부터 캐고 들어간다. (…) 배에게 발언권을 맡겨 두었다간 밤이 새도 한이 없을 것 같았는지 논설위원 김金이 나섰다.

"지옥이란 건 없어."

김의 어조는 습관적으로 단호하다.

"지옥은 있어야 해, 꼭 있어야 하는 거야."

대학교수 유柳의 말에 나의 귀는 솔깃했다.

"생각해 보게나. 지옥이 없어서 되겠는가. (…) 지옥은 꼭 있어야 한다. 있어야 하고 말고."

한마디 거들 작정으로 망설이고 있는 판인데 김의 단호한 어조가 가로막았다.

"그래도 지옥은 없다. 천당도 없구."

유는 바락 흥분한 기색을 보였다.

"지옥은 있습니다. 분명히 있습니다."

그 소리는 건너편 탁자 앞에 아까부터 혼자 앉아 있는 사나이에게서 건너온 소리였다.

성경에는 지옥이란 단어가 50번 이상 나오고, 천국을 나타내는 구절은 200여 개가 넘는다고 한다. 기독교, 불교, 이슬람교 등 세 종교가 종교의 70%를 점유한다. 이 종교들의 임사臨死체험자들이

천국이나 지옥 같은 것을 보았다는 말을 하는 것이 보통이다. 사람이 죽기 전에 하는 말이 제일 정직하다. 죽으면서까지 거짓말을 하여 자신을 속일 필요는 없으니까.

한 예로, 수십 년 전에 작고하신 만시숙께서 돌아가시기 이틀 전에 온화하고 평화스러운 얼굴로 남기신 말이다. "간밤에 꽃과 새들이 가득한 평화로운 동산에 다녀왔다. 그게 천당인 것 같다…. 그분의 미소 띤 환한 얼굴이 아직 잊혀지지 않는다…." 그분은 천당에 가셨을까?

소설의 실제 내용은 건너편 탁자에 앉아서 지옥이 있다고 말한 사나이의 이야기인 셈이다. 사나이는 성 참봉 집 매화나무에 얽힌 사연을 전한다. 원래 그 매화나무는 성씨 일문이 공유하고 있는 재실 뜰에 있던 것인데, 그 나무를 옮겨 심은 후 성 참봉 집에는 끔찍하고 기막힌 일들이 연이어 일어난다.

그 나무를 어느 해의 여름밤, 성 참봉이 돌연 그의 집 사랑 앞뜰에 옮겨 심었다. (…) 매화나무를 옮겨 심은 그 예를 계기로 성 참봉의 성벽性癖이 달라지고, 천석 거부를 뽐내던 그 집의 재산과 가세에 금이 가기 시작했다.

성 참봉 앞뜰에서 처음으로 꽃이 피었다 지고 열매가 익어갈 무렴, 성 참봉 큰아들이 매실주를 담그려고 매화 열매를 따고 있었는데, 참봉이 미친 사람처럼 달려들어 막대기로 온 몸을 사정없이 '마구 내려 갈겼고', 아들은 척추가 부러지고 허리뼈에 금이 가서 반신불수의 몸으로 병석에 눕게 되었다.

그다음 해, 가세가 몰락해가는 기운에 겁이 난 참봉 부인이 찾아간 소문난 복술자의 점에 의하면, 매화나무가 열매를 맺기 전에 없애버려야 한다고 했다. 성 참봉 부인과 둘째 아들이 짜고 매화나무를 베어 버리려다 참봉에게 들켰는데, 참봉은 그 자리에서 도끼를 휘둘러 둘째 아들을 즉사시켰다.

모름지기 아버지는 자식에 대한 사랑이 바윗돌같이 단단하다. 아버지의 자식 사랑은 입이 아니라 가슴으로 할 때가 많다. 자식이 사업을 하겠다고 하면 아버지는 물심양면으로 자식을 돕는다. 사업이 망하면 탓하기보다 감싸 안는 게 부모가 해야 할 도리가 아닌가 싶다. 매화나무의 비밀을 간직한 채 살아가야 하는 참봉에게는 사는 게 지옥과 다름없었을 것이리라. 큰아들은 반신불수로 만들고 작은아들까지 죽이게 된 지경에 이르고 보니, 책을 읽고 있는 나의 가슴이 먹먹할 뿐이었다. 그러나 비극은 계속된다.

이 일이 있고부턴 성 참봉 집은 점점 흉가의 면모를 띠기 시작했다. (…) 며느리는 아들을 살리고 집안을 구하기 위해서 매화나무를 없애 달라는 유서를 써놓고 다락방 대들보에 목을 매어 죽었다. 그래도 성 참봉의 매화나무에 대한 집착은 미동도 안 했다.

당연히 동네에선 온갖 소문이 난무했다. 성 참봉 집에는 '채찍 밑에 도는 팽이처럼 새벽부터 밤늦게까지' 일을 해야 했던 머슴 돌쇠가 있었는데, 매화나무를 옮겨 심은 후부터 태도가 완전히 달라져서, 좋은 옷을 입고, 일은 안 하고 주막집에나 다니고, 그런데도 성 참봉은 아무 말도 못 하고 오히려 용돈까지 후하게 주는 상황이 되었다. 한마디로 머슴이 주인 행세를 하는 거였다.

독자는 아직 알 수 없는 참봉의 약점을 잡고 세상 무서울 것 없이 천방지축 날뛰던 돌쇠는 급기야 성 참봉의 막내딸 창숙과 혼인을 시켜달라고 협박하여 승낙을 얻어낸다. 이 소리를 들은 창숙은 서울로 도망을 가고, 불구의 몸으로 병석에 누워있던 큰아들은 숨을 거두고, 늙어 귀신 같은 몰골이 된 참봉도 죽음을 맞이한다.

성 참봉은 자신이 불구로 만든 큰아들에 대한 죄책감과 작은아들을 죽인 양심의 가책으로 항상 마음 한 곳에 대못을 박고 아픈 상처를 견디며 살아야 했을 것이다. 그 죄책감이 성 참봉의 목숨을 좀 더 빨리 죽음으로 당기지 않았을까?

한 줌의 흙으로 돌아가는 인생인 걸.

헛된 욕심 두고 가야 하는 길인 걸.

수수께끼에 싸인 매화나무가 그 인과를 밝힌 날은 아버지의 부보訃

報를 듣고 막내딸 창숙이가 옛집을 찾아온 바로 그날이었다.

참봉이 죽자 가장 난처하게 된 것이 돌쇠였다. (…) 무슨 징그러운 동물과 같은 취급을 받던 돌쇠는 고래고래 고함을 질렀다.

"내 말 하나만 떨어지면 느그 일문은 망한단 말이다. (…) 참봉 어른이 왜 내게 쩔쩔 맸는가 너희들이 모르니까 그렇지. (…) 내가 저 매화나무를 파 드러낼 테다. 거기서 뭣이 나오는가 봐라!"

진실은 태양을 향해 부끄럽지 않게 달린다.
비밀은 숨겨지지 않고 묻히지도 않는다.

돌쇠는 미친 듯이 괭이질을 하여 매화나무를 쓰러뜨렸고, 땅 속에선 뿌리들이 생살처럼 노출되었고, 난데없이 사람의 두개골, 가슴팍뼈, 팔다리뼈, 그리고 형색을 알아보기 어려운 가죽 가방이 드러났다. 경찰이 달려왔고, 돌쇠의 자백에 의해 그 사체는 서익태라는 사람의 것이라는 사실이 밝혀졌다.

서익태의 죽음과 얽힌 이야기는 이십 년 가까운 세월을 거슬러 올라가야 한다. 서익태의 부친이 성 참봉에게 열 마지기 남짓한 논을 잡히고 상당한 액수의 돈을 빌렸고, 그 돈을 갚는 대신 논을 빼앗겼다. 그 일로 홧병에 걸려 죽으면서 논을 다시 찾으라는 유언을 남겼다. 익태는 삼년상을 치른 후에 성 참봉을 찾아가 십 년 내에 갚겠다며 논을 돌려달라고 탄원했고 성 참봉은 각서를 써 주며 그러기로 약속했다.

익태는 일본으로 건너가 돈을 벌었고, 약속한 기한 내에 고향으로 돌아와 가장 먼저 성 참봉을 찾았다. 성 참봉은 다락에서 증서를 찾으려다가 우연히 쇠망치를 보고는 탐욕이 강력하게 발동했다.

방 한구석에 쌓인 매력적인 지폐 뭉치, 아까움이 와락 심해진 일등 호답 열 마지기, 오는 도중 아무도 만나지 않았다고 했겠다, 사전에 집에 알리지도 않았다고 했겠다, 성 참봉의 의식이 전광석화처럼 탐욕을 중핵으로 눈부시게 회전하는 판인데 꾸부리고 앉은 서익태의 뒤통수…. 의식에 앞서 쇠망치가 그 뒤통수를 내려쳤다.

성 참봉은 서익태의 시체를 앞뜰에 묻고 그 자리에 매화나무를 옮겨 심은 것이었는데, 시체를 묻는 광경을 머슴 돌쇠에게 발각되고 말았다. 머슴 돌쇠가 어느 날 갑자기 주인인 성 참봉을 휘둘렀고 딸을 내놓으라고 협박했던 게 이해되는 대목이다.

이야기를 끝맺자 그 음산한 눈빛을 가진 사나이는 나지막한 목소리로 덧붙였다.

"이래도 지옥이 없어요?"

이 밤이 있은 뒤 지옥이란 관념이 나의 뇌를 스치든지 지옥이란 말을 들든지 하면, 황량한 겨울 풍경을 바탕으로 하고 요염하게 꽃을 만발한 한 그루 매화나무가 눈앞에 떠오르곤, 광녀 머리칼처럼 흐트러진 수근樹根의 가닥가닥이 썩어가는 시체를 휘어감고, 그 부식 과정에서 분비되는 액체를 탐람하게 빨아올리는 식물이란 생명의 비적秘蹟이 일폭의 투시화가 되어 그 매화나무의 환상에 겹쳐지는 것이다.

이병주의 소설은 자서전적이거나 반反자서전적이다. 「매화나무의 인과」는 이병주의 소설 중 자서전적이지 않은, 새로운 이야기로 전개되었다.

처음 「매화나무의 인과」라는 제목을 대하고, 화사한 글로 읽힐 거라 생각한 건 오산이다. 첫 번째로 읽을 때는 그나마 호기심과 재미가 있었는데, 두 번째, 세 번째 읽을 때는 두통이 오기 시작했다. 아버지 성 참봉의 손에 아들이 반신불수가 되고, 살인을 당하고, 성 참봉의 알 수 없는 고집에 며느리는 자살을 하고…, 죽고 죽이는 대목을 읽을 때마다 읽고 싶지 않다는 생각에 책장을 덮고 말았다.

몸살로 아픈 몸에 소설의 줄거리가 병을 더해주고 있었다. 공교롭게도 소설을 읽고 있는 동안 지인의 남편이 고인이 되었다. 이래저래 죽음이란 단어가 내 안에서 맴돌고 있었다.

그 많은 수난 속에서도 오롯이 정신을 잃지 않은 사람은 백발의 노파, 성 참봉의 아내이다. 아마도 하나 남은 자식, 막내딸 창숙이를 지키기 위해 정신줄을 놓을 수 없었으리라. 어머니는 강하며, 위대한 힘은 모정에서 나온다고 생각한다. 이 소설 속에서 가장 빛나는 인물은 참봉의 아내이자, 창숙의 어머니이다.

성 참봉은 끝없이 부의 욕심을 버리지 못하고 아들들과 며느리를 죽게 했다.

매화나무에 얽히고설킨 이 많은 이야기를 써 나가면서 이병주는 죄를 지으면 대가를 받되, 반드시 지옥으로 가야 한다고 이유를 붙여서 굳이 강조한다. 물질문명이 발달한 현대사회에서 살인 사건을 왕왕 보게 된다. 지옥을 두려워하지 않으니 오로지 물질적 탐욕에만 붙들려 폐가 망신을 당한다는 말이다.

매화의 요염한 자태에서 욕망에 사로잡힌 인간의 인과를 드러낸다.

이병주라는 작가는 문학이 무엇인지, 문학이 어떤 역할을 해야 하는지, 「매화나무의 인과」를 통해서 말하고 있다. 한마디로, 천망에 걸리지 않을 존재가 어디 있겠는가.

한동안 내 안에서 맴돌고 있던 죽음으로 인해 우울해진 마음을 털어내기 위해, 조선 중기의 문인이자 정치가였던 신흠의 시, 「야언野言」의 일부를 올려본다. 해마다 봄은 오고, 또 그 봄마다 생각나는, 내가 참으로 좋아하는 매화 예찬梅花禮讚이다.

桐千年老 恒藏曲 동천년노 항장곡

梅一生寒 不賣香 매일생한 불매향

오동은 천년을 묵어도 제 곡조를 간직하고

매화는 평생 춥게 지내도 그 향을 팔지 않는다.

쥘부채에 실린 메시지,
이병주가 말하는 사랑의 집념
-「쥘부채」

홍은자

　인사동 화랑에서, 나비가 꽃에 머리를 깊게 박고 꿀을 빠는 그림이 번쩍 눈에 들어왔다. 며칠째 이병주 소설 「쥘부채」가 내 머릿속을 맴돌던 때라, '애증'이라고 붙어 있는 제목은 뜻밖이었다. 이 나라에 전해 내려오는, '당신은 죽어서 나비가 되고, 나는 죽어서 꽃이 되리라'는 노래에 애절한 사랑을 담은 것이 아닌, '애증'이라는 제목을 보며, 애증과 애정이 백지 한 장 차이일 수 있다는 생각을 해봤다.

　「쥘부채」의 주인공 이동식은 불문학에 관심이 있는 문학도이다. 친구 A, B, C와 함께, 누항에 묻혀 지내는 유 선생 집에서 일주일에 한 번, 수업이 없는 시기에는 세 번 정도 불란서 희곡을 읽으며 연구하는 모임에 참석한다.

　그날도 신문로에 있는 유 선생 집에 가기 위해 아침 일찍 서대문형무소 앞을 지나다, 하얗게 눈 덮인 길 위에서 나비 모양의 부채를 발견한다. 손에 꼭 들어오는 이른바 쥘부채다. 무언가 곡절이 담겨 있는 듯, 음습하고 요괴스런 기분까지 드는 부채를 호주머니에 넣으면서 부채에 대한 상념에 빨려 들어간다.

유 선생 집에 도착하여, 친구 A, B, C와 함께 책을 읽으면서도, 또 라디오에서 흘러나오는 설악산 등반 조난 사고에 대한 뉴스가 그 모임의 화제가 되었어도, 동식은 호주머니에 넣고 만지작거리는 쥘부채에만 빠져든다.

동식은, 그가 다니던 대학의 대학원생이던 세 살 위 성녀에게 순수한 사랑을 바쳤다. 성녀와 함께 동정과 처녀를 함께 바치는 밀회를 가진 직후, 성녀는 다른 사람과 결혼하여 미국으로 떠나버렸지만, 동식은 여전히 아픈 생채기가 되어버린 그녀를 안고 살아간다.

방학을 맞아 지리산 고향으로 내려간 친구, 최로부터 길고 긴 편지를 받는다. 최는 학생회로부터 대대적으로 데모에 강제 동원되는 입장에 처하게 되자, '부화뇌동하지 않고 데모에 가담하지 않을 기회도 선택되어야 한다'는 논리를 굽히지 않고 주장한다. 그 때문일까? 그 반은 비교적 데모에 덜 가담했다. 이를테면 지리산에 살면서, 많은 사람들이 자기 소신과 무관하게 부화뇌동에 휩쓸려 빨치산이 되고, 그로 인해 아까운 생명을 잃게 되는 것을 보아 왔다는 체험이 더 많은 사람을 설득한 것 같다.

또 최는 성녀와 동식의 관계도 진즉부터 알고 있었다고 편지에 밝히지만, 동식은 괘념치 않고 쥘부채를 습득한 서대문형무소 앞 길에 다시 가본다. 범인이 범죄 현장에 다시 가보듯이. 그 현장에서 형무관의 도움으로 쥘부채에 대한 단서를 잡게 된다. 추리소설 도 입부처럼 그다음, 그다음 단계로 점차적으로 파고든다.

동식이 주운 쥘부채에는 나리꽃과 나비가 정성스레 수놓여 있 으며, 아주 작게 'ㅅ. ㅁ. ㅅ.'이라는 이니셜이 새겨 있었다. 인조 상아로 보이는 매끄러운 피죽과 부챗살은 칫솔대로 갈고 깎아 만 든 것이라고 한다.

여자 장기수의 염원과 함께 오랜 세월에 걸쳐 제작된 정교한 물 품을 그냥 흘릴 수 없어, 형무관에게 자기 신분증을 보여주고 사인 을 한 후, 이튿날 다시 형무관을 만나러 간다. 형무관이 전해준 사 연인즉슨, 쥘부채를 발견한 바로 전날, 한 여자 장기수가 병으로 사 망하였고, 다음 날에 가족 중 이모에게 시신이 인도되었다. 이름은 '신명숙'. 부채에 새겨진 이니셜과 꼭 맞아떨어진다.

동식은 며칠 고민하다, 형무관이 적어준 시신 인도자 주소지를 찾아간다. 신명숙 이모 집에서는, 처녀로 죽은 그녀의 혼과 총각으 로 죽은 동네 총각의 혼을 맺어 주는 영혼결혼식을 하려는 참이었 다. 그 자리에는 이미 무당도 와서 대기하고 있었다. 갑자기 한 남 자가 나타나, 자신이 '강덕기'라는 사람의 동생이고 '신명숙'은 자 기 형이 사랑했던 사람임을 밝히면서, 거행하려던 영혼결혼식을 극 구 반대하고 나섰다.

그의 형 강덕기와 신명숙은 긴급조치 위반으로 체포되었는데, 형은 곧바로 사형당했으며, 신명숙은 무기징역형에서 20년형으로 감형되어 감옥에서 17년이라는 형기를 살다가 3년을 남겨둔 37세 나이로 옥사했다고 자초지종을 설명했다. 형과 이번에 옥사한 신명숙은 서로 사랑하는 사이였고, 형은 형무소에서 죽는 마지막 순간에도 명숙 씨의 이름을 불렀으며, 죽어서도 명숙 씨를 사랑한다고 했다는 말을 형무관으로부터 전해 들었다고 했다.

동식은 부채에 새겨진 'ㅅ. ㅁ. ㅅ.'와 'ㄱ. ㄷ. ㄱ.'이라는 이니셜로 설명을 이어갔다. "말하자면 신명숙 씨는 강덕기 씨에 대한 사랑을 안고 17년 동안 형무소 생활을 견디어왔단 얘기가 됩니다. 강덕기 씨가 나비가 되어 꽃이 된 자기를 찾아주길 꿈꾸면서 긴 고난의 생활을 살아온 것입니다." 그리고 동식은 "부채는 내가 가지고 간다"는 말과 함께 자리에서 일어섰다. "부채가 할 일과 내가 할 일은 끝났다"며.

청명한 날, 동식은 안산鞍山에 올랐다. 강덕기가 처형당하고 신명숙이 17년 청춘을 묻은 서대문교도소가 장난감처럼 눈 아래 보였다. 동식은 가지고 온 휘발유를 쥘부채 위에 뿌리고 성냥을 그어댔다.

소설 도입부에 불쑥 나타나는 설악산 등반 사고에 대한 곁줄기는 소설 사이사이 주 내용과 아무 상관없이 대여섯 군데 끼어들어, 읽는 동안 솔직히 성가셨다. 결국 조난자는 모두 다 죽음으로 끝맺는다. 읽기를 끝낸 후, 작가는 우리 인간이 태어나면서부터 둘러싸이게 되는 생명, 사랑, 영원, 우주 등과 더불어, 국가 권력과 공권력이 한 개인을 무자비하게 짓뭉개고 지나가도 깔릴 수밖에 없는 약자들을 얘기하고 싶어 등반 사고, 부잣집 딸 성녀 이야기 등을 넣은 듯하다는 생각을 했다.

「소설·알렉산드리아」에서 보여주었듯이, 「쥘부채」 역시 작가 이병주가 일찍이 겪었던 수감 생활의 체험에서 쓰인 소설이라 하겠다. 설악산 등반 사고, 즉 갑자기 눈에 깔려 전원이 죽음을 맞게 되는 장면에서도 동식은 죽음의 한 장면을 서술하면서, '산으로 가라'고 하였다. 산은 신비한 곳이고, 정기가 있고, 영혼을 맑히는 곳이다. 즉 우리 주변엔 신비로 충만하다는 것을 말하고 싶었던 듯하다.

사자는 영원히 젊다.
죽은 사람은 영원하다.
설악산은 이제 막 젊은 영웅들의 죽음을 안고 움직이지 않고 슬퍼하지 않는다.

평범한 일상 속에서 평범함에 만족하고 사는 사람은 주변에 가득한 '신비'의 가능성을 모른다고 했다. 우리 평범한 사람은, 집념으로 줄기차고 굳세게 뚫고 나가는 사람들 덕에 살기도 하고, 짓밟혀 뭉개져 없어지기도 한다. 작가는 유 선생을 통해 정치에 대해 다음과 같이 요약한다.

정치를 하려면 힘이 있어야 한다. 그 힘을 결집하는 덴 두 가지 길밖에 없다. 하나는 수단 방법을 가리지 않는 길이고, 하나는 수단 방법을 가려가며 힘을 모으는 길이다. 정치를 하는 데도 양면이 있지. 한면은 사람을 자꾸만 타락의 방향으로 하강시키는 면이고, 한 면은 사람을 높이는 면이다. 나와 같이 의지가 약한 사람은 힘을 결집하는데도, 그 힘을 사용하는 데도 추잡하고 타락 방향으로만 기울어질 것이니 아예 단념하는 것이 옳다는 의견일 뿐이다.

「쥘부채」의 신명숙을 생각한다. 동식을 둘러싼 친구 A, B, C와같은 당대의 젊은 지식인이 아닐 수도 있지 않았을까? 과연 긴급조치 위반으로 무기징역형, 감형해서도 20년형이나 받을 정도의 사상과 신념이 있었을까? 사랑하는 사람의 신념과 사상과는 별개로, 오직 사랑하는 사람과 함께 있고 싶다는 마음의 움직임에 따랐을 뿐이라면, 너무도 애석하다. 젊음을 감옥에서 보내고 쓰러져 간 집념은 연기로 사라져 몇천억 년을 작용해서 '강덕기 원소'와 '신명숙원소'를 한 마리의 나비와 한 떨기의 꽃으로 결합하는 생면 전생의기적을 나타낼 것이라는 대목에 머리가 아파왔다.

우리가 살아오는 동안 우리 주변은 물론 나 자신도 때로는 본인의 진실된 뜻과 달리, 전혀 엉뚱한 결과에 당혹하기도 하지만 이미

돌이킬 수 없는 상황을 받아들일 수밖에 없음을 왕왕 보게 된다.

짧은 소설 속에 등장하는 동식의 애인, 성녀 역시 한순간에 떠나야겠다는 결정을 하고 홀연히 자유롭게 사라지지만, 동식이가 결혼식장에 뛰어들 수 없는 아픈 상황도 결국, 성녀가 가진 부(富)의 힘이라는 것을 작가는 은연중 나타내고 있다.

소설의 주 무대인 서대문형무소가 있는 바로 뒷산인 안산은 내가 자주 찾는 곳이다. 가까운 날 등산을 하게 되면, 역사박물관으로 이름이 바뀐 서대문형무소를 비롯한 하계를 내려다보면서 신명숙의 사랑과 집념에 대한 생각으로 색다른 감회에 젖을 것 같다. 아울러 작가 이병주의 치열한 창작 정신에 경의를 표한다.

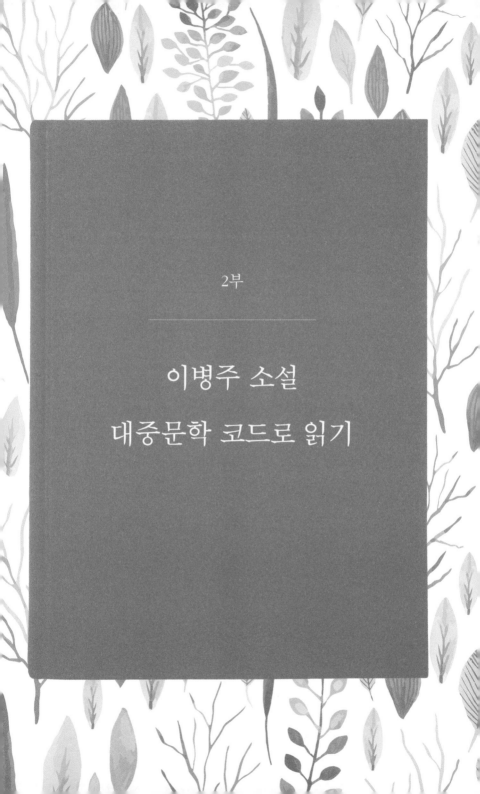

2부

이병주 소설

대중문학 코드로 읽기

대중문학의 수용성과
이병주 소설

김종회

1. 소설사회학과 산업화 시대의 소설

미셸 제라파는 『소설과 사회』에서 "인간 개체가 역사적 특성으로 이루어진 규범을 획득하게 될 때, 다시 말해 인간들이 신적인 것이나 초자연적인 것의 영속성보다 일시적이고 점진적인 현실에서의 인간행동을 더 선호하게 될 때, 그 인간 개체는 소설에 의해 표현될 것"이라고 단정한 바 있다. 현실의 결핍을 자유로운 상상력으로 메우려는 문학적 관점을 배제하고, 현실을 실증적으로 분석하며 해명하려는 주장은 설득력 있는 비평 방법의 하나로 받아들여졌다.

이와 같은 소설사회학의 검증방식에 기대어보면 동시대의 쟁점들을 반영하고 있는 소설의 내면을 잘 살펴볼 수 있다. 그런데 과연 동시대의 현실이란 어떤 모습을 가지고 있는 것이라고 그 성격을 명확하게 정돈할 수 있는 것일까. 결론부터 말하면 그렇지 못하다. 다원화되고 파편화되어가는 당대 삶의 여러 절목을 어떻게 한 묶음의 수식어로 한정할 수 있단 말인가. 우리에게 가능한 일은 그 여러 가지 성격 가운데 하나의 줄기를 선택하는 것이고, 이를 작품의 실제에 대입하여 사회상의 한 면모를 문학의 시각으로 가늠해 보는 데 그칠 따름이다.

우리가 살아온 산업화시대는 궁극적으로 자본주의사회의 자기 증식이라는 구도를 동반한다. 가내수공업이 주요한 생산수단이었던 시절에는 소생산자의 노동행위가 사용가치의 추구에 바탕을 두고 있었지만, 산업화시대로 진입해오면서 점차 분업화된 노동이 교환가치의 극대화를 노정하게 되었다. 그 노동에 임하는 사람들의 심정적 차원에서 바라보자면, 가장 주목할 사항이 이제 더 이상 노동을 통해 땀 흘리는 즐거움을 확보할 수 없다는 점이다. 문학은 이러한 정신적 퇴행의 현상에 민감하고 예리하게 반응하는 예술의 분파이다.

게오르그 루카치가 자본주의사회에 있어서 의식의 속성 및 능력과 관련하여 "이들은 더 이상 인격의 유기적 통일체로 결합되지 못하며, 마치 외부세계의 온갖 대상들과 마찬가지로 인간이 소유할 수도 있고 내다 팔 수도 있는 사물로 전환"되고 만다고 설명한 것은, 곧 그와 같은 면모에 대한 경각심의 환기이다. 자본주의의 물질적 추구가 현실의 천장을 향하는 산업화시대에 있어서 진정한 의미의 사용가치는 교환가치의 물결에 휩쓸려 스스로의 존재증명을 내세울 수 없게 되었다.

그렇다면 이처럼 물화된 세계에 맞서는 문학의 반동적인 힘은 어디서 오는 것일까. 루시앙 골드만이 지적한바 "부르주아 이념의 기본축인 합리주의가 그 극단적인 표현에 있어서 예술의 존재마저 부인" 하는 완강한 저항력과 마주치게 됨으로써, 결국 산업화시대의 문학은 고달프고 힘겨운 싸움이 예정된 험로를 걸어갈 수밖에 없었다. 그러기에 루카치가 『소설의 이론』 서두에서, "별이 빛나는 창공을 보고 갈 수가 있고, 또 가야만 하는 길의 지도를 읽을 수 있던 시대는 얼마나 행복했던가. 그리고 별빛이 그 길을 훤히 밝혀주던 시대는 얼마나 행복했던가"라고 언표한 것은 곧 삶과 영혼의 일치를 아무런 거리낌 없이 서사화할 수 있었던 시대의 행복론을 돌이켜본 것이다.

그러한 면에서 오늘의 작가는 과거의 작가보다 불운하다. 골드만은 아예 "몇몇 특수한 경우 이외에 부르주아 의식을 드러내는 위대한 문학은 불가능"하다고까지 못 박아 말하고 있다. 그럼에도 불구하고 산업화시대는 작위적인 의지로 내던져버릴 수 없는 우리의 현실이었다. 아울러 그와 같은 시대에 소설을 쓰고 소설을 통해 사회의 본질적 성격을 탐색하며 그 진면목을 추구한 작가들의 역할 또한 쉽사리 평가절하될 수 없다. 이 글은 그러한 사고의 구체화와 더불어 산업화시대, 더 나아가 상업주의시대에 있어서 문학의 의미를 구명해보려 한다.

2. 황금만능의 시대와 상업주의문학

2-1. 대중문학과 상업주의문학

상업주의문학이란 용어는 문학일반론의 토대 위에서 매우 한정적이고 지엽적인 논의의 대상이 될 수밖에 없다. 지금껏 우리 문학 논의의 지평 위에서 상업주의문학이 별도로 구분할 만한 논의체계를 형성한 바도 없었거니와, 설사 유사한 사례가 있었다 할지라도 그것은 대중문학의 하위개념으로서 대중문학이 갖는 부정적 기능 가운데 하나를 적시하는 범례가 되었을 뿐이다. 그러기에 우리가 상업주의문학이라는 특정한 주제에 확대경을 적용하고자 할 때, 특히 그 통시적 흐름을 고찰하고자 할 때는, 대중문학이라는 투과의 창을 통하여서만 당초의 목표에 근접할 수 있다는 제한조건이 미리 주어지는 것이다.

상업주의문학이 대중문학의 부정적 기능 중 하나라는 인식은, 문학 논의라고 하는 비교적 개방적인 논리의 마당에 놓였다 할지라도 문학의 상업성이 일방적으로 타매당하는 표적으로 침윤하게 했다. 그리하여 상업성이라는 유다르게 선명한 개념의 문학적 수용에 따른 공과를, 심지어는 '과' 부분만일지라도, 온전히 조명하는데 완강한 저해요인이 되었다. 그렇다면 오늘날 이처럼 복잡다기하고 다원화된 시대와 세태 속에서 상업주의문학을 바라보는 우리의 시각은 어떠해야 할 것인가.

대중문학에 종속된 하나의 세부적 사항으로서 그 의미를 축소하고 한두 마디의 그럴듯한 언어로 요약한 다음, 구겨서 쓰레기통에 던져버리는 종이쪽지처럼 폐기처분해도 좋을 것인가. 만약에 그래도 좋다면 우리는 한결 수월해지고 이 따위 푸념을 늘어놓을 필요도 없으며 마침내 이와 같은 글을 쓰지 않아도 좋을 것이다. 그런데 문제는 결코 그렇게 간단하지 않다. 우리는 이미 대중사회와 대중문화 그리고 대중문학에 포괄되어 있거나 아니면 적어도 어깨를 연하여 살아가고 있으며, 이 구속적 상황이 날이 갈수록 점차 그 강도를 더해갈 것이라는 강박감으로부터 자유로울 수 없다.

뿐만 아니라 상업주의문학 그 스스로도 자생적 순발력, 더 나아가서는 문화적 상황논리를 한눈에 판독하는 교활함으로 우리 문학의 내부에 점차 튼튼한 뿌리를 내리고 있다. 그것은 어리숙하게 문화산업의 이윤추구라는 맨얼굴을 드러내는 법이 없으며, 경우에 따라서는 문화적 분위기의 조장 및 성숙이나 문화적 과실의 대중적 향유 또는 확산이라는 그럴듯한 외양으로 치장되기도 한다. 문제는 또 있다. 문화산업이 본격화되기 이전의 산업화시대 개막 이래 문학의 상업성은, 그래도 순수문학의 토양에서 성장한 나무 그늘 아래 얼굴을 숨기고 있었다.

그런데 황금만능의 시대정신이 문학의 상업성과 악수하기 시작하면서, 그리하여 문학이 문학외적 조건과 상업적으로 연대하는 일이 더 이상 패륜적 행위일 수 없다는 공감대가 넓어지면서, 상업주의문학은 이제 상당히 자신만만한 표정으로 그 나무 잎사귀의 그늘을 걷어내고 있는 것이다. 어쩌면 문학 판에 있어서 하나의 '대세론'일지도 모르는 이러한 현상은, 문학의 수용성에 관한 논리의 확장이나 포스트모더니즘과 같은 사조의 범람에 빚진 바 없지 않다. 이들이 내장한 탄탄한 논리를 원용하여 상업주의문학은 자기방호의 시스템을 개발하면서 빠른 속도로 우리 문화 또는 문학의 중심부를 향해 다가서고 있다.

원인행위를 구성하는 저간의 사정이야 어떠하든지 간에 궁극적으로 우리는 상업주의문학에 '중독'되어가고 있다. 예술적 심미안을 훼손하는 독소에는 관대해지고 문학적 효용성의 전파를 주장하는 달콤한 과즙에 분별력을 잃어버리기 쉽다. 마치 처음에는 후안무치하게만 보이던 사람도 자주 마주치다 보면 그런대로 값을 쳐줄 만한 구석이 발견되는 것처럼, 상업주의문학은 아주 조금씩 점진적으로 우리 문학의 본류 안으로 스며들어왔다. 그런 연후에 이제는 소극적으로 수긍을 기다리는 자세를 넘어서 적극적으로 자기 목소리를 내세우는 단계에까지 이르렀으니, 우리도 이를 대중문학의 한 분파로만 치부하거나 무시해버리는 태도를 수정하지 않으면 안 되게 되었다.

요컨대 상업주의문학은 대중문학을 중간숙주로 한 잠복기를 거쳐서, 이윽고 독자적인 활동의 단계로 들어섰다고 보아야 마땅할 것이다. 형편이 이와 같은 데도 우리가 상업주의문학의 실체를 논리적으로 구명하는 데 있어서는, 거의 대부분의 이론적인 틀을 대중문학의 그것에 기대지 않을 수 없다. 발 빠르게 움직이는 상업성의 인자들을 포획하기 위해 지금 우리에게 가능한 것은, 이미 만들어져 있는 대중문학론의 그물을 집어던지는 투망질이다. 비록 그 성긴 그물망을 통하여 빠져나가는 누락의 실상들이 있다 할지라도, 아직까지는 그것들이 덜 자란 치어라고 젖혀둘 수밖에 없다.

2-2. 상업주의문학의 세력 확장

1960년대 근동에서 어느 고고학자가 5천 년 전의 비석을 발굴한 적이 있었다. 그 비문에는 "자식은 이미 어버이에 따르지 않고 말세는 점차 다가오고 있다"는 글이 조각되어 있었다. 이 기록은 N. 프라이의 『신화문학론』에 나와 있는데, 이를 인용하면서 프라이는 "많은 사람의 판단에 의하면 자기 유년시절의 사회는 확고하고 통일된 구조체였던 것이, 지금은 모럴이 땅에 떨어지고 사회정세는 더욱 혼란해졌고 예술은 동의할 수 없을 만큼 변질되었다고 보게 되는 것인데, 이와 같은 사실들로 미루어 옛 사회구조는 붕괴해가고 있다고 생각하게 된다"는 친절한 설명을 덧붙였다.

장구한 세월의 흐름을 건너뛰어 현대문명의 목전에 그 문면을 드러낸 이 비석의 기록에서, 우리는 어느 시대에나 '그 옛날 좋은 시절'과 그 시절에 바탕을 두고 있는 '목가의 신화'가 살아 있고 그에 대한 향수가 시간의 풍화작용에도 쉽사리 부식되는 것이 아님을 짐작할 수 있다. 그런 만큼 어느 시대에나 그 시대를 담당하는 세대가 체험하지 못한 문화적 조류는 난감하고 당혹스럽기 그지없다. 대중문학의 등을 타고 넘어서 새롭게 영역을 넓혀가는 상업주의문학의 움직임을 목도하면서, 문학의 상업적 가치화라는 사태가 생소한 순수문학 또는 그 생산자로서의 기성세대 문인들은 저 5천 년 전의 비문 기록자들과 똑같은 난감과 당혹을 맛볼 수밖에 없을 것이다.

이와 같은 언술은 그다음 단계에 얼마나 더 격심한 문화충격이 올지 알 수 없다는 우울한 예단과도 소통된다. 순수문학의 울타리 안에서 안주해 있던 우리 문학이 1970년대 초반 본격적인 산업화 시대의 출범과 함께 문학이 금전으로 치환되는 사례의 확장을 근접한 거리에서 지켜보면서, 그 상황을 용이하게 납득할 수 없었던 당혹감도 정도의 차이는 있을지언정 결코 가볍지 않은 문화충격이었다. 그 무렵까지만 해도 대중문화나 대중문학이라는 말을 논리가 아닌 체감으로 받아들이기가 익숙지 않은 때였다. 이들 개념의 주체가 되는 '대중'이나 서술부의 배경을 이루는 '대중사회'와 같은 용어들이 동시대 현실의 실상과 연계된 논의를 진척시키지 않고 있었으므로 그 생경함이 더할 수밖에 없었다.

대중의 개념이 학술적으로 정의될 때는, 후기산업사회에 있어서 사회 성격의 대중화에 따른 사회학적 차원, 매스 커뮤니케이션의 대중적 수용에 따른 수용주체로서의 차원, 그리고 공중·군중·난중과 구별되는 사회집단으로서의 차원 등 여러 단계별 구분이 있다. 그러나 문학이 이를 대상으로 할 때는 산업사회의 전체 시민, 다시 말해서 익명성의 다수 군중을 말하는 것이며 그것이 구체화되기 위해서는 대중사회나 대중문화와 같은 배경의 장치가 먼저 매설되어야 한다.

대중사회는 요약하여 말하자면 대중을 기반으로 해서 성립된 사회이다. 20세기의 대량생산이 극대화되어 공급이 수요를 촉진하는 경제구조, 매스 커뮤니케이션의 눈부신 발달, 사회조직의 기계적 제도화 등이 일찍이 마르쿠제가 내보았던 것처럼 물질과 기술 위주의 몰개성적이요 비인간적인 소모성의 사회를 만들어왔다면 이는 곧 대중사회의 부정적 측면들이다. 대중문화는 이와 같은 대중과 대중사회의 다양한 욕구, 사고형태, 생활상을 반영하면서 한편으로는 오히려 그 반영의 대상을 촉진시키는 자가발전의 힘을 발휘해왔다.

대중문학은 지금까지 기술한 밑그림들 위에서 대중이 주체가 되며 대중에게 널리 읽히기를 원하는 문학, 예술적 완성도보다는 그 것의 귀한 열매를 광범위하게 시혜하기를 원하는 문학이며, 그런 만큼 예술성 자체나 사회적 가치관에서 절대선으로 추앙되는 윤리

성의 준수에는 적지 않은 공격의 여지를 남겨두게 마련이다. 만약 그러한 공격이 가해진다면 그 첫 번째 대상 항목은 아무래도 대중문학의 저급성 문제일 것이다.

역사적 총체성과 균형 잡힌 형상력을 문학이 성립되는 전제조건으로 내세우는 게오르그 루카치, 그리고 그의 이론적 계보를 이어가는 리얼리즘 이론가들이 공격의 칼을 든다면 가장 먼저 가장 많이 난자할 부분이 이 대목이기도 하다. 역사철학적 계기를 짚어줄 총체적 전망의 문제를 끄집어내기도 전에, 대중문학은 집중적인 몰매로 인하여 빈사상태에 이르고 말지도 모른다. 문학사를 두고 걸작들을 징검다리로 하여 형상된다고 한 아나톨 프랑스의 논리에 견주어서도, 대중문학의 대중적 친화력을 가능하게 하는 저급성은 대접받기 어렵다.

이러한 폄하의 시각 뒤에는 '독자들은 언제나 일정한 수준 이하이다'라고 생각하는 창작심리학적 엘리트주의와, '대중에게 인기 있는 문학작품은 대개 문학사적 의의와 가치를 갖지 않는다'라고 주장하는 고급문화의 고립주의가 숨어 있다. 더 나아가서 대중문학은 고급문학의 타락된 형태이며 대중의 오락적 성향, 도피주의, 대리만족 욕구, 소영웅주의, 감각적 취향, 관능적 흥미 등에 편승하여 가벼우면서 쉽고 재미있게 읽히지만 궁극적으로는 무가치할 뿐만 아니라 대중들의 정신을 불모의 땅으로 만든다는 비판에까지 이르게 된다.

아울러 문화상품으로서의 가치에 있어서도 문화를 계발하고 발전시키는 데 기여하지 못하고 경제적·상업적 전략에 입각한 기획 물품으로 전락하고 마는 실례가 허다해서, 이는 결국 상업주의문학을 단죄하는 결정적 준거가 되고 있다. 문학성의 신장이 없이 책의 분량만 엿가락처럼 늘인다든지, 작가와 출판사가 손잡고 대중적 욕구를 반영한 상품의 생산을 공모한다든지 하는 것들이 그에 대한 예증들이다.

2-3. 대중성 수용의 긍정적 논리

반면에 대중문학의 수용성에 대한 긍정의 논리도 만만치 않다. 대중문화가 그 나름의 존재의의를 별도로 갖는 취향문화taste culture 의 일종(D. 화이트)이라든지, 대중문화의 발전이 문화적 민주주의를 신장(다니엘 벨)한다든지, 대중문화는 오락적 기능과 현실도피적 성향만을 가진 것이 아니라 예술의 활용과 충족 및 보상의 기능도 포함(H. J. 갠스)한다든지 하는 레토릭들은 대중문화의 성립 기반을 우호적인 눈길로 바라보는 관점에 해당한다.

일찍이 사르트르가 매우 단정적으로 표현한 바와 같이 '쓴다는 것은 독자에 대한 호소'임을 부인할 수는 없다. 독자의 과다만을 기준으로 삼는다면 모든 고전, 모든 명작은 대중문학이라는 억지도 있음직하다. 문학작품과 독자를 연결하는 가장 효용성 있는 매개항은 아마도 읽기의 재미일 것이다. 그러기에 쉴러는 괴테에게 고백하기를 '소설은 재미있기 때문에 읽는다'라고 했을 것이다. 그런데 이 읽기의 재미야말로 대중문학이 내세우는 가장 날 선 전가보도인 셈이다.

대중문학을 변호하는 또 다른 논리는 현상학적 실상에 관한 것이다. 대중문학의 저급성을 인정하면서도 그것이 당대 사회의 문화양식을 지배하고 한 시대의 정신을 압도하는 현실을 무조건 외면할 수 있겠느냐는 반론이다. 아울러 한 시대의 부정적 평가가 세대의 교체와 더불어 수정되어온 전례가 제시될 수도 있다. 예컨대 우리 고전문학의 『춘향전』이나 『흥부전』이 발생 시점에서는 천박한 문화 형태로 구박받으면서도 대중적 확산을 계속했고, 시대정신의 변화를 따라 오늘에는 부동의 고전으로 자리를 굳힌 그 역사적 본보기에 이를 적용할 수 있다.

대중문화의 괴기스러운 위력은, 이렇듯 자신에게 가해지는 비판을 또 다른 항목의 논리로 대항하게 하는 자생력에 있다. 그와 같은 유력한 무장의 힘이, 이익추구의 촉수들이 첨예하게 부딪치는 자본주의의 시장바닥에서 문화산업과 문화상품의 입지를 확보하게 하는 원동력이 되어줄 것이다. 문화산업으로서의 출판시장은 예술가와 일반대중을 만나게 하는 화해로운 장소이며, 출판자본의 집중 및 베스트셀러를 겨냥한 의도적 기획이나 문고판의 성행과 같은 문학의 상품화 과정에 없어서는 안 될 중간거점을 이루게 되었다. 순수문학이 이 시끌벅적하고 배반杯盤이 낭자한 저잣거리로 멈

칫거리며 기신기신 나올 때, 대중문학은 민첩하고 날렵한 동작으로 벌써 그 주빈의 자리에 들어앉았다.

이제껏 거칠게 살펴본 바와 마찬가지로 대중문학은 그 내부에 부정과 긍정의 논리를 함께 끌어안고 있으며 그러한 논리의 대척적인 자리에는 항상 순수문학이라는 고상한 자태의 '맞수'가 자리하고 있다. 대중문학과 순수문학의 구분은 그 자체로서는 별반 의미가 없어서, 알렉산드르 뒤마나 프랑수아즈 사강의 작품이 작품 자체의 완성도로써 평가받는 것이 프랑스의 경우이다. 그러나 우리는 다르다. 우리의 경우 아무리 많은 독자를 가졌다 하더라도 좀 멀리로는 방인근이, 더 가까이로는 이병주가 본격적인 평단의 주목을 유발하지 못한 것이다.

이 순수문학 지향의 결백성은, 특히 대중문학의 상업적 경도를 도무지 견딜 수 없게 만든다. 우리나라에서 대중문화를 제대로 연구한 몇 안 되는 이론가 중의 한 사람인 강현두 교수가 그의 『한국의 대중문화』에서, "상업주의와 대중문학은 분간되어야 한다. 시장 또한 대중사회의 중요한 현장 가운데 하나이지만, 목적이 문학을 통한 문화 창조에 있지 않고 화폐의 획득에만 있다면 상업주의 운운의 비난 이전에 작가라는 이름을 스스로 내놓아야 할 것이다"라고 신랄하게 적고 있는 것은, 대중문학과 상업주의문학의 차별성이 전제되고서야 대중문학의 존립기반이 다져질 수 있다는 인식을 나타내고 있다.

비록 논리적 규범으로서가 아니라 현상학적 실상으로서 그 세력을 확장했으며 여전히 부정적인 가치평가의 대상이 되고 있다 할지라도, 상업주의문학이 대중문학의 한 분파로서 무시할 수 없는 부피를 이루고 있는 것이 오늘날의 현실이다. 우리는 이를 부정적으로 정죄할 수는 있으되 그에 대한 논의 자체를 피할 길은 없다. 그러기에 그것은 우리 문학 현실에 있어서 '미운 오리새끼'이기도 하고 '뜨거운 감자'이기도 하다.

문제는 그것이 뜨겁다 할지라도 금전적으로 이익이 된다면 가차 없이 삼키려는 황금광들, 미운 오리가 나중에는 창공을 나는 백조가 될 것이라는 결과제일주의자들에 있다. 그들은 자신의 얼굴을 대중문학의 긍정적 측면이라는 유약으로 덧칠하려 한다. 그 강작強作된, 그러나 세련된 화장술을 간파하기에 현대 대중소비사회의 독자들은 우리가 인식하는 것보다 훨씬 더 순진한지도 모른다.

2-4. 상업주의문학의 여러 유형

현대사회의 문학적 정체성 위기 또는 자아형성의 파탈擺脫, 그리고 불확실성의 시대를 응대하는 불안감 등은 기실 문학에 여러 가닥의 진로를 예비해준 셈이 된다. 동시대에 빈번한 논의를 이루고 있는 포스트모더니즘도 그러한 불확실성·비정형성·탈일상성에 대한 반응의 일종이라 할 터이다. 동시대 문학의 다기한 움직임 가운데 여기서 논제로 하고 있는 상업주의적 면모와 관련하여,

그 실제적 사유의 유형을 추려보면 다음과 같은 논점들을 제시할
수 있을 것이다.

1) 이념의 부재로 인한 문학의 방향성 상실: 역사적이고 시대적
   인 전망을 상실한 문학이 당대적 합의에 바탕을 둔 진로를 설
   정하지 못하고 표류함
2) 문학이라는 예술형식에 관한 흥미의 퇴화: 따분한 전통적인
   형식의 문학보다 영상매체나 만화 및 공포·괴기스러운 이야
   기를 더 선호함
3) 예술성과 오락성 사이의 경계 와해: 문학의 대중취향적 기
   반이 강화되고 순수문학 문인들의 대중문학 참여가 확산됨
4) 전문 창작자의 권위와 자위력 약화: 고통스러운 창작과정을
   기피하고 표절·혼성모방·패러디도 하나의 문학형식으로 내
   세움
5) 소비적·실용주의적 성향의 독서욕구 증대: 문학을 통한 영
   혼의 울림보다는 주식·증권 투자나 비문학적 사회관계에서
   활용할 수 있는 지식의 축적을 선택함
6) 에로티시즘의 확산과 외설 조장: 문학·연극·영화 전반에 걸
   친 옷 벗기기 추세와 그 분위기에 편승하여 관능적 흥미 유
   발을 노림
7) 복고적 취향의 저급한 소설 양산: 역사적 사건이나 인물을

소재로 극적인 구성을 동원하여 흥미 위주의 독서의욕을 유
발함

8) 문학 매체들의 이기적 집단주의 추구: 출판사 중심으로 집
단·세력화하는 문학계의 판도 변화와 더불어 배타적 문화집
단의 형성을 추구함

9) 등단·출간방식 및 문학상 제도의 상업주의화: 베스트셀러를
겨냥한 기획도서의 전작 출간 및 과다한 상금을 내건 이름 내
기나 상업주의적 문학상 시상 등이 시도됨

10) 출판광고의 상업성 극대화: 광고가 상품의 본질을 대신하
는 부작용과 과대포장으로 인한 독자들의 판단력 마비를 조
장함

문학에 있어서의 상업주의적 성향, 또는 상업주의문학이라는 보
다 분명한 언표를 달 수 있는 이 논의 체계는, 앞서 언급한 바와 마
찬가지로 우리에게 여전히 '뜨거운 감자'의 존재양식으로 남아 있
다. 우리는 이를 비판적 감식력으로 평가하고 또 비난할 수 있으나
그것의 세력을 부정할 수 없으며 그에 대한 논의를 외면할 수 없는
형편에 있다. 그러나 우리 문학 논의의 수준이 어떤 형태로 드러
나든 간에. 상업주의문학은 적어도 아직까지는 타매의 대상이다.

그러기에 상업주의문학의 폐해를 극복하고 문학이 문학다운 체
모를 유지하도록 하기 위한 방안의 논의는 신실한 효용성을 인정

받을 수 있다. 그 방안이 무슨 장엄한 정자관을 쓰고 나타날 것은 아니다. 우리가 앞서 논거하고 정리한 바 있는 상업주의문학의 발생 사유, 그리고 실제의 작품을 통해 점검해본 상업주의적 성향의 부정적 면모를 대칭적으로 뒤집어 보면, 거기에 곧 구체적인 극복의 방안이 마련되어 있는 셈이다.

오늘날과 같은 이데올로기 부재의 시대에 문학의 상업성이라고 하는 것이 떨쳐버릴 수 없도록 우리를 얽어매는 이데올로기의 차원에까지 나아갈 것인지, 아니면 지금까지의 거의 모든 문학논의가 그랬던 것처럼 양시양비론을 휘하에 거느린 채 경과 과정상의 문제로 존재할 것인지 명료하게 알 수는 없다. 하지만 문학의 보편적 정서와 전통적 감각의 연장선상에서 내다보자면 그 앞날의 전망은 결코 밝지 않다. 황금만능주의의 잔영이 우리 삶의 미세한 뿌리에까지 침투하고 있는 이 물질문명의 시대에, 정신이나 영혼의 영역이 아닌 한에서는 그야말로 문약하기 그지없는 문학의 힘으로 상업성의 거센 바람을 막아내기가 어려워 보이기 때문이다.

이러한 상황에 있어서 문학이 대처의 방략으로 가진 비장의 무기는 그다지 신통치 못하다. 그러나 그것은 인간의 내면세계를 소중하게 받아들이고 그것을 통어하는 정신의 질서에 경의를 표하는 그 신뢰의 힘, 이를테면 판도라의 상자 맨 밑바닥에 남은 소망과 같은 그러한 힘이다. 비록 상업주의문학이 순수문학의 진지를 초토화시키고 황량한 폐허로 만들어버리는 일이 있다 할지라도, 문

학의 본질을 향한 그 꺼지지 않는 믿음과 열망이 남아 있다면 우리
는 언제든지 우주적 절망과 맞선 파스칼의 기개로 문학을 부축하
며 나아갈 수 있을 것이다.

3. 이병주 소설의 대중문학적 요소들

이병주는 그가 작품 활동을 하던 시기에 가장 많은 독자를 가진
베스트셀러 작가였다. 많이 읽히는 소설이 꼭 좋은 소설은 아니지
만, 좋은 소설이 많이 읽히는 것은 자연스러운 일이다. 그만큼 많
은 대중적 수용성을 가지고 있었다는 것이 칭찬의 소재가 될 수 있
을지언정 흠결이 될 수는 없는 것이다. 이러한 수용의 성과는 기본
적으로 그의 소설이 가진 탁발한 '재미'와 중량 있는 '교훈'에서 말
미암았다. 특히 『관부연락선』·『지리산』·『산하』로 이어진 한국근
대사 소재의 3부작을 비롯하여 역사 소재의 작품들이 이 영역에 있
어서 제 몫을 가지고 있다.

그의 소설을 통한 역사 해석 또는 재해석은, '문학을 통해 정치
적 토론이 가능한 거의 유일한 작가'라는 평가를 불러왔다. 이승만
의 제1공화국, 박정희의 제3공화국을 비롯하여 역사상의 좌우 대
립에 이르기까지 독특한 균형감각을 갖고 서로 대립된 양측 모두
를 함께 조명하는 판단력을 보여주었기 때문이다. 동시에 이를 단

순한 이야기의 차원에서가 아니라 박학다식한 기량을 활용하여 설득력 있는 서사를 전개했다. 그래서 그를 두고 '문文·사史·철哲에 두루 능통한 거의 유일한 작가'라는 평판이 가능했던 것이다. 이처럼 작품의 수준과 그 운동 범주의 확장을 함께 가진 작가는 어느 나라에서나 어느 시대에서나 결코 흔하지 않다.

그런데 우리 문학은 이 작가 이병주를 그렇게 잘 끌어안지 못했다. 역사 소재의 작품 이외에 현대사회의 애정 문제를 다룬 작품들로 시각의 초점을 바꾸고 보면, 작품의 수준이 하락한다는 것이 주된 이유였다. 물론 그 지점에서 동어 반복 곧 동일한 이야기의 중복이나 전체적인 하향평준의 경향이 없는 것은 아니다. 하지만 순수문학의 편협한 잣대를 버리고 이미 우리 주변에 풍성하게 펼쳐져 있는 대중문학의 정점이라는 관점을 활용하면 이 문제는 오히려 강점이 될 수 있다. 여기서 굳이 대중문학의 수용성과 이병주 소설을 함께 결부하여 살펴보는 이유도 거기에 있다.

한 시대의 중심을 뜻깊은 화제를 안고 관통한 작품은 어느 모로나 그 시대의 문화적 자산이다. 그와 같은 생각을 바탕으로 오늘에 이르러 여전히 강력한 대중 친화의 위력을 가진 이병주의 소설 몇 편을 검토하는 일을 매우 중요한 시사점을 가진다. 역사 소재의 장편, 그리고 시대적 성격을 가진 예리한 관점의 중·단편들을 제외하고 대중문학적 성격을 가진 그의 소설들을 본격적으로 논의하는 자리 자체가 거의 없었던 까닭에서도 그렇다. 여기서는 그러한 그의 장편소설 가운데 일품이라고 할 만한 세 작품, 『허상과 장미』·『풍설』·『허드슨 강이 말하는 강변 이야기』를 거명해보기로 한다. 세 작품 모두 많은 판매 부수를 기록했고 그만큼의 재미와 유익을 함께 가진 경우에 해당한다.

『허상과 장미』는 1979년에 범우사에서 간행되었고, 1990년에 이르러 서당에서 『그대를 위한 종소리』로 개명되어 상·하 2권으로 다시 나왔다. 독립운동가였던 노인 '형산 선생'을 중심으로 올곧고 평범하게 살아가는 교사 '전호', 평범을 혐오하며 극적인 삶을 추구하는 형산 선생의 손녀 '민윤숙' 등의 인물이 등장한다. 인생이 어떻게 한순간의 허상과 같으며 그 종막에 바치는 장미꽃의 의미가 무엇인가를 묻는다. 그런데 그 재미있고 박진감 있는 이야기의 펼쳐짐에 4·19의 진중한 의미가 배경에 깔려 있고 나라를 위해 헌신한 독립운동가의 쓸쓸한 후일담이 함께 맞물려 있다. 한국문학의 어떤 대중소설이 이러한 구색을 모두 갖추었을까를 질문하지 않을 수 없다.

『풍설』은 1981년 문음사에서 상·하 2권으로 초판이 나왔고 1987년 문예출판사에서 『운명의 덫』으로 개명 출간되었다. 이 소설은 작가 자신의 수감체험을 활용하여 부당한 압제에 대한 인간의 반응을 여실히 그리고 참으로 흥미진진하게 보여준다. 20년 간 억울한 옥살이를 한 인물 '남상두'를 등장시키고 그가 누명을 벗는 과정에 개재된 여러 이야기들을 이병주가 아니면 가능하지 않은 방식으로 서술해 나간다. 한 지역사회의 소읍 전체가 이 사건과 연관이 되고, 그 와중에 주 인물과 '김순애'라는 여성의 사랑 이야기가 세대를 넘어서는 사랑의 한 전범으로 제시된다.

『허드슨 강이 말하는 강변 이야기』는 1982년 국문에서 간행되었다가 1985년 심지에서 다시 『강물이 내 가슴을 쳐도』라는 제목으로 나왔다. 소설의 무대는 뉴욕. 한국에서 사기를 당하여 가족을 모두 잃고 미국으로 건너간 '신상일'이라는 인물이 그 낯선 땅에서 기묘한 인연들을 만난다. 그것이 인생과 예술의 존재양식에 어떤 의미를 갖는 것인가를 묻는 소설이다. 다른 작품들과 마찬가지로 매우 재미있고 드라마틱하다. 이는 작가의 뉴욕 거주 체험과 관련이 있고 작가는 후속편의 뉴욕 이야기를 쓰고자 했으나 그 꿈은 이루어지지 않았다.

이상에서 개관해본 대중 성향의 세 장편소설은 한결같이 재미있고 극적이며 인생에 대한 교훈을 함께 남긴다. 더욱이 출간 당시에 뜨거운 대중적 수용을 받았던 작품들이다. 모두 80여 편에 달하는 이 작가의 작품 가운데는 이외에도 『망향』(경미문화사, 1978), 『그들의 향연』(기린원, 1988), 『비창』(문예출판사, 1988), 『지오콘다의 미소』(신기원사, 1985) 등 주목할 만한 소설적 성과들이 많다. 그중 『망향』은 『여로의 끝』(창작예술사, 1984)으로 개명 출간되었고 『비창』은 같은 제목으로 재출간(나남, 2017)되었다. 이러한 재출간 현상 역시 여전한 독자 친화력을 말하는 것이기도 하다. 이

러한 사실을 토대로 여기서는 이병주 소설의 대중 친화력 확장의
요소와 그 방향에 대해 살펴보기로 한다.

4. 이병주 소설의 대중 친화력과 방향

마흔네 살의 늦깎이 작가로 시작하여 한 달 평균 200자 원고지 1
천 매, 총 10만여 매의 원고에 단행본 80여 권의 작품을 남긴 이병
주의 소설은, 그 분량에 못지않은 수준으로 강력한 대중 친화력을
촉발했다. 그와 같은 대중적 인기와 동시대 독자에의 수용은 한 시
대의 '정신적 대부'로 불릴 만큼 폭넓은 영향력을 발휘했고, 이 작
가를 그 시대의 주요한 인물로 부상시키는 추동력이 되었다. 이병
주 소설은 특히 그의 역사소재 소설을 제외한 작품들에서 대중문
학적 요소들을 약여하게 드러낸다. 그런데 이제는 그것이 큰 흠이
되지 않는 시대에 이르렀다는 것이다.
이러한 논의의 요목들은 작가의 타계 삼십 년이 가까운 지금, 우
리가 앞서 살펴본 문화산업의 활발한 추진과 그 내용의 구성에 있
어 효율적인 요인으로 기능하는 장점이 될 수 있다. 여기서는 그것
을 몇 가지 항목으로 나누어 간략하게 살펴보기로 하겠다. 아울러
새로운 시대적 사조와 세태의 변화에 따라 과거의 광휘가 그리운
이병주 소설을 복원하고, 그것을 동시대의 상황과 형편에 맞도록

활용하는 방안의 도출에 관해 서술해보기로 하겠다. 곧 문화산업의 성과로 거양될 수 있는 이병주 소설의 특성을 요약해본다는 뜻이다. 이는 오늘날처럼 활달한 대중문화의 시대에 그 시대적 특성과 조화롭게 만나는 그의 소설들이 어떤 접촉점을 갖고 있는가를 살펴보는 일이기도 하다.

4-1. 이야기의 재미

소설적 이야기의 재미에 있어, 이병주 문학은 탁월한 장점이 있다. 초기 작품 「소설·알렉산드리아」로부터 「마술사」, 「예낭 풍물지」, 「쥘부채」 등의 단편에서는 새롭고 강력한 주제와 더불어 독자들에게 그야말로 소설을 이야기의 재미로 읽는 체험을 선사했다. 그리고 뒤이어 『관부연락선』이나 『산하』, 『지리산』 같은 역사 소재의 장편들도 그러한 기조를 유지하고 있었다. 현대사회에 있어 남녀 간의 사랑을 다룬 많은 장편들도 그 미학적 가치에 대한 부정적 평가가 제기됨에도 불구하고 소위 '재미'에 있어서는 탁월한 강점을 끌어안고 있었다.

이 대목은 지금은 연령이나 지위에 있어 우리 사회의 상층부가 된 그 당대의 독자들과 이병주의 소설을 다시 연계하면서, 문화산업적 관심을 환기할 수 있도록 하는 핵심적 요인이 될 수 있다. 그리고 읽는 재미를 운반하는 유려하고 중후한 문장은, 그 강점을 더욱 보강하는 요소가 된다. 앞서 괴테와 쉴러의 대화에서 목격한 바

와 같이 '소설은 재미있기 때문에 읽는다'라는 수사를 가장 흡족하
게 하는 것이 이병주 문학이었다. 심지어 『행복어사전』에서는 작
가 스스로 작품 속에 이 대목을 하나의 실증으로 설정하기도 했다.

4-2. 박학다식, 박람강기

이병주 소설의 곳곳에 드러나는 동서고금의 문헌 섭렵과 시대
및 역사에 대한 견식, 세상살이의 이치와 인간관계의 진정성에 대
한 성찰 등은, 그의 작품을 언제 어떠한 상황에 가져다두더라도 그
현장의 직접적인 문제와 교호작용을 일으킬 수 있는 기반을 형성하
게 한다. 예컨대 『바람과 구름과 비』 같은 대하장편의 경우, 그 소
설의 파장은 우리 근대사 전체, 우리 한반도의 지역적 환경 전체,
그리고 우리 삶의 실체적이고 세부적인 국면에까지 미칠 수 있는
힘을 지녔다. 이병주 문학을 기리는 문화산업을 본격적으로 시발
할 경우, 그 일의 운용 방식에 따라 이것이 한 지역사회의 한정된
범주에 그치지 않고 전국적 지향점을 가질 수도 있다는 의미이다.

4-3. 체험의 역사성

'역사'를 다루는 이 작가의 소설적 인식은, 이미 '신화문학론'이
라는 논리적 근거로 설명될 수 있는 확고한 체계 위에 서 있다. 동
시에 근·현대사의 민감한 부분들을 생동하는 인물들의 형상과 더
불어 소설로 발화한 성과를 잘 집적하면, 그 당대의 역사적 고통을

감당했던 세대는 물론 역사현실에 대한 교훈과 학습을 필요로 하는 세대에 이르기까지 폭넓은 공감을 불러올 수 있다. 이병주 소설의 역사성은 『산하』나 『지리산』이 증명하듯이 매우 극적인 요소들과 방대한 규모에 의해 부양되고 있다. 동시에 근·현대사를 바라보는 자기방식의 독특한 해석적 관점이 소설 내부의 인물들을 통해 발화된다. 무엇보다 이러한 역사적 성찰이 작가 자신의 구체적 체험을 바탕으로 하고 있기 때문에 유사한 체험을 가진 다수 독자들과의 친화력을 발굴하는 데 매우 유익하다.

4-4. 지역적인 기반

이병주 문학의 단편과 장편들 가운데 지역적 연고를 가진 소설들은 거개가 하동과 진주 등 경남 일원의 공간전 환경을 기반으로 하고 있다. 이러한 사례는 일일이 설명할 필요가 없을 정도로 많은 빈도를 보인다. 여기서 중요한 것은 그러한 소설적 사실들을 하동지역에서 이병주라는 작가를 문화산업의 대상으로 할 때 적극적으로 활용하는 것이 좋다는 점이다. 만약 문학관이 있는 이명산 문학예술촌 내에 이병주 문학의 성과를 기리는 시설물을 축조할 경우, 단순히 외형적 건축이나 전시관만을 생각할 것이 아니라 작품의 지역적 특성을 개입시킬 수 있는 자연적이고 개방적인 환경 설정을 시도할 수도 있겠다.

이병주 문학의 대중적 특성을 확장하고 문화산업적 장점을 발양하기로 하면 할 일이 많다. 이 지역을 찾는 사람들이 규격화되어 제시된 관람 과정만 따라갈 것이 아니라, 주변의 산야를 따라 이병주 문학의 지역적 특성을 실제 체험으로 감각하도록 유도해 볼 수도 있다. 뿐만 아니라 지리산 문화권의 둘레길 등 여러 가지 연대 프로그램을 계획하여 문화적 체험을 다양하게 이끌어 나가는 방안도 강구해볼 수도 있다. 이와 같은 일들은 이미 우리의 사유 범주를 훨씬 넘어선 대중문화의 시대에 이병주 소설을 새롭게 응대하고 부양하는 포괄적 방법론이 될 것이다.

이병주 문학에 나타난
세계시민주의의 양상

추선진

1. 서론

이병주[1]는 냉전시대에 세계(공동체)를 상상한 작가다. 그에게 이데올로기보다 앞서는 것은 휴머니즘이며 내셔널리티보다 중요한 것은 세계에 속한 시민이라는 사실이다. 그가 반공주의자이면서 동시에 공산주의자로 회자되는 것은 이 때문이다. 한국 전쟁과 분단을 경험하고 반공을 강력한 정치적 이념으로 내세운 당시의 한국에

---

1 이병주(1921~1992)는 1941년 일본 메이지대학 문예과를 졸업하고 와세다 대학 불문과에 진학하였으나 1944년 학병에 동원되어 중퇴하였다. 학병 동원시 중국 소주에 있었다. 1948년 진주농과대학 강사, 1951년 해인대학 교수가 되었다. 1953년 『내일 없는 그날』을 《부산일보》에 연재하였다. 1955년 《국제신보》 편집국장 및 주필로 활동했으나, 1961년 필화사건으로 혁명재판소에서 10년 선고를 받고 2년 7개월 만에 출감하였다. 한국외국어대학과 이화여자대학교 등에서 강의했고, 1965년 중편소설 「소설·알렉산드리아」를 《세대》에 발표하면서부터 본격적인 작품 활동을 했다.

서 공산주의자는 적이며 곧 악인이다. 그러나 이병주가 인간에 대한 가치 판단을 내릴 때 기준으로 삼는 것은 공산주의자이냐의 여부가 아니라 인간다운 행동을 하는 사람이냐의 문제다. 『지리산』에서 공산주의자들의 내면세계와 그들의 행보에 대한 논리적 설명을 아끼지 않았던 것은 그가 공산주의를 긍정해서도 아니고 반공주의를 내세우기 위해서도 아니다.

또한 민족주의의 관점에서도 이병주의 입장은 이중적으로 읽힌다.[2] 식민지 시대를 배경으로 하는 『관부연락선』에서 이병주는 객관적인 입장에서 일본과 일본인을 바라본다. 일본의 광포한 식민 지배로 인해 고통받는 조선의 상황을 그려내기도 하지만, 친일 인사들을 무조건적으로 비판하지는 않는다.[3] 공산주의자들을 그려냈을 때와 마찬가지로 그들의 상황을 설명하는 데 서사의 많은 부분

2　이정석은 『관부연락선』이 "일제의 착취와 수탈을 소리 높여 고발하거나 선악이분법에 의해 친일파의 단죄를 주장하지 않는다. 오히려 이 작품은 민족주의의 담론이 의식적 무의식적으로 망각하고 회피하는 불편한 사실을 담아냄으로써 논리적 도전을 불허하는 완고한 민족주의의 신화에 균열을 야기한다. 물론 『관부연락선』은 일제에 의해 학병에 끌려간 식민지 체험세대의 기록답게 식민지배의 억압성과 그에 대한 저항의 흔적을 수록하고 있다. 그러나 다른 한편으로, 민족담론을 폐기하고 문명사적 관점에서 해방전후사를 바라보자는 주장에 부합하는 측면을 적잖이 내포하고 있기도 하다"고 주장한다.(이정석, 「학병세대 작가 이병주를 통해 본 탈식민의 과제」, 『한중인문학연구』 33집, 한중인문학회, 2011, 116쪽.)

3　예컨대 "제국주의 통치국과 식민지 피지배국을 잇는 연락선"으로서 '관부연락선'을 조사하는 "유태림"은 "을사보호조약에서 한일합방에 이르는" 식민 지배의 역사 과정에서 "민족적 과오"도 적지 않았음을 반성한다.(김종회, 「이병주 문학의 역사의식 고찰」, 『한국문학논총』 제57집, 한국문학회, 2011, 136쪽.)

을 할애한다. 일본과 일본인에게 배워야 할 점이 있음을 서슴없이 토로하고 양심적인 일본인들과는 인간적인 유대를 맺는 데에도 거침이 없다.[4] 휴머니즘의 입장에서 인간과 사회를 바라보고 있기에

---

[4] 이병주는 일본과 일본인에 대해 민족주의적 입장이 아닌 객관적인 관점에서 가치판단을 한다.
"일본인은 훌륭한 민족이다."
나는 깜짝 놀랐다. 나의 놀라는 기색을 보다 경산은
"일본인 가운데도 나쁜 놈이 있고 좋은 사람이 있겠지만 일본인은? 하고 한마디로 말해야 한다면 훌륭한 민족이랄 수밖에 없지."
하는 말을 보탰다.
"일본인의 침략근성은 나쁘지 않습니까."
나는 힘주어 말했다.
"침략은 나쁘지. 그러나 고래로 강대한 나라치고 침략근성을 가지지 않은 나라가 있어보기나 했나? 침략근성이 있었다고 해서 일본만을 탓할 건 못 되어."
"그럼, 선생님은 일본의 입장을 옹호하는 겁니까?"
"객관적인 판단과 옹호는 다르지 않은가. 밉다고 해서 판단을 왜곡할 순 없지. 적이긴 하되 일본인은 훌륭해."
"훌륭하다고 인정했으면 항일투쟁은 성립될 수 없는 것 아닙니까."
"자넨 훌륭한 사람이라고 보면 그 사람의 노예가 될 텐가? 항일운동은 생존권과 위신의 문제 이상도 이하도 아닌 것이다."
불길과 같은 기염을 예상했던 나는 경산의 이런 말에 적이 실망했지만 날과 더불어 교분이 짙어지자 그에게 무궁한 지혜의 샘을 발견한 것 같은 기분으로 되어갔다."(이병주, 「그 테러리스트를 위한 만사」, 『그 테러리스트를 위한 만사』, 한길사, 2006, 8~9쪽.)
"일본은 우리에게 있어서 딜레마입니다. 과거를 따지지 않을 수도 없고 그렇다고 해서 심하게 따질 수는 없는 딜레마. 친밀하게 지내야 하기도 하고 되도록이면 경원하고 싶기도 한 딜레마, 존경해야겠다는 감정과 증오하고 싶은 마음의 딜레마…."
"일본인 가운데 친한 사람이 없나요?"
"왜 없겠습니까. 그러나 일본인이니까 친하게 지내는 그런 사정이 아니요. 친할 수 있는 인간이니까 친하게 된 겁니다."(이병주, 「어쩌다 그렇게 된 걸까요」, 『잃어버린 시간을 위한 문학적 기행』, 서당, 1988, 287쪽.)

이러한 시선을 담은 그의 소설을 이데올로기적 입장에서 접근하면 모호하고 이중적인 해석을 낳게 될 수밖에 없다.[5] 이병주는 이데올로기의 한계를 인식하고 이데올로기에서 벗어난 인간의 삶을 지향한다. 그가 주장하는 세계시민주의cosmopolitanism[6]는 원죄의식이자 트라우마인 학병 체험을 외면하기 위한 하나

5 "이 세계에서 악과 불행을 없앨 순 없을망정 그 악과 불행을 이해해야 한다고 가르치는 데 문학의 참된 면목이 있는 것이다. 문학을 통해 배운 눈으로써 보면 산하의 의미를 알고 사랑할 사람을 사랑할 줄을 안다."(이병주, 「인간(人間)에의 길」, 『생각을 가다듬고』, 정암, 1985, 82쪽.)

6 세계시민주의는 아직 그 정의에 대한 일치된 합의를 이루지 못한 논쟁적인 개념이다. 세계시민주의의 역사적 기원은 기원전 4세기 키니코스(Cynicos) 학파의 'kosmopolitēs'까지 거슬러 올라간다. 이후 키케로, 아우렐리우스 등 스토아 학파가 세계시민주의를 수용하여 발전시켰다. 근대 세계시민주의는 볼테르와 칸트 사상, 프랑스 인권 선언 등에 나타난 계몽주의를 수용하여 이론적 기반을 강화하였고, 근대 국제법의 이론적 토대를 제공하였다. 다양한 이론적 관점과 역사적 변화를 관통하는 세계시민주의의 핵심 이념은 모든 인간은 동등한 가치를 지니고 있으며 출신 지역이나 국가에 따라 차별 대우를 받아서는 안 된다는 것에 있다. 근대 세계시민주의의 개념을 정초한 칸트는 이방인을 적대시하거나 차별해서는 안 된다고 주장하면서 세계시민성을 강조했다. 칸트에 따르면 지구상의 모든 사람들은 서로 교제를 청하고 방문할 수 있는 권리가 있고, 또한 이러한 권리를 행사하는 이방인을 환대할 의무가 있다. 모든 인간은 지구 표면에 대한 공동의 권리를 갖고 있으므로, 자신이 원하는 곳에서 살아갈 수 있다. 칸트는 "인간은 구면(球面)인 지상에서 무한히 널리 흩어져 살 수는 없고, 결국은 서로 결하여 있는 것을 인내하지 않으면 안"(임마누엘 칸트, 백종현 옮김, 『영원한 평화』, 아카넷, 2013, 132쪽.) 된다고 말하며, 지구상에 거주하는 모든 사람들의 삶이 지닌 상호연관성을 바탕으로 세계시민의 권리와 환대의 윤리를 주장한다. 그것은 "근원적으로는 어느 누구도 지구의 어떤 곳에 있을 권리를 타인보다 더 갖지 않는다"(임마누엘 칸트, 앞의 책, 133쪽.)는 '존재론적 평등성'에 근거한다. 칸트는 이러한 세계시민적 권리와 환대가 국가 간 영원한 평화를 이루기 위한 중요한 조건이라고 본다. 급진적인 세계시민주의는 특정한 지역이나 국가공동체의 가치를 부정하지만, 자유주의적 세계시민주의자인 콰메 앤터니 애피아처럼 세계시

의 방편7으로 해석되기도 하지만, 그가 서구 교양주의에 기반한 일본의 교양주의의 영향 하에서 성장했다는 점을 고려한다면 당연한 결과물이기도 하다.8 9 물론 일본의 교양주의가 결국 국가주의에 귀

민주의와 애국주의의 양립 가능성을 주장하는 입장도 있다.(콰메 앤터니 애피아, 실천철학연구회 역, 『세계시민주의』, 바이북스, 2008) 이병주는 국가의 가치를 부정하지는 않지만, 이데올로기적 폭력에 대해선 분명한 비판의 입장을 취한다. 이병주는 모든 인간에 대한 사랑을 강조하는 인도주의적 박애정신을 표방한다는 점에서 인간애보다 권리를 강조한 칸트와 구별되지만, 인종, 종교, 국적, 성에 따라 인간을 차별하고 적대하는 모든 폭력에 반대하고, 특히 세계시민주의의 이념과 충돌하는 내셔널리즘을 비판한다는 점에서 칸트의 평화주의 정신과 공명한다.

7 세계시민주의는 내셔널리티의 초월을 기반으로 한다. 추선진은 이병주의 세계시민주의 역시 이러한 지향점을 보여준다고 말하며 그 이유를 전쟁 및 학병 체험에서 찾았다. 이병주에게 학병 체험은 주체가 아닌 노예로서의 경험이자 반휴머니즘의 공간에 피투된 폭력적 사건이었다. "내셔널리즘이 극대화되어 있는 전쟁이라는 배경 속에서 '중국인 살해'를 통해 일본인으로서의 내셔널리티를 각인 받게 되는 폭력적인 과정을 겪으면서 이병주는 조선인으로서의 내셔널리티를 유지할 수 있는 자격이 박탈되었다고 인식하게 된다. 따라서 이병주가 분열된 자신의 정체성을 회복하고 내적 갈등에서 벗어나기 위해서는 내셔널리티를 초월해야 했다."(추선진, 「이병주의 『별이 차가운 밤이면』에 나타난 전쟁 체험과 내셔널리티」, 『국제어문』 60집, 국제어문학회, 2014, 38쪽.)

8 일본은 1910년대 말부터 1920년대 초에 걸쳐 쿠와키 겐요쿠와 소다 키이치로 등을 중심으로 한 문화주의가 유행했다. "'문화주의'라는 말의 '문화'란 독일어 Kultur(문화)의 역어이며, 동시대의 독일 지식인들은 정신(Geist)이 만들어내는 문화와 그 문화를 창조하고 향수할 수 있는 내적 통일을 지닌 '인격'의 형성(Bildung)을 중시하고 있었다. 이처럼 일본의 문화주의는 당대의 독일의 이념을 이입한 것이며, '교양' 계층으로서의 문화인이 만드는 문화를 기초로 하는 문화국가의 이미지를 통해 메이지 국가를 대신하는 새로운 이념을 제창하였다. … 일본 문화주의는 '자아의 자유로운 향상 발전'을 문화의 의미로 이해하였다."(허병식, 「한국근대소설과 교양의 이념」, 동국대 박사학위논문, 2005, 10쪽.) 1920년대 조선은 이러한 일본의 문화주의를 받아들여 개성의 본질을 기초로 하여 인격의 완성을 지향하는 문화주의 운동을 전개하였으며, 1930년대 후반에도 "유럽적인 교양의 정신"을 체득해야 한다는 교양의 논의가 전

184

속되고 제국인으로서의 세계인, 대동아공영권의 주인으로서의 일
본인을 지향하게 되지만, 일본 제국주의에 대한 반감을 가지고 있
던 식민지 지식인 이병주는 이러한 국가주의적 교양주의에 기반한
세계시민주의에는 동의하지 않았다.[10] 오히려 이병주에게 크게 영
향을 미친 것은 반파시즘을 내세웠던 스페인의 좌파 인민전선이었
다.[11] 이들은 네이션을 초월하여 양심적인 작가와 지식인들의 지지

개되었다. 이병주가 유학했던 시기 일본에서는 고바야시 히데오와 미키 기요시를
주축으로 한 교양주의가 학계를 지배했다. 이처럼 이병주가 출생하고 성장한 시기,
조선과 일본은 모두 교양의 습득을 강조하고 이를 통한 개인과 사회의 근대화를 도
모하던 때였다. 이때의 교양은 외국어, 문학, 예술, 철학, 종교, 역사 등을 의미했으
며 이미 근대화가 이루어진 서구의 것들을 도입, 학습하였으며 이는 교육 제도에도
적극적으로 반영되었다.
이정석은 이에 대해 다음과 같이 정리한다. "1930년대의 교양주의는 국적을 초월해
반파시즘의 대의에 동참한 이들 교양 있는 좌파의 영향 아래 놓여 있다. 학병세대는
이렇게 마르크시즘이 철퇴를 맞아 점차 힘을 잃어가고 대신 인민전선의 사상이 영
향을 미칠 무렵 일본유학을 경험한 세대다."(이정석, 앞의 글, 114쪽.)

9 김윤식은 이병주를 포함한 학병 세대는 입신출세주의 교육 이념과 교양주의 사조를
세대 의식으로 가지고 있다고 분석한다.(김윤식, 『일제말기 한국인 학병세대의 체험적 글
쓰기론』, 서울대학교출판부, 2007, 43~51쪽 참조.)

10 이병주는 고등교육을 받은 소수의 지식인으로서 가지는 민족의 책무에 대해 인식했
고 일본의 교육에 대한 비판적인 견해를 가지고 있었음을 다음의 글에서 밝히고 있다.
"한국인으로서 그 당시 고등교육을 받을 수 있었던 사람은 극히 소수입니다. (중략) 해
당 연령층을 2백만으로 보고 2천 명에 하나 꼴로 고등교육을 받은 셈이지요. 그런 까
닭에 고등교육을 받은 사람은 민족에 대해 큰 책무를 가지게 되는 거죠. 그런데 그 교
육내용이란 게 엉망입니다. 천황절대주의의 주입이었으니까요. 우리는 얼마간의 지
식과 기술과 외국어를 배우기 위해 그런 수모를 참아야 했던 것입니다."(이병주, 「이래
저래 지식인은 고독하다」, 『잃어버린 시간을 위한 문학적 기행』, 앞의 책, 90쪽.)

11 "조금 과장된 표현일진 모르나 스페인, 특히 '스페인 내란'은 청춘 시대의 나의 의식
을 형성하는 데 커다란 역할을 했었다."(이병주, 「스페인 내전의 비극-1980년 스페인 1」,

를 얻었고 여기서 이병주는 국가와 민족을 넘어설 수 있는 철학에 대해 인식하게 된다. 그는 세계의 문화를 자아 발전의 자양분으로 습득하면서 네이션을 초월한 인간의 본질과 대면하며 타자를 경험하고 세계시민주의자로서의 자기 내면을 구성해갔다.

역사는 과연 정의의 편인가. 그렇다면 우리의 처지나 스페인의 처지나 중국에서 전개되고 있는 양상은 부조리한 것이 아닌가. 원래 역사가 부조리하고 세상이 부조리한 것이라면 그 부조리를 그냥 받아들일 수밖에 없는 것이 아닌가.
이런 때문은 아니었겠지만 나는 어느덧 기를 쓰고 독립운동을 해야 한다고 서두는 친구들을 멀리하고 사상운동을 하려는 친구들과도 거리를 두었다. 그렇다고 해서 도스토엡스키를 읽고, 니체를 읽고 하이네를 읽은 청년이 일본에 아부하여 출세하길 바라는 길을 택할 수는 없는 일이다.
나는 코스모폴리탄을 자처하고 나면서부터 망명자라는 감상을 즐겼다. 보기에 따라선 이건 비겁자의 자기변명, 또는 자기 합리화로 될 것이지만 내겐 그 길밖에 없는 것 같았다.[12]

이병주는 스스로를 세계시민, 코스모폴리탄으로 지칭했다. 스페

『잃어버린 시간을 위한 문학적 기행』, 앞의 책, 97쪽.)
12 이병주, 「스페인 내전의 비극-1980년 스페인1-」, 앞의 책, 99쪽.

인 내전에서 인민전선은 패배했고 조선의 독립은 요원했다. 그의 코스모폴리탄으로서의 선택은 현실 도피의 한 방편이기도 하지만, 부조리한 역사와 현실 앞에서 희생당하는 인간에 대한 연민, 휴머니즘의 발로 때문이기도 했다.

"자기 소신대로 행동하려는 것이 비겁한지, 자기의 소신을 굽히고까지 부화뇌동하는 것이 비겁한지는 각자의 주관에 따라 다르겠지요. 나는 지리산 밑에서 자랐습니다. 수많은 사람들이 지리산에서 죽었습니다. 옳건 그르건 소신대로 죽은 사람도 있을 것입니다. 그런데 그 가운덴 본의 아니게 뇌동하다가 죽은 자도 많을 것입니다. 본의 아니게 뇌동하다가 죽은 것처럼 비참한 일은 없다고 생각하며 나는 자랐습니다. 나는 뇌동하는 행동은 결코 하지 않겠다고 다짐하며 자랐습니다."

"지각 없는 대중과 학생은 지도자의 지시에 따라야 하지요. 그러나 뇌동이 되지 않으려면 그 지시를 자기 나름으로 납득하고 따라야 할 줄 압니다."

"… 민족사의 한 페이지를 찬란하게 하기 위해 나를 희생하는 영웅이 되길 나는 원하지 않습니다. …"[13]

---

13 이병주, 「쥘부채」, 『소설 · 알렉산드리아』, 한길사, 2006, 186~187쪽.

이병주에게 인과응보의 섭리가 지켜지지 않고 죄 없는 죽음이 난무하는 현실에서의 대안은 휴머니즘에 기반한 세계시민주의였다. 본고에서는 그의 교양주의자로서의 세계 인식이 드러나는 세계기행문집 『바람소리 발소리 목소리』, 『잃어버린 시간을 위한 문학적 기행』과 세계시민의 형상이 드러나는 『미완의 극』, 그리고 휴머니즘적 공동체를 구상하고 있는 『허드슨 강이 말하는 강변 이야기』를 통해 교양주의적 세계시민주의의 양상을 고찰하고자 한다.

2. 교양으로서의 세계 (재)발견
- 『바람소리 발소리 목소리』, 『잃어버린 시간을 위한 문학적 기행』

『바람소리 발소리 목소리』는 이병주의 첫 세계여행에 대한 기록을 담은 책이다. 그는 1971년 2월부터 60일 동안 25개국을 도는 첫 세계여행을 다녀왔으며 이 여행이 "관념으로서의 세계가 구체적인 세계로 변하는 전기"[14]가 되었다고 서술한다. 교양주의자 이병주에게 첫 세계 여행은 자신을 성장시킨 교양의 실체를 확인하는 중요한 사건이다. 또한 이병주는 이 첫 세계 여행을 통해 교양주의의 한계 역시 파악하게 된다. 이 여행은 자신을 재성장시킬 수 있는 교

---

14 이병주, 「책머리에」, 『바람소리 발소리 목소리』, 한진출판사, 1979.

양으로서의 세계를 (재)발견한 계기가 된 것이다. 그런데 이 첫 번째 세계 여행에 대한 기록은 『잃어버린 시간을 위한 문학적 기행』에도 등장한다. 『바람소리 발소리 목소리』보다 9년 뒤에 발간된 이 책에는 첫 번째 세계 여행의 기억과 자신의 일생이 교차 서술되고 있다. 첫 번째 세계 여행이 교양으로서의 세계를 (재)발견한 것이 었음을 다시 한번 확인할 수 있다.

이병주에게 세계는 교양의 터전이다. 세계는 그가 추종했던 소크라테스, 도스토옙스키, 칸트, 니체, 마르크스, 발자크, 지드, 짐멜, 피히테, 롭신, 노먼 메일러[15] 등이 사상과 철학과 문학으로서가 아닌 실존하는 존재로서 삶과 이상을 실현했던 공간이다. 이병주는 그 공간을 직접 확인하는 것을 통해 교양의 실체를 발견한다. 그는 프랑스에서는 발자크, 덴마크에서는 키르케고르, 독일에서는 베토벤, 뉴욕에서는 오 헨리, 로마에서는 그곳에 여행 왔던 도스토옙스키의 행적을 찾는다. 첫 여행이지만, 서구적 교양을 익힌 그에게 세계는 낯선 곳이 아닌 "고향"과도 같은 곳으로 인식된다.

그런데 세계의 교양을 섭렵하여 세계시민이 되고자 하는 이병주의 교양주의는 세계가 아닌 유럽의 것이었다.[16] 이병주는 1971

---

15 모두 이병주의 글에 거론된 인물들이며, 이병주는 이들의 문학, 철학에 영향을 받았다.
16 예컨대 이병주는 어렸을 때부터 프랑스 문학에 대한 사랑이 남달랐다. 일본 와세다 대학에서 불문학을 전공했다는 기록은 불분명하지만, 방대한 독서로 프랑스 문학을 탐독하며 한국문학의 '발자크'가 되겠다는 야심을 입버릇처럼 말했다고 한다.(안 경환, 「이병주와 황용주-작가의 특권과 특전」, 김윤식 · 김종회, 『이병주 문학의 역사와 사회 인

년 로마에서 자신의 교양주의의 한계를 인식했음을 밝히고 있다.[17]

일곱 살 때 보통학교에 입학했다. 로마에 앉아 생각하면 이때부터 나의 유럽화가 시작되었다. 일본인은 일본식 교육을 시작한 것이지만 따지고 보면 그때 일본인은 그들의 방식을 통해 결국은 나를 유럽화시킬 작업을 시작한 셈이 된다. (중략) 중학교에서 영어를 배우고 수학, 특히 기하학을 배움으로써 나의 유럽화는 촉진되었다. 잘 배우고 못 배우고는 문제가 아니다. 영어를 배우고 있다는 사실, 기하학을 배우고 있다는 사실 자체가 유럽화였다. 일본인은 황민교육을 시키고 있다면서 기실 유럽인을 만들고 있었다.

우리가 일본인의 황민교육에 반발하게 되는 것은 물론 한국인으로서의 민족의식 탓이겠지만 그 근본엔 유럽화된 의식이 있었다. 예컨대 일본인의 우리에 대한 황민화교육은 불합리하다, 부조리하다는 것이다. 불합리, 부조리는 유럽의 관념이다. 동양의 사상에도 불합리, 부조리의 관념은 있다. 그러나 우리가 불합리하다, 또는 부조리이다

식』, 바이북스, 2017, 163~164쪽.)

17 1979년 발간한 『바람소리 발소리 목소리』의 책머리에서 이병주는 1972년 2월 처음으로 세계 여행을 했다고 기록한다. 그런데 이 책의 71면 인도네시아 방문기, 「수카르노의 유령 〈인도네시아〉」에는 "내가 인도네시아에 방문한 것은 1971년 4월 2일"이라고 밝히고 있다. 이 시기에 방문한 로마에서의 기억은 1988년에 출판한 『잃어버린 시간을 위한 문학적 기행』에만 수록되어 있다. 이 책에서 이병주는 로마에 1971년 4월에 왔다고 기록한다. 책머리의 기록이 잘못된 것이라고 판단할 수 있다.

하고 사고하며 판단할 땐 유럽적인 관념으로써 한다. 민족의 의식도 우리는 유럽적인 관념을 통해 스스로 납득하고 표현한다.

대학에 들어가서 학문적인 모든 이상이 유럽에 있다는 것을 알았다. 유럽적인 검증에 합격해야만 진리일 수 있다는 것을 알았다. 결국 근대화란 유럽화라는 것을 깨닫게 되었을 때 나는 관념상으론 유럽인이 되어버린 것이다.

유럽인이 되고서야 동양에의 회귀를 생각하게 되었다. (중략) 동양의 웅장한 지적 풍경을 거시적으로 조망하기 위해선 유럽인이 고안한 망원경을 빌어야 하고, 동양의 그 치밀한 정신의 무늬를 미시적으로 관찰하기 위해선 역시 유럽인이 창안하여 만든 현미경을 빌어야 하는 것이다. (중략)

한마디로 말해 우리는 유럽인이 되지 못하고선 유럽의 민주주의를 배울 수 없다.

우리는 아직 어설픈 유럽인이다.

자신은 세계인이 아닌 유럽인에 불과했다. 이러한 인식은 유럽과 유럽 외의 지역을 대하는 태도의 차이를 가져오게 한다. 유럽에서는 향수와 애상을 느낀다면 그 외 지역에서는 지식인다운 분석력을 발휘하여 새로운 교양을 습득하고자 하는 태도를 보인다. 어설프지만 유럽인인 이병주에게 새로운 교양이 되어야 할 곳은 유럽이 아닌 유럽 외의 지역이다.

몽마르트르를 걸어 오른다는 건 발자크의 소설 속을 거닐고 있는 것과 마찬가지다. (중략) 하여간 몽마르트르에서 고향을 느낀다는 것은 먼 옛날부터 파리에의 애착을 가꾸어왔던 탓이다.[18]

서울을 알기 전에 나는 파리를 알았다. 덕수궁, 창덕궁을 알기 전에 나는 베르사유와 퐁텐블로를 알았다.

빅토르 위고를 통해 파리의 하수도를 구경했고, 아나톨 프랑스와 더불어 센 강변의 헌 책방을 뒤졌고, 발자크의 등장인물들과 어울려 파리의 거리거리를 헤맸다.

이처럼 나와 파리와의 인연은 10대에 시작되었는데, 40세가 넘어 서울에 살게 되면서부터 나와 서울의 인연은 맺어졌다. 그런 까닭에 만일 나 자신의 기록을 쓴다면, 그리고 그 기록이 나의 의식을 점유한 밀도와 분량에 충실하려면 적어도 3분의 1 부분이 파리에 관한 기록으로 채워져야 할 것이다.[19]

우리 한국인은 로마와 무관하게 생로병사할 수 있다는 얘기도 된다. 그렇다면 로마는 우리에게 있어 이방이 아닌가. 나는 한갓 관광객이 아닌가. 그럴 수는 없을 것이란 생각이 들기도 한다.

---

18 이병주, 「회한의 몽마르트르」, 『바람소리 발소리 목소리』, 앞의 책, 29쪽.
19 이병주, 「인간이란 필패로 끝나는 갈대」, 『잃어버린 시간을 위한 문학적 기행』, 앞의 책, 35쪽.

바이런처럼

"오오, 로마여! 나의 고국, 나의 영혼의 도읍이여!"

하고 외칠 순 없을망정 로마를 이방으로 치기엔 너무나 많은 동경이

나의 가슴 속에 응어리를 새기고 있는 것이다.[20]

브라질에서는 일본의 저력을 확인하고 인도네시아에서는 후진
국의 정치에 대해 비판하고 분석한다. 여기에서 후진국에는 한국
도 해당된다. 이병주는 한국과 가나와 알제리아, 인도네시아를 평
행선상에 놓고 독재와 비극적 실각을 경험한 공통점을 가지고 있
다고 언급한다. 유럽이 아닌 곳에서의 이병주의 태도는 탐구적이
다. 뿐만 아니라 그동안의 자신의 교양에 대한 반성적 입장에 서
기도 한다. 그가 추종하는 니체가 안데스를 보았더라면 그의 철학
을 수정했을 것이라고 하거나 자신이 읽어온 책이 엉터리일 수 있
다며 직접 확인을 통해 이를 증명하고자 한다. 서구적 교양주의의
시선이 미치지 못하는 미답의 지역에서 이병주는 자신만의 발견
을 도모한다.

나는 거기 가서 장수촌만이 아니라 콜럼부스가 발견하지 못했던 많
은 것을 발견할 참이었다. 에콰도르, 콜롬비아, 볼리비아, 베네수엘

20 이병주, 「호사스런 폐허의 매력-1971 로마 1-」, 앞의 책, 203~204쪽.

라, 브라질을 둘러 그곳에 사는 사람, 특히 인디오들의 애환을 살펴볼 작정도 했다. 생명이 스스로를 유지하기에 지리와 기상과 정치에 갖가지로 적응하고 대응하는 만화경적 현상은 안데스산맥보다도 거창하고 아마존강보다도 신비로울 것이었다.[21]

니체가 비행기를 타고 안데스를 넘는 체험을 가졌더라면, 아니 비행기를 타고 태평양, 대서양을 건너는 체험을 가졌더라면, 그의 사상엔 다소의 변질이 있었을 것이 아닐까 하고. 그의 '고소의 사상'은 알프스도 최고봉이 아닌 기껏 해발 2천 미터 될까말까한 산의 중복에서 가꾸어진 것이다. 그러니 그의 비상의 논리는 알프스의 정상을 우러러보는 독수리의 관념에 불과했다. 니체 당시의 과학은 순수한 수학의 형태로 고고해 있었을 뿐, 그 현세적인 실적은 이를 얕잡아 볼 수도, 깡그리 무시해버릴 수도 있는 정도에 불과했다.[22]

나는 백 세 노인을 만나기에 앞서 그 밤바란 나무를 보아둘 작정을 했다. 여태까지 내가 읽은 책들이 엉터리였다는 실증을 잡아놓고 볼 셈이었다.[23]

---

21 이병주, 「에콰도르 장수촌 빌카밤바를 찾아」, 『바람소리 발소리 목소리』, 앞의 책, 125쪽.
22 이병주, 「안데스산맥을 넘으며」, 앞의 책, 127쪽.
23 이병주, 「밤바 나무가 있는 계곡」, 앞의 책, 179~180쪽.

이병주는 여행을 통해 얻은 것이 "어딜 가나 인생이 있다는 것. 인생은 백인이건 흑인이건, 귀인이건, 모두 자기 나름대로의 운명을 살고 있다는 것. 나라에 따라 인종에 따라 풍습이 약간씩 다르지만 희로애락으로 집약되는 생활의 내용에 있어선 다른 것보다 같은 것이 많다는 것. 한마디로 말해 생로병사하는 일생에 있어서 세계는 하나라는 것에 대한 강한 인식이었다"[24]고 밝히고 있다. 교양으로서의 세계를 확인하고 발견하고 학습하면서 이병주가 얻은 결론은 인간이 가진 동질성이다. 그 동질성을 인식한다면 무고한 희생이 일어나지 않을 것이다. 세계에 필요한 것은 휴머니즘을 기반으로 한 세계시민주의였으며 이병주는 그것이 실현될 가능성을 가진 도시로 뉴욕을 든다.

그런데 드디어 세 번째, 두 달 가까이를 그곳에서 지내면서 뉴욕은 나의 도시란 걸 실감했다. 뉴욕은 미국의 도시가 아니라 세계의 수도란 인식을 동시에 가졌다. 어떤 인종이건 자기가 속한 인종 때문에 엉뚱한 소외의식 같은 것을 주는 도시가 있다. 어느 국적일 경우도 마찬가지다. 흑인은 흑인대로 황인은 황인대로 활개를 펴고 사는 곳이 그곳이다. 모두들 바쁘기 때문에 남의 일엔 관심이 없는 것이다. 분수를 넘는 욕망만 갖지 않으면 얼마간의 돈으로 왕후처럼 살

---

24 이병주, 「책머리에」, 『바람소리 발소리 목소리』, 앞의 책.

수가 있다.[25]

코스모폴리탄이고자 하는 이병주에게 인종이나 국적을 상관하지 않는 뉴욕은 삶의 터전으로 가장 적당한 곳이다. 이데올로기를 극복하고자 하는 이 세계시민에게 가장 큰 걸림돌로 다가온 것은 인종 문제이기 때문이다. 물론 뉴욕조차도 인종 문제에서 자유롭지 않다는 것을 인지하게 되기도 한다.[26][27] 그러나 이병주에게 뉴욕은 인정이 남아 있는 곳이며 예술가들의 열정이 살아 있는 곳이

---

25 이병주, 「뉴욕의 굴맛」, 앞의 책, 67쪽.

26 "켈리의 덕택으로 뉴욕의 일주일은 화려한 휴일이 되었다. 그러나 켈리로선 유색인종과의 교제가 적잖게 마음의 부담이 되는 것처럼 보였다. (중략) 어느 날 밤 켈리는 이런 말을 했다.
"불쾌하게 생각하지 말아요. 뉴욕은 비교적 자유스럽지만 결국 미국의 도시예요. 나는 유색인을 차별하는 의식은 손톱만큼도 가지고 있지 않아요. 그러나 유색인을 차별하는 나라에 살고 있다는 의식마저 버릴 순 없어요. 그래서 조심하는 거니까 달리 생각하진 마세요."
나는 켈리의 심정을 이해할 수 있었다. 그래서
"차별의식은 어느 나라에나 있다."
고 하고 도별로 차별의식이 있는 우리 나라의 실정을 설명하기도 했다."(이병주, 「어쩌다 그렇게 된 걸까요」, 『잃어버린 시간을 위한 문학적 기행』, 앞의 책, 289~290쪽.)

27 "뉴욕은 인간에 관한 것이면 뭐든 허용하지 않곤 배겨내지 못하는 곳이라고 보았다. (중략) 청교도와 갱의 양극으로부터 미국은 오늘날의 미국과 뉴욕을 만들었다. 그러고보니 한창 치열한 흑백 인종간의 알력도 미국의 흠이 아니라 미국의 장점인 것이다. 거대한 자원과 거대한 정력을 가진 나라가 그러한 모순도 없었으면 발전을 정지하고 퇴폐의 일로를 걷든가 먼로주의적인 방향으로 스스로 폐쇄하든가 레닌의 도식 그대로 인빈시블한 제국주의 세력으로서 완전 노정했든가 했을 것이다."(이병주, 「조물주를 놀라게 한 창의와 패기 〈미국〉」, 앞의 책, 244~245쪽.)

다. 동성연애자들의 데모와 그들을 비난하지 않는 사람들을 보고, '제4막'이라는 식당에 모여든 극장 관계자 사람들과 여러 나라 출신의 사람들과 교류하면서 이병주는 뉴욕에서 소수자와 주변인들이 주역이 되는 광경을 목격한다.

"브로드웨이에서 하는 연극은 대강 3막으로 끝납니다. 3막은 무대에서, 4막은 이곳에서 한다, 이 말이죠. 여기 모여드는 사람들은 대개 무대 뒤에서 일하는 사람들이죠. (중략) 무대 뒤에서 일하는 사람들이 제 4막에서 주역이 되는 거죠."[28]

뉴욕을 배경으로 쓴 소설 「제4막」에는 다음과 같은 대목이 있다.

"제3막까지가 정통적인 연극이라면 지금 너와 나는 확실히 제4막적 등장 인물이다. 지금 닉슨 씨의 운명도 제4막적인 고비에 이른 모양이고 동성 연애를 찬양하는 데모가 있는 미국도 제4막의 단계에 들어섰다고 할 수 있을지 모르겠다."[29]

이병주는 이 소설에 조국이 러시아에 강점당해 뉴욕으로 피난온 에스토니아인을 등장시킨다. '나'와 언어가 통하지 않아도 마음

---

28 이병주, 「뉴욕의 「제4막」 〈미국〉」, 앞의 책, 1979, 75쪽.
29 이병주, 「제4막」, 『마술사』, 한길사, 2006, 201쪽.

으로 교류할 수 있었던 선량한 이들은 에스토니아인으로서의 정체성을 잊지 않고 있었다. 이러한 설정을 통해 이병주에게 뉴욕은 망명자들의 피난처이며 그 어떤 정체성을 가진 이들도 포용하는 휴머니즘적 공간으로 각인되어 있음을 파악할 수 있다. 코스모폴리탄 이병주에게 뉴욕은 자신의 세계시민주의를 펼칠 수 있는 가능성의 공간이다.

3. 세계시민주의자의 형태 - 『미완의 극』

이병주의 『미완의 극』에는 세계시민주의자의 모습이 구체화되어 있다. 미국, 이스라엘, 홍콩을 넘나드는 이 소설에서 이병주는 세계시민주의를 실행하는 데 있어 가장 큰 난제인 인종 차별의 이데올로기에 천착한다. 인종 차별과 파시즘의 문제는 해결되지 않았다는 사실을 지적하고 대안을 고민한다.

"나치스는 그랬다고 치고, 어째서 전 세계는 그런 인종 정책이 시작되었을 때 학살의 현장은 감추어져 있어도, 그 정책의 선전은 공공연했는데 왜 모르는 척했을까요? 어째서 세계의 대부분이 나치스의 간접적 공범이 되었을까요? 그런데 그런 일을 있게 한 일종의 기류 같은 것은 아직도 남아 있거든요. 그 기류가 언제 이스라엘을 말살하는 방향으로 작용할지 모른다, 하는 것이 나의 의견입니다."[30]

역사가 부조리한 방향으로 폭주할 때 그것을 교정하고자 하는 것이 이병주가 소설가가 된 이유다.[31] 그는 『미완의 극』을 통해 역사의 흐름을 바로잡고자 한다. 그러한 그가 내세운 인물이 '나'와 유한일이다. 두 인물은 "세계의 수도", 뉴욕에서 조우하는 것으로 설정되어 있다. 이들은 세계시민주의를 지향하는 점에서는 공통점을 가지나 그 방법에 대해서는 상반된 입장을 가지고 있어 서사 내에서 끊임없이 논쟁을 벌인다. 이병주의 시선은 어느 누구의 편도 들지 않는다. 두 인물의 주장 모두 세계시민주의자 이병주의 의견인 것이다.

'나'는 소설가다. '나'는 소설이 세계시민주의를 실현시킬 수 있는 도구가 될 수 있다고 믿는다. '나'의 지향점은 분쟁을 지양하는 "사해 동포주의"에 있다. 반전주의자이며 니힐리스트로 니힐리즘을 이해하는 것이 세계 국가를 이룩하는 방법이라고 주장한다. 세계 국가를 건설하는 것도 평화적인 방법으로 시도해야 한다. 폭력은 무고한 사람을 희생시킬 뿐이며 새로운 폭력을 낳는 길이라는

---

30 이병주, 『미완의 극』(上), 소설문학사, 1982, 41쪽.
31 "진실이 그냥 그대로 통하는 세상이면 소설이 무엇 때문에 필요하겠는가. 뭔가 꾸밈이 없고선 진실이 통하지 않는다는 슬픈 인식이 소설가의 함수로 되고 그것이 소설의 작법으로 된다."(이병주, 「프롤로그」, 『잃어버린 시간을 위한 문학적 기행』, 앞의 책, 16~17쪽.)

것이 '나'의 입장이다.

"고도가 1만 피트쯤 더 높이 되면 코리아의 산하와 재팬의 산하는
꼭 같이 보일 거예요."
"그렇게 말씀하시는 뜻은?"
"어느 정도의 거리를 갖고 보면 꼭 같아지는 지구에 살면서 이 나
라는 이렇고, 저 나라는 저렇다, 하는 따위의 전색이 나는 싫은 겁
니다."
"이를테면 사해 동포주의다, 이거로구면요."[32]

"전쟁을 원하는 사람은 내 주변에 한 사람도 없습니다. 그런데 전쟁
은 발생합니다. 세계가 한 나라로 되었으면 하는 희망을 내 주변의
사람들은 모두 갖고 있습니다. 그런데도 세계 국가는 이루어질 희망
이 거의 결정적으로 없습니다. 그 까닭이 어디에 있는가 결국 옳은
말은 통하지 않는다. 그 근본을 따지면 이유가 나타납니다. 소설은
이러한 사정을 감안한 노력이라고 할까요?"[33]

"세계의 모든 사람들이 니힐리즘을 이해했을 때, 그때 세계 국가가
이루어질 수 있는 겁니다. 이 세상의 두드러진 악은 허무주의를 이해

---

32 이병주, 『미완의 극』(下), 소설문학사, 1982, 51쪽.
33 이병주, 『미완의 극』(下), 앞의 책, 84쪽.

할 수 없는 데 있다고 생각해요. 모두들 자기가 반드시 죽을 사람이
란 걸 자각하고 있고, 인간이 행복하게 사는 덴 그처럼 엄청난 것이
필요하지 않다는 견해가 철저하게 되면 전쟁이 일어날 까닭이 없지
않습니까? 그런 까닭에 나는 니힐리즘 대찬성입니다."[34]

"역사의 여과 작용은 비정한 겁니다." (중략)
"그 비정을 보상하는 것이 문학입니다." (중략)
"그와 같은 존재 이유를 가진 문학은 무고한 사람을 해치는 살인 행
위 또는 폭력 행위를 용서하지 않는다, 이겁니다. 용서하지 않는댔자
비둘기의 눈으로 사자의 싸움을 보는 격이겠지만."[35]

서사의 초점은 유한일에게 가 있다. '나'의 제자였던 유한일은 외
국의 차관을 한국에 들여오는 로비스트 혹은 사업가이면서 이스라
엘 정보국과 협력하면서 세계 국가를 건설하겠다는 야망을 가지고
있는 테러리스트다. 주요 서사는 홍콩에서 실종된 배우 윤숙경에
대한 것이다. 윤숙경은 유한일의 집념의 대상으로 그녀의 실종 사
건 배후에 그가 있다. '나'는 유한일과 윤숙경 그리고 유한일을 돕
는 렘스도프와 교류하며 이들의 사상과 행동을 분석하고 비판하는
입장이다. 렘스도프는 유한일의 생각에 공감하며 그의 사업을 지

---

34 이병주, 앞의 책, 85쪽.
35 이병주, 앞의 책, 214쪽.

원하고 있는 인물로, '나'에게 유한일에 대한 정보를 주고 자신과 그의 입장을 논리적으로 이해시키고자 한다. 그녀에 의하면, 유한일은 세계 연방을 만들기 위해 여러 사업을 통해 돈을 모으고 있으며 세계 각국의 청년들로 이루어진 "휴머니즘을 철학으로 가진 조직"[36]을 동원하여 활동하고 있다.

유대인이자 미국인인 렘스도프와 유한일은 복수심으로 의기투합되어 있다. 렘스도프의 어머니는 게슈타포에게 붙들려 고통당했고 그 후유증으로 사망했다. 그녀가 지향하는 세계 국가는 박해받았던 유대인들이 과거를 보상받을 수 있는 방식으로 구성되어야 하며 이를 위해서 렘스도프는 어떠한 폭력도 마다하지 않으며, "히틀러에게 복수하기 위해선 히틀러 이상으로 잔인해야"[37] 된다고 주장한다. "철저한 복수의 끝에라야만 복수를 생각하지 않고 살 수 있는 영역이 나타날 거라고 믿"[38]는다. 그러한 중에 발생하는 무고한 죽음에 대해 질문하는 '나'에게 그녀는 어쩔 수 없는 희생이라고 말한다.

유한일은 재벌의 사생아로 어머니가 기생이었다. 아버지의 외면으로 인해 일어난 사고로 한쪽 다리를 저는 장애를 가지고 있다. 윤숙경은 그의 첫사랑이었으나 둘의 사랑은 이루어지지 못했다. 유

---

36 이병주, 앞의 책, 153쪽.
37 이병주, 앞의 책, 216쪽.
38 이병주, 앞의 책, 216쪽.

한일에게 가족과 윤숙경은 좌절과 고통을 주는 대상이었다. 그는 성공하는 것으로 그들에게 복수하고자 했다. 렘스도프와의 만남은 그러한 그에게 구체적인 지향점을 제시해주는 것이었다. 유대인의 역사는 굴곡 많은 한국의 역사와도 닮아 있었고, 팔레스타인과 대치하며 척박한 땅을 일궈가야 하는 이스라엘의 상황과 북한과 대치하며 가난에서 벗어나보려는 한국의 상황이 닮아 있었다. 뿐만 아니라 유한일은 아우슈비츠의 경험을 기록한 프랭클의 『밤과 안개』를 읽고 유대인의 복수에 동참하기로 한다. 유한일은 이스라엘과 한국의 문제를 해결하며 인종 문제에서 벗어난 세계 국가를 건설하고자 목표한다. 그 방법이 렘스도프와 같이 필요하다면 폭력을 사용하겠다는 것이어서 '나'는 유한일과 수없이 논쟁한다.

"요컨대 앞으로의 세계 경략에 있어선 동경이 가장 중요한 곳입니다."

"그럼 자넨 세계 경략에 착수하고 있다는 얘긴가?"

"내 나름대로 그렇게 생각하고 행동하고 있습니다."

"목적이 뭔데?"

"첫째, 대한민국을 보호하는 데 있는 거죠. 둘째, 이스라엘과 같은 작은 나라가 생존하는 데 있어서 굳건한 지반을 구축하는 데 있는 거죠. 셋째, 세계 연방이 달성되는 날을 기다리는 거죠. 우리나라나 이스라엘 같은 나라가 강한 발언권을 가질 때, 세계 연방의 기틀이 잡히는 겁니다. 이것이 내 신념입니다."[39]

"나는 테러리스트가 아닙니다. 위대한 일을 시도하려고 하는 돈키호테의 제자가 될진 모르지만요. 살인은 나쁘다고 설법하고 있는 사람들 덕분에 히틀러나 스탈린은 놈들의 세위를 떨칠 수 있었던 겁니다. 살인이란 방법을 그들이 독차지하게 되었으니까요. 히틀러나 스탈린이 평화적인 설득에 호락호락 응하겠습니까? 그들을 굴복시킬 수 있는 것은 그들의 폭력을 능가할 수 있는 보다 강력한 폭력일 뿐입니다." (중략)

"천지가 개벽을 하고 세상이 아무리 변하더라도 인간성에 위배되는 행동은 옳지 못한 것이고, 아무리 불가피했어도 사람을 죽이는 일은 옳지 못한 것이다. 하물며 조금만 조심하면 피할 수 있었던 것을, 즐겨 극한 상황으로 자기를 몰아넣어 사람을 죽인다는 것이 옳을 까닭이 없지 않은가? 물론 동기도 있을 것이고, 그럴 만한 이유도 있었을 테지만 아무래도 나는 자네의 행동을 납득할 수가 없구나."[40]

"우리는 공동 목표를 세웠죠. 세계 정부의 수립입니다. 우리의 공동 목표는. 그 무렵 『어내터미 오프 피스』란 책이 유행하고 있었어요. 우리의 갈 길은 세계 정부의 수립밖에 없다, 그러기 위해선 우리가 미워하는 일체를 철저하게 파괴해야 한다로 된 거지요. 일체의 기존

---

39 이병주, 앞의 책, 219~220쪽.
40 이병주, 앞의 책, 223쪽.

질서, 일체의 애증을 불살라 버린 복수전이 끝난 폐허 위에서만이 세계 정부는 수립될 수 있다. 이것이 우리들의 신념입니다. 이상은 마하트마 간디와 일치하는데 쓰는 수단은 정반대가 되는 거죠. (중략) 모두들 테러리스트라고 하면 예사로 나쁘게 말합니다. 누구 한 사람 테러리스트의 마음을 짐작해보려고는 안 합니다. 그러면서 안중근, 윤봉길 의사는 찬양한다고는 합니다. 인류의 양심은 테러리스트에게 있습니다."

나는 참을 수 없어 한마디 끼웠다.

"자넨 세계 정부 수립을 목적으로 한다면서 세계 정부의 불가능을 논증하고 있구나. 세계 정부는 선악, 애증의 피안에서 일체의 복수심을 타협과 화합으로 조절한 터전에서만 가능한 것이 아닌가. 자네 말대로 하면 세계는 무한한 복수전의 연속일 수밖에 없지 않는가? 세계 정부는커녕 인류의 종말이 있을 뿐이다. 테러리즘은 어떠한 명분으로써도 용납될 수가 없다. 무한한 투쟁의 연쇄가 될 뿐이니까."

"무한한 건 아니죠."

"어째서?"

"일체의 반인간적인 것은 절멸될 수밖에 없다는 인식이 골고루 보급되었을 때, 그때 끝이 날 테니까요."

"그것이 언제가 되겠어?"41

---

41 이병주, 앞의 책, 228~229쪽.

이병주는 복수의 문제에 대해 데뷔작인 「소설·알렉산드리아」에서부터 고민해왔다. 부조리한 역사의 흐름 속에서 억울한 일을 겪은 이들을 어떻게 위로해줄 것인가가 이병주 소설의 화두다. 억울하게 희생된 이들 속에는 자신도 속해 있다. 누구보다 이병주는 복수를 통한 위신의 회복을 욕망했을 것이다. 그래서 이병주는 역사의 흐름을 진실이 통하는 방향으로 잠시라도 제어했던 테러리스트들에 대해서는 경외감을 표현하기도 한다. 「테러리스트를 위한 만사」가 그 결과물이다. 이상을 구체적 실현에 옮겨 역사를 수정하겠다는 테러리스트와 소설을 통해 진실을 보여주겠다는 소설가의 의도는 닮아 있다. 하지만 이병주가 깨달은 것은 중요한 것은 휴머니즘이며 세계시민주의 역시 이를 통해서면 실현 가능하다는 '진실'이다.[42]

---

[42] 이병주의 테러에 대한 관심은 소설뿐만 아니라 「테러의 계절」이라는 수필에도 나타난다. 여기에서도 이병주는 테러의 원인이 복수에 있으며, 테러리스트들의 "철학은 종래의 가치체계에 대한 단호한 거부로부터 시작했다"고 논의한다.(이병주, 「테러의 계절」, 『백지의 유혹』, 남강출판사, 1973, 186쪽.) 이병주는 세계 각지에 테러가 일어나는 까닭은 그만큼 세계 곳곳에 모순이 남아있다는 증거라고 본다. 그리고 그 대안에 대해 인도주의의 정신을 강조한다.

4. 휴머니즘적 공동체 구상 – 『허드슨강이 말하는 강변 이야기』

이병주가 세계시민주의를 구상했던 뉴욕에서의 경험은 두 편의 소설을 낳는다. 「제4막」과 『허드슨 강이 말하는 강변 이야기』다. 그 중 『허드슨강이 말하는 강변 이야기』에는 이병주의 세계시민주의적 이상을 실현하는 소박한 공동체가 등장한다. 이 소설은 전형적인 통속 소설로 이병주의 다른 소설에 비해 서사의 완성도가 현저히 떨어지고 지나치게 선정적인 장면을 다수 포함하고 있다. 그럼에도 불구하고 이병주가 세계시민주의를 실현하는 데 가장 큰 걸림돌이 될 수 있는 인종 문제에 대한 대안을 보여주고 있다는 점에서 학술적 논의의 대상이 되는 데 일정한 의의를 가진다고 판단된다.

주인공 신상일은 아내와 딸을 죽음에 이르게 한 사기꾼을 찾기 위해 뉴욕에 온다. 신상일의 집념 역시 복수에 기반하고 있다. 거대한 역사의 흐름에서 희생된 이들에 대한 죽음만이 복수가 필요한 것은 아니다. 인과의 섭리가 어긋나는 것은 평범한 인생에서도 일어나는 일이며 이들의 억울함 역시 해결의 방법이 필요하다. 하지만 그것은 꼭 직접적인 복수를 통해 이루어지는 것은 아니어서, 신상일은 사기꾼을 잡기 위해 한국을 떠난 것이지만 결과적으로 뉴욕에 오는 것으로 아내와 딸의 죽음과 거리두기가 가능해지고 내적 갈등이 어느 정도는 진정될 수 있는 상황에 놓이게 된다. 게다가 신상일은 뉴욕에 온 지 얼마 지나지 않아 그 사기꾼이 죽었다는 정보를 얻게 된다. 복수는 불가능한 일이 된다.

신상일은 인간에 대한 사랑과 믿음을 가진 휴머니스트다. 만약 사기꾼을 찾았다고 하더라도 잔인한 복수를 했을 것으로 보이지는 않는다. 그는 첫 만남에서 잘 곳이 필요하다는 흑인 여성, 헬렌에게 잠자리를 제공해주고 이 때문에 이후 둘은 서로에게 도움을 주는 친밀한 관계가 된다. 그는 낸시 성도 만난다. 신상일이 한국에서 기자였을 때 낸시 성의 스캔들을 인도적 동기에서 기사화하지 않았던 적이 있다. 인터뷰 때문에 한 번 만났던 낸시 성이 "사물을 보는 견식이 예민할 뿐만 아니라 착실하다는 인상"[43]이었다는 이유 때문이었다. 신상일은 그 일로 회사를 그만두고 사업을 해보려다 사기를 당하고 불행한 일들을 겪었다. 그래도 그는 도움을 주었던 사람들을 잊지 않고 그들의 돈을 얼마라도 갚아야 한다고 인식하고 있는 양심적인 인물이다. 비자 연장 문제가 생겼을 때에도 신상일은 독거 노인인 메리를 유혹하기보다는 인간적으로 도왔고 그녀의 죽음을 가장 먼저 발견하고 장례를 돕기도 한다. 유산 상속에 유리한 거짓말을 해 주면 사례금을 주겠다는 메리 동생의 간청도 양심상 거절한다. 신상일은 인종에 대한 편견도 없다. 헬렌이 "냉혹하지 않은 백인 여자는 본 일이 없는 걸요"[44]라는 말하면 "그러

---

43 이병주, 『허드슨 강이 말하는 강변 이야기』, 도서출판 국문, 1982, 82쪽.
44 이병주, 앞의 책, 89쪽.

나 그건 편견이야. 사람은 편견을 가져선 안 돼!"[45] 하고 타이른다.

뉴욕에 만연해 있는 인종에 대한 편견은 작품 곳곳에서 등장하고 있다. 흑인과 황인은 차별을 받으며, 동족들끼리도 편견으로 인해 불화한다. "국민성"이라는 편견 역시 인종에 대한 편견과 동일하게 차별을 유발하는 요인이 된다. 신상일을 인종 차별뿐만 아니라 이러한 국민성 담론에 의한 편견에 대해서도 반발한다.

"내가 뭐 뉴욕주 상원의원이라도 되나? 그런 걸 연구하고 따지게. 뉴욕의 경찰은 오리엔탈이나 니그로나 푸에르토리코인의 시체는 어디서 나오든 관심 따윈 조금도 갖질 않아. 그런 점에 착안해서 맥킨터는 그의 졸개놈으로 오리엔탈을 쓰는 거야."[46]

"그러니까 내 충고를 똑똑히 들어둬요. 앞으로 백인 여자를 상대할 때가 있으면 철저하게 가면을 쓰는 거예요. 절대로 상대방은 본심을 나타내지 않는 것이니까요. 백인 여자들은 자기들만 제일인 줄 알아요. 흑인이나 오리엔탈은 원숭이만도 못하다고 생각하고 있는 거예요. 헌데 그들은 원숭이는 좋아하거든요. 그 까닭을 나는 알았어요. 원숭이는 말을 못하니까 그들이 어떻게 취급해도 항의할 줄 모르잖아요? 그러나 우리들은 항의를 하잖아요? 그런 까닭에 우리를 원숭

---

45 이병주, 앞의 책, 89쪽.
46 이병주, 앞의 책, 45쪽.

이보다 나쁘게 치는 거에요."

신상일은 뭐라고 할 말이 없었다. 백인의 천대를 받고 살아온 체험이 말하고 있는 것을 반박할 구체적인 근거란 없는 것이기 때문이다.[47]

"그러나 내가 사이에 들면 될 일도 안 될른지 몰라요. 어떻게 드러 그 스토어나 공원 같은 데서 말에요, 백인을 사귀세요. 그래 갖고 한 번 부탁을 해보세요. 미스터 신은 인상이 좋으니까, 혹시 청을 들어 줄지 몰라요."[48]

"되도록이면 교포사회에 접근하지 않는 게 좋을 겁니다. 불법체류자 들이 적발되는 것은 교포 가운데 밀고하는 사람이 있기 때문입니다. 동족끼리 그런 치사한 짓을 하는 것은 한심하죠. 아무래도 우리들의 국민성을 철저하게 고쳐야 하나 봐요."

국민성을 들먹일 때마다 신성일은 일종의 반발을 느낀다. 그래서 그 렇게 말했다.

"천의 하나, 만에 하나 있는 사람들을 두고 국민성 전체를 말할 필 요가 있겠습니까? 나처럼 미국의 국법을 어기고 불법체류하고 있는 사람도 있는데요 뭐. 그런데 내가 이꼴이 된 건 결코 국민성 때문이

---

47 이병주, 앞의 책, 90쪽.
48 이병주, 앞의 책, 99쪽.

아닙니다."**49**

　그런데 뉴욕에는 이러한 인종에 대한 편견이 존재함에도 다양한 인종이 어울려 살아간다. 그중 신상일이 좋아하는 그리니치 빌리지는 "유태인·폴랜드인·우크라이나인들의 이민지역이었는데, 지금은 푸에르토리코인·흑인 그리고 히피족들이 혼합상태를 이루고"**50** 있는 곳이다. 많은 예술가들이 자유롭게 예술 활동을 펼치면서 생계를 이어가는 곳이기도 하다. 이들은 가난하지만 서로를 보살피며 생존한다. 신상일은 친절한 백인 화가 덕분에 낸시 성을 만날 수 있었다. 낸시 성은 유고슬라비아인 화가와 결혼 생활을 하면서 심리적 안정을 얻었으며, 쿠바의 망명인들을 먹여 살리는 식당에서 일거리를 주어 생계를 유지한다. 이 쿠바인들은 낸시 성이 식당을 열어 돈을 벌 수 있도록 돕겠다는 제안을 하기도 한다. 거짓 소문으로 한국을 떠나야 했던 낸시에게는 배려와 도움의 손길이 많은 뉴욕이 서울보다 훨씬 인간적인 공간이다. 이 때문에 낸시는 늘 미국을 칭찬하고 "뉴욕엔 나쁜 사람도 많지만, 훌륭한 사람도 많아요"**51**라고 강조한다.

---

49 이병주, 앞의 책, 109쪽.
50 이병주, 앞의 책, 255~256쪽.
51 이병주, 앞의 책, 136쪽.

신상일은 살큼 감동했다. 천재라는 것이 달리 있는 것이 아니라 그런 감격성에 있는 것이 아닐까 하는 생각을 해보기에 이르렀다. 아름다운 것에 민감한 마음, 훌륭한 것에 감동하는 마음, 착한 일을 존경하는 마음, 그것이 정열이 되어 그 사람을 일으켜 세우고, 편달하며 끌고갈 때, 그때 천재가 출현하는 것이 아닐까.[52]

"우리가 오늘 비참하더라도 우리는 세상을 비참하게 만들진 않았어. 우리는 구별과 차별을 받아도 우리편에선 구별하지 않고 차별하지 않았다. 이 세상이 확실하게 아름다운 것은 이런 비참 속에서도 나는 이렇게 아름다운 마음을 가지고 있다는 것으로 알 수 있지 않느냐고 말할 수 있을 만큼, 우리는 축복하는 마음을 잊어선 안 되는 거야." – 낸시[53]

신상일은 이러한 낸시를 보면서 인간에 대한 사랑이 인종 문제를 극복할 수 있는 대안임을 깨닫는다.[54] 그는 낸시를 천재라고 칭한다. 이병주는 그의 작품 속에서 천재를 자주 등장시킨다. 부조리한 역사의 흐름을 바로잡을 수 있는 대안을 이 천재에게서 찾는데,

---

52 이병주, 앞의 책, 141쪽.
53 이병주, 앞의 책, 153쪽.
54 "인간이란 백번 좌절할망정 착한 것을 지향해야 하는 것이다. 백번 실패를 하더라도 보다 아름다운 것을 지향해야 하는 것이다. 어떤 곤란이 있어도 모두들 보다 화락하게 살도록 애써야 하는 것이다."(이병주, 앞의 책, 222쪽.)

「드골과 사르트르」에서는 드골이 한국에 있었다면 역사가 바뀌었을 것이라고 칭송한다.[55] 『미완의 극』에서는 "집념이 천재를 만든다"[56], "한국인의 최대 결점은 집념을 갖지 못하는 데 있다"[57]며 천재를 갖지 못해 불행해진 한국의 역사를 안타까워한다. 이러한 이병주는 이 소설에서 천재를 휴머니즘을 가진 인물로 정의 내린다. 신상일과 헬렌 그리고 낸시는 인종을 초월하여 인간애를 바탕으로 꾸려진 공동체를 구성하여 삶을 연장해간다. 어느덧 신상일은 그들의 공동체가 있는 그리니치 빌리지에서 고향을 느끼게 된다.

　이병주는 이러한 인간에 대한 무조건적인 사랑과 함께 인간을 자유를 가진 "개인"으로 보는 것이 인종 문제를 해결하고 세계시민주의를 실현시킬 수 있는 방법이라고 주장한다. 이것은 링컨에 대한 설명에서 드러난다.

　"그는 해방운동을 추진한 인물이기도 하며 동시에 합중국의 통일에 이바지한 인물이기도 하다. 그는 말했다. '노예에게 자유를 줌으로써만이 자유인에게 자유를 주게 되는 것이다'고. 톨스토이는 그를 위대한 개인주의자라고 했다. 그러나 이 말은 위대한 인물을 이데올로기의 신봉자로 격하시켰다고 말할 수밖에 없다. 에이브러햄 링컨은

---

55 이병주, 「드골과 사르트르」, 『잃어버린 시간을 위한 문학적 기행』, 앞의 책, 302쪽.
56 이병주, 『미완의 극』(上), 앞의 책, 17쪽.
57 이병주, 앞의 책, 18쪽.

결코 개인주의자가 아니며, 위대한 개인이다. 다시 말하면 그는 미국인의 상상력이 미치는 한에 있어서 가장 위대하고, 가장 고전적이며, 가장 원형적인 개인인 것이다."[58]

"이데올로기의 신봉자"가 아닌 개인이기에 링컨은 인종 차별을 철폐할 수 있는 역사를 썼다. 한 인간을 내셔널리티나 네이션, 인종에서 벗어나 한 개인으로 인식한다면 세계시민주의가 실현되고 세계 공동체가 가능해질 것이다. 작가는 뉴욕을 흐르는 허드슨강을 빌어 "서로를 사랑하라는 것이다. 사람이 원할 수 있는 건 오직 한 가지, 사랑이다…"[59]라는 메시지를 다시 한 번 강조한다.

5. 결론

이병주의 세계 기행문 『바람소리 발소리 목소리』, 『잃어버린 시간을 위한 문학적 기행』과 장편 소설 『미완의 극』, 『허드슨강이 말하는 강변 이야기』에는 세계를 지향했던 교양주의자 이병주의 시선이 형상화되어 있다. 그의 세계시민주의는 교양주의자로서 당연한 결과물이었으나 이데올로기 문제로 극심한 피로 상태에 놓여

---

58 이병주, 『허드슨 강이 말하는 강변 이야기』, 앞의 책, 177쪽.
59 이병주, 앞의 책, 264쪽.

있던 당시 한국 사회에서 그러한 주장을 내세운 작가는 별로 없었다. 그는 자신이 바라보았던 세계가 서구에 국한된 것이었다는 사실을 자각하고 반성한다. 또한 휴머니즘을 기반으로 세계가 더 이상 분쟁하지 않는 공동체가 되기를 바랐으며, 이에 제기될 수 있는 과거의 역사로 인해 발생한 복수의 문제와 인종주의 문제에 대해서도 끊임없이 대안을 마련하고자 하는 모습을 보인다. 그의 고민과 해결, 그에 따른 구체적 구상은 『바람소리 발소리 목소리』, 『잃어버린 시간을 위한 문학적 기행』, 『미완의 극』, 『허드슨강이 말하는 강변 이야기』로 표상된다.

다만, 이병주는 분열되지 않는 세계를 지향했지만, 시대 정황과 개인적 경험상 어쩔 수 없는 한계를 보이기도 한다. 그의 글 속에는 공산주의자에 대한 불안과 공포, 일본에 대한 반감이 드러나기도 하고 자유주의의 종주국인 미국에 대한 찬양에 가까운 긍정이 등장하기도 한다. 이병주가 "복수란 명분, 원수를 갚아야 한다는 감정 이상으로 강력한 주의 주장이 있을 수 있을까. 이데올로기가 있을 수 있을까"[60]라고 토로한 것은 이러한 자신의 한계를 인식하고 있기 때문이었을 것이다. 이병주는 복수와 휴머니즘 사이에서 휴머니즘을 택하기 위해 끊임없이 노력한다.

"어설픈 유럽인"이기에 유럽에 대해서도 무조건 긍정적이다. 여

---

60 이병주, 「세상에 그럴 수가」, 『잃어버린 시간을 위한 문학적 기행』, 서당, 1988, 158쪽.

성관도 지극히 남성중심주의적이다. 여성을 성적 대상으로만 바라보고 남성보다 열등한 존재로 인식한다. 인간을 교양을 가진 사람과 그렇지 않은 사람으로 이분해서 바라보는 시각도 보인다. 그의 대화는 지식에 대한 교환의 방식으로 나타나는데, 이를 통해 지식의 정도를 확인하고 상대방을 평가한다. 영웅에 대한 집착 역시 어쩔 수 없는 엘리트주의로 비칠 수 있다. 그의 글 속에서 확인할 수 있는 그의 한계는 이보다 많을 수도 있다. 그러나 그의 서사 속에는 논쟁과 대화가 빠지지 않는다. 객관화와 이를 통한 성찰의 태도는 이병주 서사의 장점이다. 그의 한계 역시 새로운 성찰의 문제를 제기할 수 있게 하는 중요한 계기가 될 수 있을 것이다.

참고 문헌

• 김윤식, 『일제말기 한국인 학병세대의 체험적 글쓰기론』, 서울대학교출판부, 2007.
• 김종회, 「이병주 문학의 역사의식 고찰」, 『한국문학논총』 제57집, 한국문학회, 2011.
• 안경환, 「이병주와 황용주-작가의 특권과 특정」, 김윤식·김종회, 『이병주 문학의 역사와 사회 인식』, 바이북스, 2017.
• 이병주, 「그 테러리스트를 위한 만사」, 『그 테러리스트를 위한 만사』, 한길사, 2006.

- 이병주, 「어쩌다 그렇게 된 걸까요」, 『잃어버린 시간을 위한 문학적 기행』, 서당, 1988.
- 이병주, 「인간(人間)에의 길」, 『생각을 가다듬고』, 정암, 1985.
- 이병주, 「제4막」, 『마술사』, 한길사, 2006.
- 이병주, 「쥘부채」, 『소설 · 알렉산드리아』, 한길사, 2006.
- 이병주, 『바람소리 발소리 목소리』, 한진출판사, 1979.
- 이병주, 『백지의 유혹』, 남강출판사, 1973.
- 이병주, 『미완의 극』(上/下), 소설문학사, 1982.
- 이병주, 『허드슨 강이 말하는 강변 이야기』, 도서출판 국문, 1982.
- 이정석, 「학병세대 작가 이병주를 통해 본 탈식민의 과제」, 『한중인문학연구』 33집, 한중인문학회, 2011.
- 임마누엘 칸트, 백종현 옮김, 『영원한 평화』, 아카넷, 2013.
- 추선진, 「이병주의 『별이 차가운 밤이면』에 나타난 전쟁 체험과 내셔널리티」, 『국제어문』 60집, 국제어문학회, 2014.
- 허병식, 「한국근대소설과 교양의 이념」, 동국대 박사학위논문, 2005.
- 콰메 앤터니 애피아, 실천철학연구회 역, 『세계시민주의』, 바이북스, 2008.

이병주 소설에 나타난 4·19의 문학적 전유 양상

– 『허상虛像과 장미薔薇』를 중심으로

손혜숙

1. 소설가, 이병주

이병주가 소설가로 살게 된 시작점에는 5·16 필화사건이 있다. 그리고 그 시작점을 추적하다 보면 4·19라는 역사적 사건에 다다르게 된다. 저널리스트였던 그가 소설로 글쓰기의 방향을 선회한 표면적인 계기는 5·16 필화사건이었지만, 그것은 다시 4·19에 맞닿아 있다. 4·19 이후 노동운동이 활성화되었는데, 그중에서도 가장 활발했던 노동운동은 전국적으로 전개된 교원노조운동이었다. 4·19 직후 '속죄와 책임의식'으로 촉발된 교원노조는 1960년 7월 '한국교원노동조합총연합회'를 결성하면서 전국적으로 통일된 체제를 갖추었다. 이때 노조에 참여한 교사는 1만 9천 883명가량[1]이었으며, 이 중에는 당시 이병주와 가깝게 지냈던 이

종석도 있었다. 당시 경남지역 교원노조 위원장으로 취임했던 이종석은 1961년 5·16 쿠데타가 발발하면서 교원노조를 좌익으로 치부했던 혁명검찰부에 의해 구속되었고, 그와 가깝게 지냈던 이병주 역시 교원노조의 고문이라는 이유로 구속되기에 이른다. 구속의 직접적인 사유는 교원노조의 고문이라는 점이었지만, 실제 이병주가 교원노조의 고문이라는 명확한 단서가 나오지 않자, 혁명검찰부는 당시 여러 사람들이 함께 집필하였지만 이병주 이름으로 발간된 책『중립의 이론』에 실려 있던 두 편의 논설에 주목한다. 그들은 당시 이병주가 "『중립의 이론』이라는 책자를 발행하여 '조국은 없다, 산하가 있을 뿐이다' 운운하며 조국인 대한민국을 부인하고, 1961년 4월 25일『중립의 이론』이란 책자 서문에 통일에 '민족 역량을 총집결하자'는 제호로써, 대한민국과 북괴를 동등시하며 평화통일 등을 주장하는 반국가행위"[2]를 하였다는 점을 이유로 들어 특수범죄처벌에 관한 특별법 제6조를 적용하여 이병주를 투옥한다. 시작은 교원노조의 고문이라는 이유였지만, 결국 그의 투옥은 4·19를 통해 활성화된 '중립 통일론'이라는 논설로 귀결된다.

　이 지점에서 주목해야 할 점은 두 편의 논설이 모두 4·19에서 촉

1 　강준만,『한국현대사 산책 1960년대 편 1권: 4.19혁명에서 3선 개헌까지』, 인물과 사상사, 2004, 164~166쪽 참조.
2 　《동아일보》, 1961. 12. 7.

발되고 있다는 점이다. 물론 현장에 직접 참여하지는 않았지만, 이병주 역시 대부분의 당대 지식인들처럼 4·19로 인해 민주주의 국가 건설에 대한 희망을 갖고, 변화와 발전을 기대하고 있었을 것이다. 문제가 된 『중립의 이론』이라는 책자도 이러한 상황과 맥락 속에서 배태된 집적물이라 할 수 있다. 4·19는 레드 콤플렉스로 인해 북진통일을 주장하는 것 외에 다른 통일의 방식을 거론할 수도 없었던 시대를 통일에 대한 자유로운 논의가 가능한 시대로 변화시켜주었다. 그리고 극우반공 체제의 양화와 자유의 확보로 통일에 대한 논의가 가능해지면서 중립화 통일론의 대표논자였던 김용중과 김삼규의 중립화 통일론이 《새벽》, 《세계》, 《사상》 등의 언론에 집중적으로 소개되었고, 이후 통일논쟁은 뜨겁게 확산되기 시작했다.[3] 당시 한국의 분단이 미소 냉전 구도의 가장 직접적인 결과물이라는 점에서 '중립화'라는 표상은 당대 한국 지식인들에게 매력적인 대상이었다.[4] 이러한 상황에서 이병주 역시 『중립의 이론』[5]이라는 책을 통해 김용중, 김삼규와 함께 중립 통일론을 주장

---

3 서중석, 『한국현대사』, 웅진 지식하우스, 2005, 271-272쪽.

4 홍석률, 「중립화통일 논의의 역사적 맥락」, 『역사문제연구』12, 역사문제연구소, 2004, 54쪽.

5 1961년에 발간된 『중립의 이론』에는 1960년 12월 《새벽》지의 '조국을 말한다'라는 특집호에 실린 이병주의 「조국의 부재」라는 논설과, 1961년 《국제신보》 발간사에 발표했던 「민족 역량을 총집결하자」는 권두사가 실려 있다. 이와 같은 이병주의 두 편의 논설을 포함해 여기에는 중립의 형식, 내용, 역사, 중립을 이룬 여러 나라와 해방 이후부터 1961년 당대까지의 통일 방안에 관한 자료 및 각계 인사들의 통일 방안에

하고 나섰다.

(가) 허다한 우열愚劣을 되풀이하면서도 역사는 서서히 진보해서 오늘에 이르렀다. 의식, 무의식적으로 범죄犯罪와 불행不幸을 조성하면서도 줄기찬 행복에의 의욕만은 이날에 이르기까지 꺾이질 않았다. 다시금 희망을 가다듬어야 할 아침은 왔다. 백절百折할지언정 굽힐 수 없는 포부를 다져야 할 시간이 왔다. 8·15의 해방에서부터 고스란히 15년의 세월이 흐르고 6·25의 처참한 기억은 십 년의 성상星霜을 두고도 선명하다. 그리고 아직 양단兩斷된 국토國土의 상처는 아물지 않고 있다.

국토의 양단을 이대로 두고 우리는 희망을 설계하지 못한다. 민족의 분열分裂을 이대로 두고 어떠한 포부抱負도 꽃필 수 없다. (중략) 혜산진惠山鎭에서 제주도濟州島에 이르기까지 이 아담한 강토가 판도版圖로서 "스칸디나비아" 반도의 나라들처럼 복된 민주주의를 키워 그 속에서 행복하게 살고 싶다. 이렇게 되기 위한 준비의 시간으로서 1961년의 해를 활용해야만 한다. 통일을 위해서 민족의 전 역량을 집결하자! 이 비원성취悲願成就를 위해서 민족의 정열을 집결하자![6]

관한 글들이 실려 있다. 특이한 점은 책 표지에는 "국제신문사 논설위원 일동 함께 지음"이라고 되어 있는데, 뒤편에는 지은이가 이병주로 되어 있다는 점이다.

6 이병주, 「통일에 민족역량(民族力量)을 총집결(總集結)하자」, 『중립의 이론』, 샛별출판사, 1961, 1~3쪽.

(나) 진정眞正 조국의 이름을 부르고 싶을 때가 있었다. 8·15의 해방解放, 지난 4·19의 그날, 이를 기점起點으로 우리는 조국祖國을 건설할 수가 있었다. 그 이름 밑에서 자랑스럽고 그 이름으로 인해서 흔연欣然 죽을 수 있는 그러한 조국祖國을 만들어 나갈 수가 있었다. (중략) 우리들은 기왕旣往의 4·19때 국민의 민주적 의욕이 그만큼한 혁명革命의 단서端緒를 잡고서도 우리는 공산주의자共産主義者와 사상적思想的으로 대결할 수가 있었다. "너희들은 이렇게 할 수 있는 기회機會만이라도 가졌냐"고.

그러니 우리는 먼저 우리 내부內部의 38선부터 철거撤去해버려야 하는 것이다. 38선을 미끼로 한 일부一部의 조작을 봉쇄해야 하는 것이다. (중략)

그러기에 어떠한 수단을 써서라도 국토國土는 통일統一되어야 한다. 국민의 한 사람의 희생犧牲도 이 이상 더 내서는 안 된다. 이건 분명히 "딜레마"다. 그러나 이 "딜레마"를 성실하게 견디지 못하는 정신을 우리는 기피한다. 그리고 이 "딜레마"를 풀기 위한 이념理念의 일단으로서 한국 중립화론韓國中立化論이 대두되기도 했다.

중립 통일中立統一이란 이 심각深刻한 "한국적韓國的" 현황 속에서 고민에 빠진 젊은 지성인知性人들의 몸부림이다. 중립 통일론中立統一論은 고민 끝의 하나의 결론이다. (중략)

이북을 이남화以南化함으로써 통일을 최선最善이라고, 하고 이남이 이북화以北化됨으로써 통일統一을 최악最惡이라고 할 때, 중립화 통일

론中立化統一論은 차선次善의 방법方法은 되는 것이다.[7]

  위 인용은 문제가 된 두 편의 논설의 일부로, 4·19로 인해 촉발된 이병주의 '민주적 의욕'과 새로운 조국 건설에의 희망을 잘 드러내고 있다. 아울러 이러한 이병주의 희망이 '중립 통일론'으로 구체화되고 있음을 보여준다. 주지하다시피 4·19 이후 이승만 정권이 퇴진하면서 민족통일의 과제가 전면화되었고, 이러한 과정에서 수면 위로 올라온 중립 통일론은 당시 여론 조사에서 32.1%[8]의 지지를 받을 만큼 대중들에게 상당한 호응을 얻고 있었다. 이병주 역시 당대적 상황에서 중립 통일이 최선이라 생각했던 것이고, 저널리스트로, 한 신문사의 주필로서 시대적 문제에 관심을 갖고 그에 대한 자신의 생각을 펼치는 것은 어쩌면 당연한 일이었다고 할 수 있다. 더욱이 대중들에게 다양한 시각과 옳은 정보를 제공하는 것이 언론인으로서의 사명이라고 할 때, 그는 응당 자신의 의무를 다한 것이다. 하지만 이병주를 포함한 당대 대중들의 새로운 조국 건설과 통일에의 희망은 4·19의 '민주적 의욕'과 기대감을 교묘히 이용한 5·16 군사 쿠데타 세력에 의해 좌절로 변했다. 더하여 공식적인 지면을 통해 중립 통일론을 주장하고 나섰던 이병주는 통일담

---

7 이병주, 「조국의 부재- 국토와 세월은 있는데 왜 우리에겐 조국(祖國)이 없는가?」,
   위의 책, 136~142쪽.
8 《한국일보》, 1961. 1. 15.

론, 탈냉전 이데올로기를 가장 불온시했던 5·16 쿠데타 주도 세력에게 직접적인 탄압의 대상이 되었다.

이로 인해 억울하게 지속된 2년 7개월의 투옥생활은 이병주의 삶을 바꾸어 놓는다. 저널리스트로서의 삶에서 소설가로서의 삶으로의 전향이 그것인데, 그는 출소하면서 옥중에서 잃은 것보다 얻은 것이 더 많으며 "소설을 통하여 우리 현대사의 전통과 역사가 기록하지 않은, 또는 할 수 없는 그 함정들을 메우는 작업을 해야겠다는 일념을 가졌다"[9]는 뜻을 밝힌다. 이후 감옥에 들어가지 않았더라면 영원히 소설을 쓰지 않았을지도 모르며 감옥은 자신에게 "결정적인 인생의 전기일 뿐 아니라, 문학의 모티브"[10]가 되었다고 밝힌 바처럼 그는 소설 쓰기를 본격화한다.

살펴본 바와 같이 이병주의 소설 창작의 시작점에는 분명 4·19가 위치하고 있다. 그럼에도 불구하고 아이러니하게 그의 방대한 소설 중에 4·19를 전면화하여 다룬 소설은 찾아보기 힘들다. 그 원인을 찾기 위해서는 4·19와 직간접적으로 연루된 당대의 역사적 사건들과 그것을 전유하는 문단 양상을 살펴볼 필요가 있다. 소설의 경우, 비단 이병주의 작품세계에만 국한된 것이 아니라 4·19 체험에 대한 전면적인 서사적 형상화가 시나 비평에 비해 드문 게 사실이다. 소설은 시나 비평에 비해 내러티브를 구성하고 구체화하

---

9 《국제신문》, 2006. 4. 23.
10 金柱演, 「政治的 敗北와 人間補償」, 『서울평론』 73호, 4. 10, 28쪽.

는데 적지 않은 시간이 소요되는데, 4·19 이후 1년 만에 발발한 5·16 군사 쿠데타로 인해 4·19 체험을 소설적으로 형상화할 수 있는 시간적 여유를 확보하지 못했다. 즉 5·16 군사 쿠데타 주도 세력이 4·19에 관한 서사를 구축할 틈도 없이 시대와 역사 문제를 전면화하는 것을 봉쇄했기 때문에 당시 소설가들이 4·19를 문학적으로 형상화하기엔 한계가 있을 수밖에 없었다. 이러한 상황에서 그들이 선택할 수 있는 방법은 다양한 형식을 도입하거나 일정한 장치를 매개로 먼 거리에서 시대 및 역사와 대면하는 것뿐이었다. 즉 4·19를 딛고 발발한 5·16으로 인해 소설적 재현이 쉽지 않았던 4·19라는 역사적 사건은 전체 서사의 일부 테마로 활용되거나, 알레고리 형식으로 간접화되어 온 것이다.

본고는 이러한 상황과 맥락을 같이 하는 이병주의 「허상과 장미」에 주목해보고자 한다. 이 작품 역시 4·19라는 역사적 사건을 작품의 구심점으로 삼아 서사를 형성하고 있는 작품이지만, 4·19를 형상화하는 대표 소설로도, 이병주 작품 세계를 대표하는 소설로도 주목받지는 못했다. 물론 미학적 측면에서 소설로서의 결함이 있는 것이 사실이지만, 그럼에도 불구하고 이 작품은 4·19라는 매개성을 인식 차원으로 확장하여 1970년대 시대의 문제까지도 환기시키고 있다는 점에서 주목할 만하다. 이것은 단절이 아닌, 연속의 역사와 시대를 그려내고 있는 이병주의 시대인식을 파악할 수 있는 단서가 될 수 있으며, 나아가 시대나 역사 문제에 대한 혜안을 제공해 주기도 한다는 점에서 의미가 있다. 따라서 본 연구자는 「허상과 장미」를 중심으로 이 작품에서 4·19라는 역사가 어떤 방식으로 소환되는지, 그를 통해 무엇이 환기되고, 무엇을 문제 삼고 있는지를 추적해보고자 한다.

2. 몸의 기억: 통증으로 소환되는 4·19와 의미 찾기

「허상과 장미」[11]는 4·19라는 과거 역사를 안고 1970년대를 살아가는 인물들의 이야기를 담고 있다. 이 작품은 1970년대 초를 살아가는 인간의 다양한 군상과 사랑을 표면적인 서사로 삼고 있지만, 그들의 삶과 사랑에는 4·19의 파편들이 관여하고 있으며 분산적으로 재현되고 있다. 먼저, 주목해볼 부분은 전호와 성애의 만남에서부터 사랑의 결실을 맺기까지의 과정이다. 신문연재소설이라는 특징과 1970년대라는 특수적 상황으로 이 작품에는 로맨스와 통속성이 전면화되어 있지만 그것은 표면적인 장치일 뿐 정작 중요한 것은 로맨스를 이루는 전호와 성애가 4·19에 대한 기억을 소환하여 그 공통항의 슬픔을 나눠 갖고 살아가는 인물들이라는 데

---

11 이 작품은 1970년 5월 1일부터 1971년 2월 27일까지 《경향신문》에 연재된 후, 1978년 범우사에서 단행본으로 발간되었고, 1990년 『그대를 위한 종소리』라는 제목으로 바뀌어 서당에서 상, 하로 재출간된 작품이다.

에 있다. 즉 4·19라는 공통항이 없이는 이들의 로맨스도 불가능했다는 점이다.

4·19는 당대인들에게 새로운 가능성에 대한 희망과 동시에 아물 수 없는 상처와 좌절을 가져다주었다. 특히 4·19가 가져다준 희망은 지극히 짧았다. 그에 비해 상처와 좌절은 형언할 수 없을 만큼 컸고, 오랜 시간 당대인들의 삶에 깊게 관여했다. 이 작품에서는 전호와 성애가 그들을 대변하고 있다. 전호는 십 년 전 4월 19일 경무대 앞에서 왼쪽 허벅다리에 총탄을 맞고 위험에 처했었으나 윤숙의 오빠 덕기가 병원 순서를 양보해준 덕택에 살아남았다. 그러나 전호에게 순서를 양보해준 덕기는 죽었고, 전호는 이후 자신의 삶이 아닌 덕기의 삶을 살기로 한다. 사범대생이었던 덕기의 뜻을 이어 사범대에 가서 교사가 되었고, 자신 때문에 손주를 잃은 형산을 부모처럼 모시며, 덕기의 동생 윤숙의 신랑이 되어 그녀를 책임지겠다고 다짐한다. 그러나 이러한 부채의식에서 비롯된 그의 삶은 그리 행복해 보이지 않는다. 여기에 더해 4·19가 가져다준 희망만큼이나 더한 좌절감과 절망감은 허벅다리의 통증으로 불쑥불쑥 나타나 그날을 상기시킨다.

"또 4·19를 들먹이는 것 같아 미안하지만 나는 4·19를 잊고는 살수가 없어. 4·19의 의미가 어떤 것인진 아직 아무도 몰라. 알 까닭이 없지. 일정량의 의미라는 것이 주어져 있는 것이 아니니까. 그러니 4·19의 의미는 4·19에 참여한 우리들이 앞으로 만들어내야 하는 거다. 우리 하나하나가 훌륭하게 깨끗하게 삶으로써 4·19의 의미를 훌륭하게 만들 수 있는 거야. 우리가 타락하면 4·19도 타락해. 그렇게 되면 살아 있는 우리들은 우리가 저지른 일이니까 어떠한 책망도 감당할 수 있지만 이미 죽어 없어진 사람은 어떡허지? 더욱이 내 경우는 윤숙이 잘 알고 있지 않아? 윤숙의 오빠는 나 때문에 죽었어. 그러니까 나는 윤숙의 오빠 몫까지 훌륭하게 깨끗하게 살아야 한단 말이다."[12]

'이승만 정권이 물러섰을 때 그는 그것이 승리라는 것을 확신하는 동시에 그 승리를 마련하기 위해 엄청난 대가를 치렀다는 슬픔을 느꼈다. 그런데 지금, 그 승리의 뜻은 간 곳 없고 잃은 생명에 대한 슬픔만 남았기 때문에 그에게 그날의 역사에 대한 망각이란 있을 수 없게 되었다.'(1970. 5. 1) 그래서 그것은 허벅다리의 통증으로 각인되어 있는지 모른다. 십 년이 지났음에도 불구하고 심경의 변화가 있을 때마다 불쑥불쑥 찾아오는 허벅다리의 통증은 늘 그의 기억을 부추긴다. "고통이 기억술의 가장 강력한 보조수단"이라는 니체의 말대로 전호의 허벅다리 통증은 4·19라는 사건이 그의 몸에 기록되어 있다는 것을 의미한다. 즉 이것은 정신의 기억보다

---

12 이병주, 「허상과 장미」, 《경향신문》, 1970. 6월 27일.(이후 날짜만 표기함)

더 신빙성을 갖는 몸의 기억이 된다.[13] 전호는 허벅다리의 통증이 일 때면 당시의 '폭력을 상기해 결코 망각하지 않고 그것을 타자에게 말하는 행위를 반복한다.' 작가가 소설쓰기를 통해 역사체험에 관한 기억을 분유하고자 하는 것과 같이 전호도 4·19라는 '역사적 사건의 기억을 나누어 갖고자 하는 것이다.'[14]

"4·19가 없으면 나라는 오늘의 존재가 없어지는걸"이라고 말할 정도로 4·19는 전호의 삶에 깊이 관여하고 있다. 그에게 4·19라는 과거는 봉합되지 않은 상흔이면서 현재의 삶을 지탱해주는 원동력이다. 과거를 망각하지 않고, 역사로서 4·19의 의미를 만들어가야 하는 의무를 이행하는 것이 전호의 삶의 이유이다.[15] 위인용처럼 전호가 10년이 지난 시점에서도 4·19의 의미 찾기에 몰두하고, 그들을 기억하며, 그들 대신 청렴하게 살아내야 한다는 의지를 다지는 것 모두 4·19를 이끌었던 수많은 사람들의 희생과 헌신에 대한 추모의 한 형태라 할 수 있다.

'4·19란 뭣일까.'

---

13 Aleida Assmann, 『기억의 공간』, 변학수 외 역, 경북대학교출판부, 2003, 318~320쪽.

14 Oka Mari, 『기억·서사』, 김병구 역, 소명출판, 2004, 109~110쪽.

15 '민주적 기억을 활성화함으로써 타성적 사고방식을 깨뜨릴 수 있는 비판은 현재에 대한 신선하고 고무적인 시각을 개발할 수 있다. 그리고 때때로 그 비판은 망각될 위험에 처해 있는 그 무엇인가를 기억해내는 방식을 통해서 이루어진다.'(Harvey J. Kaye, 『과거의 힘』, 오인영 역, 삼인, 2004, 226쪽)

새삼스럽게 이런 물음이 전호의 가슴속에 솟았다.

'4·19 희생자의 묘소가 아니라 바로 4·19의 묘소 같다'는 형산 선생의 말이 어떤 박력을 지니고 전호의 마음속에 작용하기 시작했다. 실상 4·19가 남아 있는 것은 이 무덤의 형태로 남아 있는 것이다. 무덤 앞에 새겨진 주인을 잃은 이름만으로 남아 있는 것이다.

'4·19는 간 데 온 데가 없다. 그날의 그 함성이 허공에 사라졌듯 4·19는 역사의 대해 속에 거품처럼 사라져갔다.'

그렇다면 4·19는 그 무수한 역사의 트릭에 불과했단 말인가. (중략)

'그렇지 않다면 4·19에 진정한 뜻이 있다면 뭔가 살아남아 있는 흔적이라도 있어야 할 것이다.'

그런데 살아남은 흔적은 없고 눈앞에 백팔십오 개의 무덤이 있을 뿐이다.

"이대로 가면 4·19란 영원히 꺼져 없어지지 않겠습니까?"

생각에 겨워 전호가 이렇게 물었다.

"그래서 아까 내가 말하지 않았나. 4·19 희생자의 묘소가 아니라 4·19 자체의 묘소 같다고."

"그럼 어떡하면 될까요?"

"4·19의 의미를 만들어야지."

"어떻게 만드는 겁니까?"

"그건 내가 묻고 싶은 말이네."

전호는 할 말을 잃었다.

"그러나…" 하고 형산이 입을 열었다.

"4·19의 의미는 그대로라도 없어지지 않을 것이다. 역사의 어떤 기동력, 전환력은 됐거든. 일단 있었던 일은 반드시 그 의미를 다하고야 마는 것이 역사더구먼. 가령 1936년에 서안 사건西安事件이 있었다. 한때 떠들썩하더니 그 뒤에 모두들 잊어버렸지. 그랬는데 그 후 십 년쯤 지나서 중국 역사의 동향 속에 서안 사건의 영향이 뚜렷이 나타나더란 말야. 4·19도 꼭 그와 같을 줄 믿어."

"그러니까 내버려둬도 역사로서의 구실은 한단 말 아닙니까?"

"그렇지."

"그럼 우리가 할 일은 없다는 말이 되겠습니다."

전호는 우울하게 말했다.

"왜 없어. 개인의 건설이란 것이 있잖나. 내 개인의 건설이 국가의 건설이다, 민족의 건설이다, 그쯤 프라이드는 있어야지."(1970. 7. 31)

형산은 전호에게 '4·19 희생자의 묘소가 아니라 4·19의 묘소 같다'며 4·19의 의미 찾기를 추동한다. 4·19에 대한 전호의 생각과 형산과의 대화는 4·19의 정신과 의미는 온 데 간 데 없고, 희생자들의 이름만이 덩그러니 남아 있는 당대의 현실에 대한 이의제기에 다름 아니다. 전호는 4·19 희생자들의 죽음이 무색할 만큼 그들의 헌신이 무섭게 잊혀가고 목숨을 담보로 그들이 쟁취하고자 했던 것을 당대 어디에서도 찾아볼 수 없다는 인식에서 4·19의 의미 찾기에 천착한다. 이 과정에서 전호는 사물로서의 기념비가 아닌, 그날의 뜻을 기억할 수 있는 흔적의 필요성을 상기한다. 흔적은 한 시대의 양식화되지 않은 기억을 증거해주며, 어떤 검열이나 왜곡의 지배도 받지 않는 간접적 정보이다.[16] 또한 그것은 기억과 망각을 서로 불가분하게 연결해 주는 이중기호로 작용하며 말 없는 간접적 증인들에게 더 높은 진실성과 신빙성을 부여한다. 때문에 4·19의 흔적이 필요한 것이다. 전호가 말하는 4·19의 '살아남아 있는 흔적'이란 4·19의 의미를 끊임없이 호출해내는 전호나 최성애 같은 인물이 아닐까? 4·19의 의미를 만들기 위해 우리가 할 수 있는 일이란 없냐는 전호의 물음에 '개인의 건설'이라고 답하는 형산의 언술은 이를 증빙해준다.

한편, 이 지점에서 전호의 삶에 끼어든 성애라는 인물에 주목해 볼 필요가 있다. 최성애 역시 전호처럼 4·19라는 역사적 사건으로 삶의 변화를 겪은 인물이다. 전호가 바뀐 삶에 순응하며 나름대로의 삶의 목표와 의미를 두고 살아가는 인물이라면 최성애는 4·19 이후 바뀐 삶을 포기한 채 무기력하게 살아가는 인물이다. 즉 형산이 말하는 '개인의 건설'을 포기한 채 살아가는 인물이다. 최성애의 삶을 따라가다 보면 만약 4·19가 미완의 혁명이 아니었더라면 그녀의 삶은 달라졌을 것이라는 생각에 봉착하게 되는데, 여기에 4·19

---

16 Aleida Assmann, 앞의 책, 267-268쪽.

의 또 다른 측면인 비극성이 있다. 즉 최성애를 통해 4.19 희생자들 중에는 당시 현장에서 직접 맞서다가 희생된 자들도 있지만, 4·19로 가족이나 지인을 잃은 슬픔에 삶이 몰락한 자들도 있다는 점을 환기시킨다. 결국 최성애와 전호는 공통적으로는 4·19 희생자들에 대한 기억을 추동하는 인물이면서 전호가 4·19의 의미를 잊지 않게 지속적으로 상기시키고 있다면, 최성애는 4·19 희생자들의 가족과 주변 인물, 즉 살아남은 자들의 애환과 비극을 담지하고 있다.

"보다도 저는 4·19때 희생된 전체를 생각하는 겁니다. 그들의 죽음의 의미가 뭘까 하구요. 왜 죽어야 했나, 그들을 죽인 총탄의 의미는 뭔가, 무엇을 지키기 위한 어떻게 하자는 총탄인가. 차라리 적의 총탄에 맞아 죽었으면 명분이라도 있죠. 그러나 이건 아무리 생각해도 까닭을 알 수가 없단 말입니다. 그때 총을 쏜 자, 총을 쏘게 한 자를 적으로 보아야 하나, 적으로 보지 않으면 뭣으로 보아야 하나. 이와 같은 딜레마가 항상 저를 괴롭히는 겁니다."(1970. 8. 8.)

민덕기의 죽음에 강박관념 즉 부채의식을 가지고 있는 것이 아니냐는 최성애의 질문에 전호는 위 인용과 같이 대답한다. 촉발은 자신을 대신해 죽은 민덕기 개인에서 비롯되었지만 그의 의문은 4·19 희생자들 전체의 죽음에 닿아있다. 이는 민덕기에 대한 추모와 기억이 민덕기 개인에게만 국한되어 있는 것이 아닌 4·19 전체를 포함하고 있다는 것을 의미한다. 또한 전호는 같은 민족끼리 총구를 겨눴다는 점에 착목하는데, 이는 식민지 시기의 친일, 한국전쟁, 5·16 군사 쿠데타에 이르기까지 같은 현상이 반복해서 일어났다는 점을 상기해 볼 때, 동일한 과오를 반복하고 있는 세대들의 우매함과 우리 역사에 대한 안타까움의 발로라 볼 수 있다. 뿐만 아니라 1970년대란 시대 위로 4·19의 그날을 다시 불러와 4·19의 의미가 또 다시 절실히 필요하게 된 당대의 현실에 문제를 제기하고, 4·19의 의미가 퇴색되거나 망각되는 것을 방지하기 위한 자문인 것이다.

3. 4·19의 낙착점: 경제 동물로서의 세속적 성공

전호나 최성애가 4·19의 기억을 소환하여 그 의미 구축을 추동하는 매개적 인물이라면, 민윤숙은 4·19의 의미가 허상이 되어가고 있는 병리적인 70년대를 표상하는 은유적 인물이라 할 수 있다. 민윤숙은 독립투사였던 형산의 손녀이며, 4·19때 희생된 민덕기의 동생이다. 전호나 형산이 과거와 연루된 삶을 살고 있는 것에 반해 민윤숙은 철저히 현재를 사는 인물이다. 민윤숙은 청빈하게 사는 할아버지와는 정반대로 '할아버지가 중요하게 생각하는 마음의 진실은 시궁창에 버리듯 하고 오로지 세속에의 성공만을 위해 어떤 수단도 가리지 않는 삶'을 살 것이라 다짐한다. 그녀는 대학 때

가난하다는 이유로 소외된 적이 있었고, 가난한 독립 운동자의 손녀라는 이유로 사랑하는 남자에게 실연당한 적도 있었으며, 권문의 딸에게 꼭 필요했던 미국으로 가는 장학금을 빼앗겨 꿈이 좌절된 적도 있었다. 그녀는 이러한 일련의 과정을 거치면서 할아버지의 청빈한 삶에 모든 일의 원인이 있다는 것이라 판단하여 할아버지처럼은 살지 않겠노라고 다짐했던 것이다.

그녀는 "수월한 길을 택해 속된 사회의 승리자"가 되기 위해 고군분투한다. 여기서 수월한 길이란 성공한 남성들을 통하는 것이며, 그녀가 말하는 승리는 부의 획득이다. 속된 사회의 승리자가 되기 위해 그녀가 만난 남성들은 대부분 자본주의 사회에서 나름대로 성공한 사람들이며 그들을 통해 민윤숙이 접하는 문명의 상징들-벤츠, 스카이웨이, 골프, 호텔 빌라-은 당대의 시대적 특수성을 보여주면서, 이는 다시 4·19와 5·16이라는 역사적 사건의 의미를 반추하게 한다. 민윤숙이 그의 남자들과 만날 때 사용하는 자동차, 그리고 그들과 만나는 장소인 스카이웨이나, 호텔, 빌라, 민윤숙이 살고 있는 아파트 등은 사회적 상황과 함께 그 기호를 나타내며 많은 사람들이 추구하는 구체적인 목표일 뿐만 아니라 온갖 희망과 원망을 압축하고 있는 신화적 상징이자 제의적 상징을 대변한다.[17] 나아가 사용가치의 소비를 포함한 행복, 안락함, 풍부함,

---

17 Umberto Eco, 『대중문화연구2: 대중의 영웅』, 조형준 역, 새물결, 2005, 58-59쪽.

성공, 위세, 권위, 현대성 등의 소비는 그들을 스스로 돋보이게 함과 동시에 사회적 지위와 위세를 나타내며, 그 배면에는 다른 사람들과의 차이화를 내재하고 있다.[18]

이러한 세속적 성공은 민윤숙에게 행복이 아닌 죄의식과 자괴감을 가져다준다는 점에서 문제적이다. 작품 속에서 민윤숙은 정조를 지키며 남성들과 동등한, 때론 남성들을 좌지우지할 수 있는 위치에서 나름대로 현명하고 세련되게 그들과 관계를 이어간다고 생각을 한다. 하지만 결과적으로 보면 남성들과 동등한 능력에 의해서가 아닌, '예쁜 여성'이라는 점이 부를 축적하는 수단이 되었으며, 그녀가 생각했던 것들은 허상에 불과했다. 그리고 오히려 상처받는 쪽은 그녀를 좋아했던 남성들이 아닌, 민윤숙 자신이었다. 자신을 좋아하던 안달호에게 정조를 빼앗긴 사건은 민윤숙에게 끊임없는 혼란과 급기야는 그녀의 삶의 방향을 바꾸어놓을 정도의 파장을 가져왔지만, 정작 가해한 안달호는 아무렇지도 않게 새로운 여자를 만나 가정을 꾸린다. 또한 그녀를 좋아했던 사업가 길종호와도 미국 W회사 사장인 윌슨과의 관계에서도 그녀는 동등한 위치에서의 진실한 사랑을 키워가지 못한 채 "성공의 첩경인 성공자의 아내가되는 것은 싫고, 그렇다고 재력도 없고, 특출한 기술도 없"다는 생각에 요정을 하면서 그녀가 말한 부를 축적해간다.

---

18 Jean Baudrillard, 『소비의 사회』, 이상율 역, 문예출판사, 1991, 314-315쪽.

그녀가 입버릇처럼 이야기했던 성공은 결국 요정 마담으로서의 성공으로 귀착되고 있다. 이는 "요정 정치와 성 문란이 극에 이르렀던" 당대의 상황을 반영한 설정으로 볼 수 있다. "1970년대 서울의 요정은 비밀요정까지 포함, 1백 개에 가까웠다. 그 시절 요정 업계 사장들은 재벌그룹 회장 부럽지 않은 돈을 벌었다. 또 이른바 일류 기생들은 정치인 재벌총수와 동거 또는 '첩살이'를 하며 호화 저택을 마련하는가 하면 평생 살아가는 데 지장 없을 정도의 큰돈을 모으기도 했다."[19] 뿐만 아니라 1970년대 초반 한국에서는 이른바 기생 관광이 붐이었다. 1970년 6월 7일 한국의 부산과 일본의 시모노세키下關를 연결시키는 부관釜關 페리호의 취항이 있은 지 딱 한 달 후 경부고속도로가 개통된 것도 한국 관광의 매력에 기여했다.[20] 이것을 필두로 외국 관광객 수가 증가함에 따라 1973년 외화벌이를 위해 매매춘의 국책 사업화가 본격적으로 시행된다. 즉 박정권은 1973년부터 관광 기생들에게 허가증을 주어 호텔 출입을 자유롭게 했고, 통행금지에 관계없이 영업을 할 수 있도록 했다. 또한 여행사들을 통해 '기생관광'을 해외 선전했을 뿐 아니라 문교부 장관은 1973년 6월 매매춘을 여성들의 애국적 행위로 장려하는

19 조성식, 「김택수의 여인 김성순 고백 · 내가 겪은 '요정의 세계': '한윤희' 놓고 이후락 김진만 김택수 3각 게임」, 《일요신문》, 1996. 1. 28, 52쪽.
20 강준만, 『한국현대사 산책 1970년대 편 1권 – 평화시장에서 궁정동까지』, 인물과사상사, 2002, 57쪽.

발언을 하기도 했다.[21] 이러한 노골적인 매매춘 장려 정책은 일제의 식민화 정책과 유사한 구조로서[22] 1970년대를 살아가는 국민을 '경제동물화'[23]하기에 이른다.

민윤숙이 바로 이러한 1970년대 경제 동물의 표상이라 할 수 있다. 경제개발을 빌미로 '자본' 중심의 사회로 탈바꿈하던 당대 현실에서 성공의 척도는 '물질'이었고, 아무것도 없는 여성이 그것을 쉽게 획득할 수 있는 길은 요정마담이 되는 것이었다.[24] "10년을 지켜내려 오던 '4·19의 4월'이었던 달이 금년에는 갑자기 '관광의 4월'로 탈바꿈했다"[25]라는 리영희의 개탄처럼 이병주는 요정 마담

---

21 이효재, 『한국의 여성운동: 어제와 오늘』, 정우사, 1989, 182, 251쪽.

22 "중요한 사실은 그들이 매매춘을 조선 식민지정책의 일환으로 인식했으며 시장 구조를 전국 규모로 체계화하여 정치적 반항이나 반일 감정의 무마·전환 수단으로 악용하려 했다는 것이다. 특히 지식인들 보편의 비판주의를 더욱 증폭시키고 정치적 강압에 대한 현실 도피의 발판으로 매매춘 문화를 선별·심화하려 했던 식민당국에게 매매춘을 권하는 사회적 무드의 조성은 무엇보다 긴요한 전제가 된다."(박종성, 『권력과 매춘』, 인간사랑, 1996, 61-62쪽.)

23 강준만, 『한국현대사 산책 1970년대 편 1권 - 평화시장에서 궁정동까지』, 앞의 책, 63쪽.

24 이러한 설정은 물론 실제로 민윤숙 같은 당대 여성들이 선택할 수 있는 전형적인 길이었지 모른다. 그러나 한편으론 이병주의 여성관에서 형성된 것이었을 수도 있다. 그의 소설 속에서 여성의 성공은 어떤 분야에 대한 전문적인 능력에 의해서가 아닌 대부분 "여성"을 간판으로 내세우는 일을 통해서 이루어진다. 그리고 여기에는 항상 남성 조력자가 등장한다. 이는 이병주의 여성관과도 맥락이 닿아 있는데, 이는 이 연구의 주제와는 조금 동떨어져 있는 문제이기에 이후 별도의 논의를 기약하기로 한다.

25 리영희, 「외화와 일본인」, 『전환시대의 논리』, 창작과 비평사, 1974, 182쪽.

으로서의 민윤숙의 성공을 '4·19의 낙착점'으로 상정하고 있다. 이것은 다음의 작가의 말에 나타난 바와 같이 4·19의 순수한 정신은 온 데 간 데 없이 사라지고, 독재 권력에 의해 자본주의로 변모해가는 당대에 대한 은유가 된다.

> 애국지사인 형산 선생, 그의 손주딸 민윤숙, 그리고 최성애, 전호 등의 인간관계는 4·19라고 하는 인연으로 맺어진 관계이고 그 교감交感의 바탕엔 4·19의 그날 경무대 앞에서 총탄을 맞고 쓰러진 민덕기와 최규복의 영혼이 깔려 있다. (중략)
>
> 형산은 반속적反俗的으로 스스로의 정조를 지키려고 하는데 민윤숙은 세속적인 성공에 집착한다. 그런데 민윤숙이 거둔 세속적인 성공이란 요정 마담으로서의 성공이다. 개성적이며 총명한 여자의 성공이 70년대 한국의 특수사정의 제약을 받은 결과란 함의도 있지만 4·19의 낙착점을 상징하고자 한 작가의 작위作爲의 어수선한 표현일지도 모른다.
>
> 만일 민윤숙이 90년대에 인생을 시작했더라면 전연 다른 인생의 국면을 전재했을 것이다. 아무튼 작가는 당시 민윤숙을 통해 새로운 여인상을 구축해보려고 했었다.[26]

---

26 이병주, 「작가의 말」, 『그대를 위한 종소리』上, 서당, 1990.

이병주가 말하는 민윤숙을 통한 4·19의 낙착점을 파악하기 위해서는 민윤숙의 결말[27]에 주목해 보아야 한다. 요정을 하게 된 민윤숙은 날이 갈수록 손님을 다루는 솜씨가 능란해졌으며, 장안에 '처녀 마담'이란 소문이 퍼질 정도로 그의 요정은 인기였다. 뿐만 아니라 이병주는 요정 마담 민윤숙을 "요정의 마담이라고 하기보다 18세기 불란서의 살롱을 지배하는 귀부인 같은 기품이 있었다"고 묘사한다. 하지만, 그녀가 바라는 부를 축적하고, 작가가 묘사한 대로 귀부인 같은 기품이 있으면 무엇하랴. 그 스스로가 "지금의 내 생활은 인간으로서의 생활이 아니다"라고 생각할 정도로 만족스러운 삶을 살지 못하는 데 말이다. 그녀는 "불어나고 있는 돈의 액수"를 생각하며 나름대로 위안을 삼지만 "인생에서 가장 소중한 것과 결별"해야만 할 만큼 떳떳하지 못한 삶을 살고 있다는 데에 문제가 있다. 즉 이병주는 가난하지만 반속적으로 정조를 지키고 산 형산에 비해 세속의 성공을 목표로 살면서 많은 부를 축적하고 있는 민윤숙의 삶이 그리 행복하지 않다는 설정을 통해 4·19의 의미가 사라지고, 그 대신 들어선 자본주의와 그로 인해 산발적

---

27 단행본으로 재발간 되면서 연재 당시에는 없었던 서두의 「작가의 말」과 마지막의 「에필로그」가 삽입되었다. 다른 부분은 연재된 것과 같은데, 작가의 말과 마지막 에필로그 그 부분만 차이점을 보인다. 연재되었을 때는 민윤숙이 아빠도 모르는 아이를 가졌기에 형산의 기일에 참여하지 못하면서 통장에 쌓여 가는 돈을 보며 위안을 삼는다는 결말을 취하고 있지만, 단행본에서는 민윤숙의 임신은 생략되어 있으며, 형산에 대한 사후적 평가가 제시되어 있다.

으로 드러나고 있는 병리 현상을 문제 삼고 있는 것이며, 또다시 4
·19의 정신이 필요함을 역설하고 있는 것이다.

4. 반속(反俗)의 삶: 역사로 기억하기

형산은 "애국지사의 전형"으로 전호나 최성애와 마찬가지로 4
·19와 관련이 있는 인물이다. 더욱이 그는 과거와 현재 역사의 집
약체라는 점에서 눈여겨 볼 필요가 있다. 형산은 "부와 귀라는 세
속적인 가치를 부인하고 역사 속에서의 정당한 자리를 차지하려
노력"하며, "세속을 따라 노예가 되는 길을 박차고 스스로의 주인
이 될 수 있는 길을 택"한 인물이다. 그는 "조국의 독립을 위해 목
숨을 건 적도 있었고 동포의 해방을 위해 자기 나름대로의 노력도
했지만 그런 노력에 대한 보상도 없었고 평생을 날품팔이나 다름
없는 처지로서 셋집과 셋방을 돌았다. 그러는 동안에 아들 부부를
잃었고 오누이가 남은 손주 가운데서 사내 손주는 4·19가 앗아갔
다." 때문에 사람에 따라 그의 일생을 실패한 것으로 간주할 수 있
다. 적어도 손녀 민윤숙의 눈에는 그렇게 보인다. 자신의 신념을 지
키며 남을 도우면서도 청빈하게 살아온 그이지만, 그로 인한 고통
은 정작 가족에게 대물림 되었다는 점에서 민윤숙은 다른 사람들
처럼 마냥 형산의 삶을 지지할 수만은 없다. 오히려 형산의 청빈한

삶은 민윤숙으로 하여금 세속에의 성공에 더욱 집착하게 만든다. 어찌 보면 형산은 본인의 의지대로 살아왔고, 윤숙은 애국지사인 할아버지가 만들어 놓은 이미지에 갇혀 누군가에 의해 보여지는 삶을 살면서 할아버지의 전력 때문에 의도치 않은 피해를 겪어왔다. 그러나 아이러니하게도 작가는 타의적인 시선과 불합리한 피해에서 벗어나기 위해 발버둥치는 윤숙의 삶에 동정을 보태지 않는다. 그저 세속적인 것을 좇는 것은 행복하지 못한 삶이며, 가족의 희생은 감수하더라도 지사로서의 정조를 지키며 살아가는 것이 깨끗한 일생이라는 점만을 드러낼 뿐이다.

"윤숙의 할아버진 참으로 훌륭한 사람이야. 뚜렷한 업적이 없고 세상에 알려지지 않았을 뿐이지 참으로 훌륭한 인물이야. 자기를 속이지 않고 남을 속이지 않고, 남에겐 관대하고 자기에겐 엄하고, 실오리 하나 남의 신세를 지지 않으셨고 그러면서도 역경에 있는 동지들을 끝끝내 보살피고.(중략) 이 어른이 이 나라에 태어나지 않고 영국이나 불란서 같은 나라에 태어났더라면 참으로 기막힐 인물로서 업적을 남겼을 텐데 말이야."

"난 스스로 고생길만을 택하고 있는 할아버지에게 반발을 했어요. 그 반발은 지금도 변하지 않아. 누가 알아줬어요? 평생을 집 한 칸 못 가지고 가족들 걱정만 시키고… 그게 뭐 잘한 짓이란 말예요. 시대착오도 이만저만한 게 아니잖아요? 그러니까 난 할아버지가 불쌍

하단 말예요. 심청이가 되고 싶어요."

"할아버진 심청이를 원하지 않아."

"그러니까 어떻게 했으면 좋을까 하고 망설이는 것 아녜요?"

"망설일 필요도 없구, 걱정할 필요도 없어. 할아버지의 진면목을 알아주면 되는 거다. 그러면 되지 뭐. 온갖 잡동사니 도도하게 흐르고있는 이 세상에 한 줄기 맑은 물로 일관한 인물이 우리 할아버지였다는 긍지만 가지고 살면 그로써 되는 거야."

"나는 뛰어난 재주도 있고 높은 인격도 가지고 있고 얼마든지 만들수 있는 기회도 가지고 있으면서 바보스럽게 일생을 마친 어리석은노인으로서 기억할 테야."(1970. 12. 11.)

윤숙은 청빈한 삶을 사는 것 자체를 바보스러운 일생이라 일축하며 오히려 그런 삶을 택한 것 자체가 시대착오적인 발상이라 여긴다. 그리고 왜 그렇게 밖에 살 수 없는지에 대한 고민보다는 그저 그런 할아버지를 불쌍히 여긴다. 윤숙의 이러한 시각은 형산 같은 삶을 사는 사람들을 바라보는 일반적인 시대적 시선을 상징한다. 반면 과거를 끌어안고 4·19의 의미 찾기에 몰두하며 혼란스러워하는 전호에게 형산은 위안의 대상이며 존경의 버팀목으로 작용하는데, 여기에 형산을 통해 작가가 말하고자 하는 의도가 실려 있다. "모든 계급이 협조하고 서로 도우며 살아나가는 우애국가友愛國家"라는 다소 소박한 국가관을 가지고 있었던 형산은 시대의 문제에 있어서는 날카로운 분석을 내놓을 줄 아는, 그래서 전호의 지적 호기심을 채워주고, 늘 그의 사유를 촉진하는 역할을 한다. 이병주의 여타의 소설들에서 늘 시대를 바라보고 분석할 줄 아는 혜안을 가진 인물들이 등장해 작품의 방향키 역할을 하며, 시대와 역사를 향해 끊임없이 문제를 제기하고 있는 것과 마찬가지로 형산 역시 이 작품에서 그러한 역할을 떠맡고 있는 것이다. 또한 형산은 이병주가 천착하던 "역사의 뒤에서 생략되어버린 인간의 슬픔, 인생의 실상, 민족의 애환"[28]을 응축하고 있는 인물의 상징이기도 하다.

> "참으로 깨끗한 일생이었다. 우리나라처럼 혼탁한 세상에서 그처럼 깨끗하게 일생을 마칠 수 있었다는 것은 기적에 가까운 일이다." (중략)
> 일제의 밀정노릇을 한 자가 해방이 되자 독립운동을 한 양으로 꾸민 사기꾼들은 제쳐놓고, 독립운동을 했다는 경력을 내세워 으스대는 사람이 없지 않은 가운데 형산은 자기의 경력을 숨기려고 애썼다는 것, 그런 경력을 가진 사람에게 있기 쉬운 비분강개하는 자세가 형산에겐 전연 없었다는 것 등은 전호와 옥동윤이 이미 알고 있는 일인데 원촌 선생을 통해 새로운 사실을 알았다.
> 박정희 대통령이 집권한 직후, 독립유공자에 대한 서훈문제敍勳問題가 제기되었을 때 형산은 끝끝내 서훈을 사양하고 연금까지도 거

---

28 이병주, 남재희 대담, 「灰色群像의 論理」, 《세대》, 1974. 5, 237쪽.

절했다는 얘기다. 서훈을 사양한 사람 가운데 박 대통령의 전력을 들먹여 "그런 자로부터 서훈받기 싫다"고 공언하는 사람도 있었지만 형산은 그런 내색은 전연 없이 자기의 노력이 독립에 유공한 실적을 만들지 못했다고 했을 뿐이라는 것이다.[29]

위 인용은 단행본으로 재발간될 때 부연된 「에필로그」의 일부이다. 이병주는 마무리에 형산의 삶에 대한 간략한 소개와 평가, 그리고 독립유공자에 대한 서훈문제를 덧붙이고 있다. 박정희 정권은 4·19 3주기에 355명의 상이자와 140명의 '4·19 지도자'에게 건국포상을 수여하였다. 문제는 이러한 분위기 속에서 상이자를 제외하고 많은 사람들이 변절했다는 점에 있다. 이들 중에선 3선 개헌과 유신을 지지하고, "10월 유신이야말로 4·19 정신의 계승"이라고 주장하는 이들도 속출했다.[30] 이병주는 이러한 당대적 상황에 문제를 제기하기 위해 에필로그를 덧붙여 애국지사 형산의 삶을 표면화하고 있는 것이다. 뿐만 아니라 형산의 삶에는 비단 독립운동과 해방만 엮여 있는 것이 아닌, 4·19에서 5·16, 그리고 1970년대까지의 역사와 시대가 도도히 흐르고 있다는 점에서 그의 삶을 들여다보는 것 자체로 의미가 있다. 다음의 '작가의 말'들은 형산을 포함

---

29 이병주, 『그대를 위한 종소리』下, 서당, 1990, 263쪽
30 고성국, 「4·19, 6·3세대 변절·변신론」, 『역사비평』 22호, 역사비평사, 1993. 가을, 65쪽./ 김삼웅, 『한국현대사 뒷얘기』, 가람기획, 1995, 38쪽.

해 다양한 인물군상들을 통해 말하고자 하는 의도와 이 작품이 지
니는 의미를 함축하고 있다는 점에서 주목을 요한다.

(가) 허상을 쫓고 있는 사람들. 그래서 자기 자신도 허상일 수밖에
없는 사람들. 인생人生은 이런 뜻으로 그 애환哀歡이 보다 절실切實한
지 모를 일입니다. 그러니 장미는 허상虛像의 뜰에 수놓인 애절哀切한
아름다움이겠습니다. 가시가 있어도 꺾는 손을 막지 못합니다. 소리
없이 침범侵犯해 오는 벌레를 거역하지도 못합니다. 그리고 그 아름
다움을 끝내 지키지도 못합니다. 그렇다면 장미의 가시는 무엇을 어
쩌자는 무장武裝이겠습니까. 그것도 역시 허상虛像으로서의 무장武裝,
무장武裝으로서의 허상虛像이 아니겠습니까. 대강 이러한 마음의 서
정抒情을 가락으로 허상의 뜰에 피고 꺾이고, 병病들고 시드는 몇 포
기 장미를 인생人生의 의미意味로서 그려보겠습니다. 장미를 꼭 여
자女子를 상징象徵하는 것으로 보지는 않습니다. (후략)[31]

(나) 십 년의 세월이 지나자 4·19는 빛 바래진 전설처럼 되어 망각忘
却의 늪에 빠져들 예조豫兆를 보이기 시작했다. 안타까운 일이 아닐
수 없었다. 4·19의 만시輓詞를 써서 그때 희생된 젊은 사자들을 위한
진혼鎭魂의 뜻을 다하려고 했다. (중략) 주제를 요약하면 다음과 같다.

---

31 이병주, 「작가의 말」, 《경향신문》, 1970. 4. 24.

4·19는 간 데 온 데가 없다. 그날의 그 함성이 허공에 사라졌듯 4·19는 역사의 대해 속에 거품처럼 사라졌다. 그렇다면 4·19는 그 무수한 역사의 트릭에 불과했단 말인가. (중략)

이와 같은 주제로 시종일관하려 했는데 신문 연재소설(당시 경향신문에 《허상과 장미》로 연재되었다)의 성격상 다소의 변주곡變奏曲을 삽입하지 않을 수 없었다. 그러나 이 소설은 4·19에 대한 정감이 라이트 모티브로서 향수처럼 흐른다. (중략)

무엇보다도 아끼고 싶은 것은 4·19에 대한 향수이다. 4·19는 배신당하고 횡령당하고 사악한 세력에 유린된 채 이제 전설로서의 빛깔마저 퇴색한 지경에 이르렀다. 어떤 곡절로 배신당하고 어떤 사정으로 그 정신을 횡령당하고 심지어 짓밟히기까지 했는지의 문제는 지금에 있어서도 절실한 과제이다. 이러한 절실성을 일깨우는 데 있어서 다소곳한 계기라도 된다면 이 작품은 나름대로의 보람을 가질 것이 아닌가 한다.

위의 (가)인용은 「허상과 장미」로 《경향신문》에 연재될 당시 연재를 앞두고 실린 '작가의 말'의 일부이고, (나)인용은 1990년 서당에서 『그대를 위한 종소리』로 발간하면서 첨가된 「작가의 말」의 일부이다. 주지하다시피 처음 연재 당시 「작가의 말」에는 4·19에 대한 언급이 없다. 단지, '허상'과 '장미'라는 비유와 다양한 인물군상을 통해 우리 인생을 그리겠노라는 전언만 있을 뿐이다. 신문연재

소설이라는 장르적 특성과 무엇보다 1970년이라는 시대적 특수성 때문에 20년 뒤에 덧붙인 '사악한 세력에 의해 횡령당한 4.19의 의미를 다시 세우자'는 언술은 전면화되지 못하고 있는 듯하다. 가시가 있어도 벌레를 막지 못하며 아름다움조차 지켜내지 못하고 있는 '장미'와 모든 것이 '허상'에 불과하다는 인식의 표현으로 당대에 있어서 4·19의 의미와 역사에 의문을 제기하고 그날을 다시 소환해내고 있을 뿐이다. 실제로 박정희 정권은 "5·16 혁명은 4·19 의거의 연장이며 조국을 위기에서 구출하고 멸공과 민주수호로서 국가를 재생하기 위한 긴급한 비상조치"[32]였고, "도의와 경제의 재건은 바로 여러분들이 4월 의거 때 품었던 염원이었으며, 우리는 지금 이것을 계승 실천하자는 것이다"[33]라는 식으로 4·19를 자신들을 정당화하고 미화하는 용도로 이용했다. 이러한 상황에서 이병주는 4·19가 "어떤 곡절로 배신당하고 어떤 사정으로 그 정신을 횡령당하고 심지어 짓밟히기까지 했는지"에 대한 인식을 촉구하고 있는 것이다.

살펴본 바와 같이 이병주는 5·16과 이후 1970년대까지 확장하여, 연속적인 스펙트럼 속에서 4·19를 전유하는 방식을 취하고 있다. 1970년대 독재의 폭압성에 대한 심각성과 절망이 4·19의 기억

---

32 「5·16 혁명은 4·19의거의 연장-박정희 의장 기념사」, 《동아일보》, 1962. 4. 19.
33 전재호, 「군정기 쿠데타 주도집단의 담론분석」, 『역사비평』 55호, 2001, 117쪽.

을 소환하고 있는 것이다. 그리고 소환된 4·19의 기억은 또 다른 역사의 환부와 연결되는 통로로 작용하여 제대로 청산되지 못한 과거의 역사와 연루됨으로써 영웅 중심으로 기술된 역사를 환기시키고 만들어갈 역사에 대한 자각을 불러일으킨다. 앞서 언급했듯이 이 소설을 서사적 측면이나 소설 미학적 측면에서 완성도가 있는 작품이라 단언할 수는 없지만, 저자가 의도한 대로 장미로 대변되는 '우리 생활주변에서 흔하게 볼 수 있는 다양한 인물들을 통해 인생을 느끼고 그 의미를 찾아가며 그 기쁨과 슬픔, 그리고 고민을 나누'는 과정 속에서 '4·19의 의미와 절실성을 일깨우는 계기'를 마련하고 있다는 점에서 이 작품의 의미를 찾을 수 있다.

이병주 장편소설 『풍설風雪』의
대중문학적 의미

1. 흥미와 흥미의 의미

'소설은 흥미와 동시에 그 흥미의 의미를 제공해야 하는 것이다.'
『행복어사전』에서 서재필의 입을 빌어 기술된 이 한 문장에는
소설을 대하는 이병주의 작가적 관점이 명쾌하게 드러나 있다. 이
병주는 소설이 극도로 상업성만을 추구하는 경향에 대해서는 부정
적 입장을 보였다. 그렇지만 소설의 본질 안에 독자의 영역이 크게
자리한다는 사실에 대해서는 매우 중요하게 생각하고 있었음을 알
수 있다. 여기서 이병주가 말하는 소설의 '흥미'란 독자들이 현실
에서 채울 수 없는 불가능한 욕망을 대리 만족할 수 있는 부분을 말
한다.[1] 아울러 '흥미의 의미'란 소설이 단순히 독자에게 팔리기 위
한 상품으로서만 기능해서는 안 되고 문학 본연의 기능을 함께 제

250

공해야 한다는 것을 의미한다.

따라서 이병주 소설 중에서 비교적 상업성이 강하다고 분류되는 일군의 작품들에서조차 문학 본연의 비판적 기능이나 교훈적 기능이 함께 담겨 있는 것을 자주 발견할 수 있다. 물론 이때의 비판적 기능이나 교훈적 기능은 리얼리즘 소설에서 보여주는 현실 재현의 수준이 아니라 작가의 가치 판단을 전제로 이루어진다는 특징이 있다.

이병주의 『풍설』[2] 역시 이런 맥락에서 크게 벗어나지 않는 소설이다. 이 소설의 대중성은 당시 최고의 인기 드라마였던 〈질투〉(MBC, 1992)의 작가 최연지에 의해 TV드라마를 위한 각색이 시도되기도 했었다는 에피소드에서도 짐작해 볼 수 있다. 2008년 이병주 학술세미나에서 최연지는 이병주의 『운명의 덫』을 각색하려고 시도했다가 실패했다는 에피소드를 밝혔다. 작가의 말에 따르면 92년 초에 MBC에서 이병주의 이 작품을 16부작 미니시리즈로 제작하려고 시도하였다고 한다. 작가에게 부여된 MBC의 주문은

---

1 이병주는 그의 소설 『행복어사전』에서 "사람 가운덴 자기의 인생만으론 부족을 느끼는 그런 사람이 있다. 사람에겐 남의 인생까지도 살아보고 싶어하는 불령한 욕망이란 것이 있다. 이런 불가능한 욕망을 대행하는 것은 소설 이외를 두곤 없다"고 단언한다.(이병주, 『행복어사전』 5, 한길사, 2006, 313쪽.)

2 『풍설』은 「별과 꽃들의 향연」이라는 제목으로 《영남일보》에 1971년 1월부터 1979년 12월까지 총 294회 연재되었던 작품이다. 이후 『풍설』(문음사, 1981), 『운명의 덫』(문예출판사, 1987, 1992, 2회 재출간)으로 개제(改題)되어 단행본으로 출간되었다. 본고에서는 이 중 『풍설』(上·下2권, 문음사, 1981)을 기본 텍스트로 삼았다.

김수현의 〈청춘의 덫〉 이상으로 재미있게 각색하라는 것이었지만, 지식인 인물이 갖는 원작의 무게 때문에 드라마의 재미라는 측면을 부각시키기가 매우 어려웠다고 한다. 결국 2부까지 각색이 된 상태에서 무산되고 〈운명의 덫〉 16부가 예정된 시간에 대신 〈질투〉라는 드라마가 방영되었다는 것이다.[3] 이 에피소드는 흥미와 흥미의 의미라는 소설관이 반영된 이병주 대중소설의 특징을 명징하게 보여주는 사례라 할 수 있다.

이 글에서는 『풍설』에 나타난 이병주 소설의 서사전략과 주제의식이 어떻게 대중성과 접점을 이루는지에 대해 살펴보고자 한다. 일반적으로 대중소설은 흥미 본위의 서사전략과 현실도피의 주제 의식을 보여준다는 점에서 비판의 대상이 되었다. 『풍설』 역시 그러한 비판에서 자유로울 수 없는 대중소설의 속성을 지니고 있다. 추리 서사와 애정 서사가 핍진성이 결여된 상태로 믹스되어 있으며, 통속성을 위한 의도적 서술이 곳곳에 펼쳐진다. 게다가 운명이라는 진부한 소재에는 이미 신파성이 내재되어 있다. 그럼에도 불구하고 이 소설은 대중소설의 천편일률적인 도식성에 미세한 금을 내며 이병주 소설만의 개성을 드러내기도 한다. 이병주 소설의 개성이 대중성의 구현에 있어 반드시 독자의 기대를 만족시킨다고는 볼 수 없다. 그러나 분명한 것은 작가와 독자가 소설의 오

---

3   최연지, 「『운명의 덫』과의 인연, TV 드라마의 지식인 주인공의 한계」, 『한국문학평론』 34호, 2008, 77~83쪽.)

락적인 측면을 긍정적으로 수렴하면서도 문학 본래의 건강한 기능을 수행하고자 하는 만남의 그 어디쯤에 이병주의 대중소설이 위치하고 있었다는 점이다.

2. 현실 비판의 기제, 추리 서사

『풍설』은 살인 사건의 누명을 쓰고 20년간 억울한 옥살이를 하고 나온 주인공 남상두가 사건이 발생했던 문제의 그 도시에 다시 나타나는 것으로 시작된다. 남상두는 과거에 알던 인물들을 만나는 과정에서 자신에게 누명을 씌운 진범을 잡겠다는 의지를 갖게 된다. 그리고 여기 저기 탐문을 시작하는 것으로 소설이 전개된다. 남상두는 희생자이지만 동시에 사건의 진상을 파헤쳐가는 탐정의 역할을 한다. 그래서 이 소설은 추리 서사의 성격을 일정 부분 담지하고 있다고 할 수 있다.

추리 서사란 "탐정, 범인, 희생자의 인물 유형이 등장하고, 불가사의한 범죄(대부분 살인)의 발생과 그 해결과정을 중심 플롯으로 삼는 이야기"[4]를 일컫는다. 일반적으로 우리가 떠올리는 추리 소설은 파이프를 입에 문 지적이고 멋진 탐정, 범인이 남긴 흩어진 작은

---

4 박유희, 「한국 추리서사와 탐정의 존재론」, 『대중서사장르의 모든 것3_추리물』, 이론과 실천, 2011, 19쪽.

단서를 날카롭게 포착하며 논리적이고 합리적으로 사건을 해결해 나가는 이야기로 구성되어 있다. 사건의 발생과 그 해결 과정에서 오는 스릴과 서스펜스는 독자의 흥미를 자극하기 때문에 추리 소설은 매우 대중적인 서사 장르의 하나라 할 수 있다.

그러나 『풍설』에서 보여주는 추리 서사의 요소는 스릴, 서스펜스, 그리고 합리적이고 이성적인 추리 과정에서 오는 지적 쾌감을 채울 수 있는 대중적 추리 서사와는 거리가 멀다. 그 이유는 다음과 같다.

우선 희생자와 탐정이 분리되지 않은 한 사람이라는 점이다. 남상두는 20년간 억울한 옥살이를 한 울분이 가슴 속에 가득 차 있는 사람이다. 탐정은 누구보다 냉철하고 이성적으로 사건을 바라보는 객관성을 지녀야 하는데, 남상두는 지나치게 감정적으로 사건을 바라볼 때가 많다. 남상두의 주변 인물인 계창식 사장이나 김 형사가 객관성을 잃고 한쪽으로 치우칠 때가 많은 남상두의 관점을 염려하고 충고[5]를 하기도 하지만, 남상두는 감옥에 갔다 온 사람과 갔다

---

5 "객관화시킬 필요가 있어. 내 말은 남 군이 하고자 하는 일을 남 군 개인의 일로 생각하지 말고 일반적인 일로 생각하라는 뜻이요. 즉 개인감정을 일체 섞지 말고 남의 일처럼 처리해 나가란 말이지. 감정이 앞서고 보면 일의 대소가 엇갈려 보이는 거요. 조그마한 발견이 있어도 흥분하게 되는 거지. 그 발견에 매달리려는 기분으로도 되구. 그렇게 해서 엉뚱한 방향으로 빗나갈 수도 있다는 말이요. 그러니까 발견한 것을 성급하게 해석하려고 하지 말구 자꾸만 사실을 발견하도록 애쓰고 그렇게 해서 사실을 쌓아 올리기만 하란 말이요. 그리고 어느 단계에 가서 그것을 종합하고 분석하는 그런 방법을 취하면 아마 실수가 없을걸."(이병주, 『풍설』 下, 문음사, 1981, 420쪽.)

오지 않은 사람의 관점의 차이라며 쉽게 받아들이려 하지 않는다.

물론 "한국의 추리 서사에서는 멋진 탐정보다는 오히려 비범한 범죄자나 억울한 희생자가 주인공이 되는 경우가 많다. 이는 한국 사회의 전개과정이나 대중의 뿌리 깊은 기호와 깊이 관련되는 문제일 것인데, 대중은 부조리한 세상에 대한 분노를 대변해주는 범죄자나 부조리한 세상에서 희생당하는 인물에 동일시를 하는 경우가 많"[6]다는 관점에서 본다면 이 역시 대중성을 확보하는 서사 전략의 하나일 수도 있다.

희생자와 탐정의 동일시가 대중의 감정적 동일시에 기반한 것으로 여긴다 하더라도, 사건을 파헤치는 추리 과정에 대한 촘촘하지 못한 서사적 빈틈은 달리 변명의 여지가 없다. 고등학교 재직 시절의 몇몇의 제자들을 만나 나눈 이야기에서 남상두는 이미 범인의 윤곽과 범행 동기를 거의 추론해낸다. 남상두는 살인 사건 희생자 윤신애와 체육교사였던 선창수의 사이가 좋았으며, 사건 발생 이후 선창수가 윤신애의 언니와 결혼했다는 제자들의 진술을 토대로 선창수가 범인임을 직감한다. 그리고 현재 선창수가 염직회사의 사장이고, 자신을 고문하던 변 형사가 그 염직회사의 전무라는 사실에서 두 사람의 범죄 공모 가능성까지 파악해낸다.

추리 서사의 재미는 흩어진 여러 개의 단서가 서서히 좁혀지면

---

6 박유희는 번역된 고전 추리소설에서 홈즈 시리즈보다 뤼팽 시리즈가 더 인기를 끌었던 것도 이러한 맥락에서 이해해볼 수 있다고 설명한다.(박유희, 앞의 글, 19쪽.)

서 점차 사건의 윤곽이 또렷해지는 추론의 과정에 있다. 그런 점에서 소설이 채 중반부에도 이르기 전에 몇 가지 진술만으로 불현듯 떠오른 남상두의 범인에 대한 추론은 독자의 스릴과 서스펜스를 반감시킨다. 그래서 이후에 전개될 내용에서 독자는 범인이나 범행 동기, 범행 과정이 밝혀지는 것에 대한 기대를 거의 할 수 없게 된다. 물론 이미 윤곽이 드러난 범인에게 어떤 방식으로 접근해서 범죄 사실에 대한 자백을 성공적으로 받아낼 것인가에 대한 호기심은 아직 남아 있을 수 있다.(실제로 이후 소설의 전개가 그런 독자의 기대대로 흘러간다.) 그렇다 하더라도 소설의 중반부에 이미 추리 서사로서의 대중적 흥미는 많은 부분 상실되어버린 경향이 있다.

사건의 진실을 탐색해 가는 과정에서 우연성이 너무 많이 개입되어 있는 점도 추리 서사로서는 한계에 해당한다. 남상두가 사건의 결정적 키를 쥐고 있는 사람의 딸인 명한숙을 단지 공원에서 우연히 만나게 되는 것이 그 예이다. 자신을 아버지로 믿고 있는 명한숙으로 인해 남상두는 명한숙의 엄마이자 자신의 제자였던 성정애의 존재를 알게 된다. 이후 성정애의 주소를 파악하게 되어 성정애에게 사건의 진상을 묻는 편지를 보낼 수 있었을 뿐더러 직접 미국에 있는 성정애를 만나 사건의 실체에 다다를 수 있게 된다. 성정애는 살인 사건의 목격자이면서 남상두에게 살인혐의를 씌울 수 있었던 결정적 증거물인 조작된 일기장의 주인이었던 것이다.

사설연구소로 위장한 탐정소에서 다수의 사람을 풀어서도 찾을 수 없었던 결정적 증인이 이렇듯 우연성의 개입으로 해결된다는 스토리는 추리 서사가 갖는 합리적이고 이성적인 속성과는 거리가 멀다. 그리고 범죄 행위에 대한 증거가 단지 범인이나 관련자들의 녹음으로 제한되어 반복적으로 제시되는 사실도 동일한 이유로 흥미를 반감시킨다.

『풍설』이 대중적 추리 서사로 기능하지 못하는 또 하나의 원인으로 애정 서사가 혼재되어 있는 점을 들 수 있다. 이 소설에서 남상두가 만나는 거의 모든 여자들은 남상두에게 연애 감정을 갖는다. 고등학교 교사로 재직했던 시절에는 모든 여제자들이 남상두를 흠모했으며 이것이 직간접적으로 남상두가 누명을 뒤집어쓰게 된 원인이 되기도 한다. 교도소를 출소해서 재회한 제자 하경자, 우선경은 여전히 남상두와 결혼하기를 원하고 있으며, 살해된 윤신애의 언니인 서종희, 서종희의 친구 발레교습소 원장 최정자, 최정자가 소개시켜준 김순애는 물론 남상두가 아버지가 아니라는 것을 알게 된 명한숙까지 모두 남상두를 이성으로 좋아한다. 게다가 남상두를 좋아하는 여성들은 재산이 많거나 절세 미녀, 혹은 나이가 아주 어린 여성으로 설정되어 있다. 치정 살인과 같은 범죄가 추리 소설의 핵심 서사가 되는 경우도 있지만, 이 소설에서 애정 서사는 단지 남성의 판타지적 시각을 드러낼 뿐 추리 서사와 긴밀하게 엮이지 못하고 산만한 느낌을 준다.

남상두 역시 하경자에서 서종희 그리고 김순애로 마음이 이리 저리 옮겨가며 탐정으로서의 정체성을 상실하는 모습을 보여준다. "이 여자가 송두리째 아무런 거리낌없이 내 품 안에 안겨들면 모든 것, 모든 시름, 모든 원념을 잊을 수도 있겠다"[7]고 생각하는 남상두의 모습은 어떠한 경우에도 냉철함과 이성을 견지하는 탐정의 매력을 보여주지 못한다.

살펴본 바와 같이 『풍설』의 추리 서사적 요소는 추리 서사가 갖는 재미의 속성을 충분히 만족시키지 못한다. 그럼에도 불구하고 이 소설에서 추리 서사적 요소는 매우 중요한 역할을 담당한다. 희생자인 남상두가 스스로 탐정으로 나서서 직접 사건의 진상을 파헤치는 스토리를 통해 허술한 법의 시스템을 비판하고자 하는 현실 비판의 기제로 작용하고 있기 때문이다. 사건의 진상을 제대로 수사하지 못하는 경찰과 검찰, 합리적이고 공정한 재판을 기대할 수 없는 사법부의 세태를 직접 경험한 남상두가 자신의 누명을 벗기 위해서 선택할 수 있었던 유일한 방법은 직접 증거를 모으고 진범을 찾아 나서는 길뿐이었기 때문이다. 이런 남상두의 상황을 제시하는 것만으로도 수사 기관 그리고 법 적용과 집행 과정의 모순된 현실을 가장 적나라하게 드러낼 수 있는 서사 전략이 되는 셈이다.

탐정으로서의 남상두는 사건 추론의 과정에서 우연이나 직감을

---

7 이병주, 『풍설』 下, 문음사, 1981, 405쪽.

더 많이 활용하며 논리성이나 합리성이 결여된 모습으로 묘사된다. 그러나 희생자인 남상두의 입장에서 법의 부조리함에 대한 비판을 하는 과정에서는 꽤 정교한 논리적 사고를 보여준다. 특히 외국의 실제 재판 사례를 다양하게 언급하면서 우리나라 재판 과정의 불합리함을 비판하고 있는 부분에서는 사실과 허구의 경계를 넘나드는 이병주 소설의 전반적인 특징이 나타난다.

남상두가 비판하고 있는 우리나라 재판 과정의 불합리함은 실제 유죄가 확정되기 전에는 무죄로 추정해야 한다는 무죄 추정의 원칙이 지켜지지 않는 점, 직접적 증거가 없는 데도 정황이나 몇 사람의 신뢰성 없는 증언만으로 유죄를 확정해버리고 억울한 희생자를 양산하는 허술한 시스템이다. 일본이나 영국의 실제 재판 사례에서는 무죄 추정의 원칙이 잘 지켜지고 정황상 충분히 살인의 혐의가 보여도 증거가 없으면 무죄 판결이 나는 원칙이 준수된다는 점을 근거로 들며 우리나라 사법 체계의 개선 사항을 지적한다.

결론적으로『풍설』에서 추리 서사의 요소는 대중소설이라는 서사 양식 안에 현실 비판의 기능까지 담고자 한 작가의 시도로 볼 수 있다. 그런데 이런 현실 비판의 요소가 촘촘하게 짜여진 플롯 안에서 녹아들어 있는 것이 아니라 대부분 작가의 가치판단이 전제되어 있는 남상두의 직접 진술로 제시되고 있는 점은 소설적 재미를 반감시킨다. 그렇지만 이병주 소설의 주요 독자층이 독서를 통해 교양을 쌓고자 했던 대중지성이라는 측면[8]에서 보면 '법'이라는 특수한 소재와 그것에 대한 비판적 관점은 일정 부분 독자의 교양적 욕구를 만족시키며 대중성과 접점을 이룰 수 있었다고 볼 수 있다.

3. 운명론과 반운명론의 교훈성

'풍설風雪'이라는 제목은 봄기운이 완연했던 3월의 어느 날 갑자기 불어닥쳐 막 움터 오르려던 새순을 얼려버리고 마는 차가운 바람과 눈의 이미지를 떠올리게 한다. 평탄하게 흘러갈 것 같은 삶에 예고 없이 불쑥 나타나 쑥대밭을 만들고 끝없는 불행의 나락으로 밀어 넣는 불운, '운명의 덫'처럼 말이다.

이병주 소설에서 운명론적 세계관을 발견하게 되는 것은 그리 어려운 일이 아니다. 『관부연락선』, 『지리산』, 『산하』 등의 작중 인물들이 겪게 되는 인생의 풍랑은 결코 그 인물들이 예견했거나 의도했던 바가 아니다. 물론 『바람과 구름과 비』와 같은 작품에서는 운명을 직접 기획해보고자 하는 야심찬 주인공이 등장하기도 하지만, 그 역시 결국 성공에 이르지는 못한다. 이병주의 작품에 이처

---

8 노현주는 이병주의 소설 중에서 정치서사의 경우처럼 통속성이 약한 서사가 대중성을 갖는 요인으로 대중지성의 독자층을 상정하였다.(노현주, 「이병주 소설의 정치의식과 대중성 연구」, 경희대학교 박사학위논문, 2012, 9쪽.)

럼 운명론적 세계관이 강하게 작동하고 있는 이유는 운명으로 밖에는 설명이 안 되는 역사의 비극을 온 몸으로 생생하게 겪어낸 이병주 개인의 체험 때문으로 짐작된다.

김종회는 인과응보와 비극적 운명론을 담고 있는 작품으로 「매화나무의 인과」를 분석하면서 이러한 운명론적 상황을 소설적 이야기로 구성하는 것이 이병주 소설의 도처에 편만해 있는 모티프라고 보았다. 특히 『관부연락선』의 '운명… 이름 아래서만 사람은 죽을 수 있는 것이다'라는 구절, 또한 다른 여러 소설들에 나타난 '운명이라는 단어가 등장하면 토론은 종결'이라는 구절에서, 이병주에게 '운명'은 실존의 생명현상이며 토론을 거부하는 완강한 자기 체계를 형성하고 있는 것으로 파악했다.[9]

이러한 운명론적 사고는 이병주 개인만의 성향이 아니라 대중의 보편적인 정서와도 매우 가까운 사고 체계[10]였다고 할 수 있다. 카

---

9 김종회, 「이병주 소설과 문학의 대중성」, 김윤식 · 김종회 외, 『이병주 문학의 역사와 사회 인식』, 바이북스, 2017, 445쪽.

10 한국의 전통사회에서는 운명론이 지배적 가치관이었다. 운명론은 천재지변이나 질병 등에 대해 인간의 의지와 뜻이 아무런 영향을 미칠 수 없는 상황에서 발생하고 소멸한다고 생각하는 자연적 운명론과 사회 조건의 개선과 진보에 대해 인간의 의지로는 어떻게 할 수 없다고 생각하는 사회적 운명론, 그리고 자신의 신분과 지위와 미래 생활 등에 대한 결정론적인 입장이 강하게 드러나는 개인적 운명론으로 나눌 수 있다. 한국인의 경우 자연적 운명론과 사회적 운명론은 어느 정도 극복하였지만, 아직도 개인적 운명론은 상당히 강하게 남아 있다.(이상길, 「해방 40년: 가치의식의 변화와 전망」, 사회과학연구소 편, 『해방 40년 가치의식의 변화와 전망』, 서울대학교 출판부, 1986, 6쪽. / 이석현, 「동 · 서양의 운명론에 대한 연구」, 원광대학교 석사학위논문, 2017, 10쪽.)

웰티에 의하면 대중 문학은 일상에서 대중의 삶을 끊임없이 위협하는 불확실, 초조, 죽음, 실연, 전쟁, 좌절감, 박탈감, 압박감 등에서 질서와 안정의 세계로 도피하고 싶은 대중의 욕구를 반영함으로써 대중성을 확보한다.[11] 이때 질서와 안정의 세계라는 것은 운명에 순응하고 체념해버림으로써 얻어지기도 하지만 운명과 싸워 이겨 극복함으로써 얻어지기도 한다.

『풍설』의 초반부에는 교도소 출소 후 만난 옛 제자들이 심정을 묻자 톨스토이의 소설 이야기를 해주는 남상두의 모습이 그려진다. 자신과 비슷하게 억울한 누명을 쓴 사람의 이야기이지만 '하나님은 진실을 아신다. 그러나 기다리신다'는 톨스토이의 메시지를 이해할 수 없어 위안을 얻을 수 없었다고 이야기한다. 그런데 결말 부분에서 남상두는 톨스토이의 그 메시지를 이해하고 받아들이는 모습을 보여준다. 자신이 겪은 이해할 수 없는 운명에 대해 더 이상 억울해하지 않고 신의 섭리로 받아들이고 순응하는 태도를 통해 평온에 이르게 된 것이다.

운명이 반드시 불행만 가져다주는 것은 아니라는 깨달음 역시 운명을 긍정하고 받아들이려는 태도의 하나이다. 이 깨달음은 남상두의 아내가 되는 김순애의 긍정적 사고에서 기인한다. 김순애는 남상두에게 감옥에 20년이나 있었기에 자신과 같은 젊고 아름

---

11 J. G. 카웰티, 「도식성과 현실도피와 문화」, 박성봉 편역, 『대중예술의 이론들』, 동연, 1994, 88쪽.

다운 아내를 만날 수 있지 않았냐며 생각의 역발상을 제안한다. 또한 비행기가 추락하는 불운도 운명이지만 사랑하는 사람과 함께 추락할 수 있다면 그 역시 행복한 운명의 일부분이라고 역설한다.

남상두가 진범을 잡아 개인적으로 응징하지 않고 법의 심판대 위에 세우는 것 역시 순응적 태도에 해당한다. 스스로 탐정이 되고 거액의 돈을 들여 사건의 진상을 추적해갈 정도로 울분과 복수심에 가득 차 있었던 걸 생각해보면 의외의 행동이라 할 수 있다. 그토록 날 서게 비판하던 모순 가득한 법의 시스템조차 존중하고 받아들이는 태도는 기존 질서의 틀을 깨뜨리지 않음으로써 안정을 지향하는 대중의 욕구와 일치한다.

한편 대중소설에서 독자가 기대하는 것은 현실에서는 불가능한 소망이 소설이라는 가상세계를 통해 이루어지는 것이다. 이 소설에서 자신에게 드리워진 불행한 운명을 극복하고 마침내 해피엔딩에 이르게 되는 남상두의 성공 스토리는 독자의 소망을 대신 실현시켜 줌으로써 대리만족을 느끼게 해준다.

남상두가 자신의 불운을 극복해 낼 수 있었던 이유로 세 가지 요소가 제시된다.

그 첫 번째는 운명을 극복하고야 말겠다는 개인의 굳은 '의지'다. 이미 20년의 복역을 끝내고 자유의 몸이 되었고 20억 원의 유산으로 인해 경제적으로 곤궁하지 않은 처지에서도 남상두는 진범을 찾겠다는 굳은 의지를 버리지 않는다. 누명을 벗고 결백한 상태에서 새 삶을 시작하고 싶다는 그의 의지는 불운을 극복하기 위한 가장 기본적이고 중요한 토대가 된다.

두 번째는 남상두가 진범을 찾기까지의 과정에서 그를 적극적으로 도와주는 '사람들'이다. 남상두와 애정 관계로 엮인 여러 여성들의 도움은 우연성이 개입된 다소 작위적인 설정에 해당된다. 그러나 사형수로 복역 중인 아들을 위해 거금의 재산을 형성하고 기다려준 어머니, 그의 무죄를 믿던 몇몇의 제자들, 마을 사람들과 일부 형사들의 호의는 사랑과 신뢰에 기반한 이상적 휴머니즘을 보여준다.

세 번째는 '돈'이다. 어머니가 물려준 돈으로 남상두는 사설 연구소를 세우고 사람들을 고용하여 사건을 빠르게 추적해갈 수 있었고, 진범으로 추정되는 사람에게 접근하기 위한 목적으로 거액의 돈이 들어가는 사업체를 거침없이 인수하기도 한다. 또한 결정적 증인인 성정애를 만나러 미국에 가는 것 역시 돈이 없으면 불가능한 일이었다. 개인의 굳은 의지와 호의를 가지고 도와주는 사람들이 있었다 해도 돈이 없었다면 공권력의 도움 없이 일개 개인이 할 수 있는 수사의 범위에는 한계가 있었을 것이다.

반운명론에 담긴 이 세 가지 요소는 교훈적이고 이상적인 기존의 윤리적 가치 체계를 벗어나지 않으면서도 현실적인 메시지까지 반영하면서 대중성을 구현한다. 이는 대중소설에서 질서와 안정의 세계를 추구하려는 독자의 성향과 교훈적 기능을 배제하지 않으려는 이병주의 소설관이 접점을 이루는 부분으로 설명된다.

4. 나가기

대중소설과 대중소설이 아닌 것 사이의 경계를 나누는 일은 현대로 올수록 점점 더 무의미해지는 일이 되었다. 그럼에도 불구하고 굳이 그 미묘한 경계를 찾아내야 한다면 대중이 원하는 방향에 맞게 구성된 서사가 대중성을 좀 더 많이 확보하고 있는 작품일 것이다. 대중이 원하는 서사란 무엇일까. 삶의 현실을 거울처럼 반영하면서도 현실에 없는 희망을 던져주고 팍팍한 삶을 위로하는 이야기일 것이다.

『풍설』은 현실적 삶에 대해 이야기한다. 우연에 흔들리는 삶, 사랑에 흔들리는 삶, 억울한 피해자를 양산하는 삶. 거기에 덧붙여 희망을 이야기한다. 지독하게 불행한 운명의 굴레를 결국엔 벗어나고야 마는 인간의 의지, 휴머니즘과 사랑의 판타지로 획득하는 감동적 해피엔딩, 권선징악의 도덕적 메시지까지. 이병주의 『풍설』이 갖는 대중성은 이 지점이 아닐까 한다. 즉, 소설적 재미의 요소, 현실 비판과 교훈성에 대한 독자의 기대와 이병주의 소설관이 적절하게 접점을 이루는 지점에서 대중성이 구현되었다고 볼 수 있다.

월광에 물든 신화

초판 1쇄 인쇄 _ 2018년 5월 30일
초판 1쇄 발행 _ 2018년 6월 5일

지은이 _ 소망수필반

펴낸곳 _ 바이북스
펴낸이 _ 윤옥초
편집팀 _ 김태윤
디자인팀 _ 이정은, 이민영

ISBN _ 979-11-5877-052-5 03810

등록 _ 2005. 7. 12 | 제 313-2005-000148호

서울시 영등포구 선유로49길 23 아이에스비즈타워2차 1005호
편집 02)333-0812 | 마케팅 02)333-9918 | 팩스 02)333-9960
이메일 postmaster@bybooks.co.kr
홈페이지 www.bybooks.co.kr

책값은 뒤표지에 있습니다.

책으로 아름다운 세상을 만듭니다. — 바이북스

* 바이북스 플러스는 기독교 신앙의 본질을 담아내려는 글을 선별하여 출판하는 브랜드입니다.